1881

HEIDI

海蒂

Johanna Spyri 喬安娜・史派莉

林敏雅——譯

目錄

1 到阿爾姆大叔那裡

從寧靜的古老小城邁恩費爾德有一條小路，經過樹木茂盛的田野綠地通往阿爾姆的山麓，從山的這一側可以遠眺山谷。沿著小路往上攀升，不久就可以聞到青青草原的清新味道，這條陡峭的小路可直通阿爾卑斯山。

風和日麗的六月早晨，一個身材高壯的年輕女人牽著一個小女孩，踏上這條狹窄的山路往山上走。小女孩的皮膚雖然曬得黝黑，還是可以看得出來她臉頰緋紅。這也難怪，在炙熱的六月太陽底下，她像要抵禦嚴寒似地全身裹得緊緊的。她應該不到五歲，但因為她至少穿了兩、三層衣服，又裹了一條紅色的圍巾，讓人難以確定她的實際體形。她腳上穿著笨重的登山釘鞋，全身大汗，氣喘吁吁的努力地往上走。

她們大概花了一小時才從山谷走到半山的村子。大家都將這村子叫「小村子裡」。小村子裡幾乎每戶人家都從窗戶或走出大門對她們打招呼，甚至路上的行人也頻頻招呼她們，因為這裡是女人的故鄉。但是她沒有駐留，面對一路的招呼或問題，她只是簡單回應並沒有放慢腳步。一直到村子的盡頭，經過幾戶零星的人家時，有人從門裡叫喚她：「蒂德，等等，如果妳還要往上走，我跟妳一起去。」

女人聽見叫喚聲，停下腳步。小女孩立刻掙脫她的手，坐在地上。

「妳累了嗎？海蒂。」蒂德問。

「不累。可是好熱。」小女孩回答。

「我們馬上就到了，妳只要再努力一下，腳步大一點，再一個小時我們就到上面了。」蒂德鼓勵小女孩。

這時一個身形胖胖的、面容隨和的女人，來到兩人身旁，和她們一起走。小女孩站了起來，跟在兩個大人後面。原本就相識的兩個女人立刻開始熱烈地閒聊起小村子裡和附近人家的種種。

「蒂德，妳究竟要帶這小孩去哪裡？」新加進來的那個女人問。「她一定就是妳姊姊留下來的孩子吧！」

「沒錯。我要帶她上山，到大叔那裡，她必須留在那裡。」蒂德回答。

「什麼？妳要把這孩子要留在阿爾姆大叔那裡？妳該不會神智不清吧，蒂德？妳怎麼會這麼做？那老頭一定會趕妳們下山的！」

「他不能這麼做，他是她爺爺，他有義務照顧她。這孩子一直在我身邊。芭貝爾，我找到一份我想要的好工作，我不會因為這孩子放棄那份工作，輪到她爺爺負起責任了。」

「沒錯，如果他像其他的一般人，是沒有問題。」胖胖的芭貝爾很認真地說。「可是妳也知道他的性情。他要怎麼照顧這孩子？何況還是這麼小的孩子！她一定會受不了和他一起住。話說回來，妳要去哪裡工作？」

「到法蘭克福，那裡有份很好的工作在等我。去年夏天，僱主到山下的溫泉飯店住宿，我負責整理他們的房間，那時他們就想雇用我了，可是我走不了。今年他們又來了，這次他們還是想僱用我。說實話，我也想走。」蒂德解釋。

「幸好我不是那孩子。」芭貝爾大聲說，還做了一個抗拒的手勢。「沒人知道那老頭在山上的情況，他根本不和人交往。這麼多年來，他也沒有進過教堂，而且就算他拄著手杖，每年下山只一趟，每個人也都躲著他，怕他怕得不得了。他那濃密灰白的眉毛、可怕的鬍子，看起來簡直就像野人或印第安人，所以能不碰見他，最好就不要見著。」

「不管怎麼說，他是她爺爺，他必須照顧這孩子。他不會對她怎麼樣，否則也是他要負責任，不是我。」蒂德固執地說。

芭貝爾繼續追問：「我只是很想知道，那老頭究竟做了什麼虧心事，不然為什麼會搞到今天這個地步，孤孤單單的自己一個人住在阿爾姆上，幾乎不和人來往。很多人說了關於他的事，蒂德，妳一定也從妳姊姊那裡知道了一些事，是嗎？」

「沒錯，但是我不想說，萬一之後傳到他耳裡，我的麻煩就大了！」

但是芭貝爾對阿爾姆大叔的事一直很好奇，為什麼他看起來那麼不友善？為什麼一個人住山上？大家談論到他時，總是欲言又止，好像很怕和他為敵，但是又不願和他做朋友。

「阿爾姆大叔」是這附近的人對老頭的稱呼。芭貝爾對此完全摸不著頭緒，可是小村子裡的人都叫他阿爾姆大叔，她也就跟著叫「大叔」了。芭貝爾是不久前嫁到小村子裡來的，她娘家在山下的普雷迪高，所以對小村子裡和附近的人、事都還不熟悉。相反的，她的舊識蒂德是在小村子裡出生長大，直到一年前，蒂德和母親還住在這裡。母親去世之後，蒂德才搬到拉加茲溫泉療養區。她在那裡的大飯店找到一份收入不錯的幫傭工作。今天早上她就是帶著海蒂，從拉加茲搭了熟人運乾草的馬車到邁恩費爾德，再回來到這裡。

芭貝爾不想放過這次好機會，想要問清楚一些事情。她親密地摟著蒂德的手臂說：「從妳這裡，我總可以知道那些傳言到底是不是真的，妳一定一清二楚，對不對？告訴我，那老頭究竟怎麼回事，大家是不是一直都這麼怕他？他是不是一直都這樣討厭其他人？」

「我不知道他是不是一直都是這樣。我才二十六歲，他都超過七十了，我當然不知道他年輕的時候是什麼樣子。不過如果我說了之後，不會傳遍整個普雷迪高，我就告訴妳那老頭的事，我媽媽跟他都是多莫萊什克人。」

「啊，別這樣，蒂德，妳想太多了吧？不要那麼在乎普雷迪高的閒言閒語。」芭貝爾有點不高興地回答她，「我會保守祕密。現在說來聽聽吧，妳不會懊悔的。」

「好吧，我說。不過妳要守信。」蒂德再次警告芭貝爾。接著她先轉頭看一下，確認小女孩是不是跟得很近，她怕她會聽見，可是卻不見小女孩的蹤影。她們聊天聊得太起勁，所以沒注意到其實海蒂沒跟上有一段時間了。蒂德停下來，看看四周，那條小路雖然曲折拐了幾個彎，但是從這裡幾乎可以一清二楚直望到山下的小村子，可是一路上並沒有小女孩的蹤影。

「我看到她了，妳看那裡！」芭貝爾指著遠處的山路說，「她跟那個牧羊的彼得在一起，趕著羊正爬上山坡。為什麼他今天這麼晚才趕羊上山？正好，現在他可以幫忙看著那孩子，妳可以盡情說了。」

蒂德回答：「彼得用不著看著她，別看她才五歲，她可不笨，她會察言觀色，學東西學得很快。有她在，對那老頭來說是好事，他現在只剩下兩隻山羊和那間木屋了。」

「難道他以前不只有這些？」芭貝爾問。

蒂德激動地回答：「那老頭？是啊，我想他以前有的可多了。他擁有多莫萊什克最好的農場。他是家裡的長子，只有一個弟弟。他弟弟話不多而且很老實，但是哥哥就只喜歡當老大，到處遊蕩結交一些無名的流氓，還染上賭癮，最後敗光了所有的家產。父母為此傷心不已，不久就先後過世了。他弟弟也被拖累了，窮苦潦倒，離開家鄉，沒有人知道他跑到哪裡去了。而聲名狼藉的大叔也銷聲匿跡了。剛開始沒人知道他究竟到哪裡去了，後來有人聽說他跑到拿坡里當兵。之後十五年，沒有人再有他的消息。直到有一天，他帶著已經很大的兒子回到多莫萊什克，想要找親戚收留他。但是到處吃閉門羹，沒人理他。這讓他非常憤恨，他發誓不會再走進多莫萊什克一步，然後他就帶著兒子搬到小村子住了下來。

「他老婆是格勞賓登人，他在小村子認識她，和她結婚，但婚後不久，她就死了。他一定還有一些積蓄，因為他把兒子托比亞斯送去木匠那裡學手藝，當學徒。托比亞斯是個勤奮老實的年輕人，村子裡的人都很喜歡他。但是沒有人信任那老頭，有人說，他要不是從拿坡里逃走，可能會很淒慘，因為他打死人了，當然不是打仗時的兩軍殺戮，而是跟人打架。說來我們還有點親戚關係，我外曾祖母和他的祖母是姐妹，所以我們叫他大叔。而因為我爸爸的關係，我們和小村子裡的所有人幾乎都有親戚關係，所以大家也跟著叫他大叔。自從他搬到阿爾姆山上，大家就都只稱呼他『阿爾姆大叔』了。」

「托比亞斯到底發生了什麼事？」芭貝爾好奇地問。

「不要急，慢慢來，我沒辦法把所有事情一下子說完。」蒂德解釋說，「托比亞斯在梅爾斯當學徒，學成後他又回到小村子裡，就娶了我姊姊阿德爾海德。他們一直很喜歡彼此，結了婚之後感情更好。但是好日子才過兩年，有一天托比亞斯去幫人蓋房子時，不幸發生意外，被掉下來的樑柱壓死了。當面目全非的托比亞斯被抬回家時，阿德爾海德驚嚇過度，發起高燒，從此一病不起。她本來就很瘦弱，精神狀況時好時壞，就在托比亞斯發生意外的幾個星期之後，阿德爾海德也走了。

「附近的人都說，這兩個人的悲劇，是對大叔不信神的處罰。人們不僅當著他的面說，連牧師也規勸大叔要贖罪。但是他愈來愈孤僻，再也不肯跟人說話，每個人也都閃躲他。有一天，聽說他搬到阿爾姆，之後他就一直住在山上，很少下山，也不跟上帝及其他人打交道。媽媽和我收養了阿德爾海德的孩子，那時她才一歲大。去年夏天，我媽媽過世，我想在溫泉療養區找工作賺點錢，就帶著那孩子一起去了。我把她寄養在費弗斯村的烏爾絲那裡。我會一些針線活，所以就算是冬天，我在溫泉療養區也有很多幹活的機會。今年春天我又遇到去年從法蘭克福來的客人，他們原本去年就想僱用我，但我走不成，今年他們還是想僱請我。這麼好的工作，我不想再錯過。我們後天就要出發了。」

「所以妳要把那孩子交給山上那老頭？蒂德，妳的想法太讓我驚訝了。」芭貝爾很不以為然地說。

蒂德反駁：「妳這話是什麼意思？我已經為那孩子做了我該做的。如果是妳，妳會怎麼做？我總不能帶著一個五歲大的孩子到法蘭克福。對了，妳要到哪裡？我們已經到半山腰了。」

「我馬上就到了。我要找牧羊嫂說話，冬天的時候都是她在幫我紡毛線。蒂德，那就祝妳好運了！」芭貝爾回答。

她們握了握彼此的手。蒂德停下來，看著芭貝爾走向一間深棕色的小茅屋。那間小茅屋建在阿爾姆的山腰，位在離山路幾步路的凹地，正好在山的一個凹口，那裡可以擋住山風。要不然看起來已經破舊不堪的這間茅屋，只要狂風一吹，門窗、屋樑就咯咯作響，屋子立刻搖搖欲墜，若是蓋在阿爾姆，碰到狂風暴雨肯定馬上被吹到山谷裡。

牧羊的小男孩彼得就住在這裡。

彼得今年十一歲，他每天早上到小村子裡引領羊兒們，然後把羊群趕到阿爾姆，讓羊兒在山上吃草，直到傍晚。之後，彼得又趕著那些腳步輕快的牲畜下山。回到小村子裡時，彼得只要扣手指吹聲尖銳的口哨，羊兒們的主人立刻會出來把自己的羊領回去。

通常是家裡的女孩或男孩出來，因為山羊很溫和，孩子們並不會感到害怕。

這時候，也是整個夏天，彼得和同齡的小孩唯一的相處時間，其他時間他都和山羊在一起。彼得家裡還有母親和失明的老奶奶，但是他必須大清晨起床，準備去牧羊，傍晚時他會在小村子逗留，和其他小孩子聊天。早上在家的時間只夠他吃麵包和喝牛奶，晚餐也是吃同樣的東西，然後就上床睡覺了。從前大家也是叫他的爸爸為「牧羊的彼得」，因為他早年做的是同樣的活；大家叫彼得的母親布莉姬特做「牧羊嫂」，稱呼失明的老奶奶為「婆婆」。

幾年前，彼得的爸爸在山裡砍柴的時候，不幸出事死了。

蒂德等了十分鐘，四處張望，找尋海蒂是不是和牧羊的彼得在一起，卻看不到兩人的蹤影。於是她爬到高一點的地方，看清楚整個阿爾姆，她表情和動作都顯出很不耐煩的樣子。

就在同時，兩個小孩繞了一大圈遠路，因為彼得知道很多茂盛草叢所在之地，可以讓山羊盡情的吃，所以他趕著羊群，曲曲折折地上山。剛開始小女孩跟得很吃力，她身上的厚重衣物讓她行動非常不方便，她又熱又累，幾乎喘不過氣來。但是她什麼話也沒說，只是目不轉睛地看著彼得。

彼得赤著腳，穿著輕便的褲子，輕輕鬆鬆地跳來跳去。他一下子就趕上那些輕易越過樹叢和岩石，正要爬上陡峭斜坡的山羊。

小女孩突然往地上一坐，動作很快地脫掉鞋襪後，她站了起來，又扯下厚重的紅色圍巾和連身裙。這件連衣裙是星期天上教會才穿的，但蒂德阿姨要她穿在平常的裙子外面，因為這樣就不需要有人提行李了。小女孩很快的連便裙也脫了，她現在穿著單薄的襯裙，愉快地把兩隻手臂裸露在短袖上衣外面。那些衣服就這樣堆在地上，現在她可以輕鬆地跑跑跳跳。

小女孩很快地追上彼得，跟在山羊後面，他們就像是夥伴。彼得沒有注意小女孩剛剛落後時做了什麼，現在看到她的打扮，覺得很好笑。彼得回頭看到地上那堆衣服，笑得嘴更開了，但是他什麼話也沒說。小女孩覺得輕鬆自在，便和彼得攀談起來。

小女孩的問題很多：她想知道他有幾隻山羊，要把牠們趕到哪裡去，到了那裡他要做什麼，他還會去哪裡？彼得一一回答她的問題。一問一答間，他們慢慢地趕著羊到了山腰的小屋附近，看到了蒂德阿姨。

蒂德一看到兩個正爬上山的小孩，立刻放聲大喊：「海蒂，這是怎麼回事？妳看妳的樣子！妳的衣服和圍巾呢？還有我剛給妳買的新鞋子、新襪子，全不見了！海蒂，妳怎麼搞的？全丟到哪裡去了？」

小女孩不慌不忙地指著山下說：「在那裡！」

蒂德順著她指的方向看去，目光落在衣物堆最上面的紅點，立刻認出是那條紅圍巾。

「糊塗蛋！」蒂德阿姨生氣地大喊，「妳腦子在想什麼？為什麼把衣服全脫了？這是怎麼回事？」

「我不需要那些衣服。」小女孩回答。她對自己做的事一點也不後悔的樣子。

「啊！海蒂，妳真是胡鬧，就不能懂事一點嗎？」蒂德阿姨繼續罵人，「誰要再下去幫妳拿衣服？起碼要半個鐘頭！彼得，你跑快一點，下去幫我把那些衣服拿上來，快一點，別呆呆站在那裡盯著我看！」

「我已經太晚了！」彼得站在原地不動，兩手插在口袋裡，慢吞吞地說。

「你站在那裡乾瞪著眼，也只是在浪費時間。過來，你看我有什麼好東西給你？」蒂德阿姨手上拿著一個銅板，彼得的眼睛瞬間發亮了起來。

彼得立刻跳起來，直直地跑下山，在很短的時間內跑下山拿起那堆衣服，又火速跑回來。蒂德阿姨不得不稱讚他，而且立刻把銅板賞給他。彼得趕忙把銅板塞進口袋。他興高采烈，滿臉笑容，因為這種好事可不是天天會發生。

「你順便幫我把這些東西帶到大叔那裡，反正你也是要走這條路。」蒂德阿姨對著彼得說。接著她準備爬上彼得家後面那座陡峭的斜坡。

彼得很樂意效勞，他左手臂夾著衣服，右手揮著鞭子，跟著蒂德阿姨的腳步往山上爬。海蒂和羊群也跟在彼得旁邊，又跑又跳，一路上山。

就這樣，他們花了四十五分鐘才來到阿爾姆。

大叔的木屋就在空曠的山崖上。在這裡，風從四面八方吹來，陽光充足，而且遠眺山谷可以一目了然。木屋後面有三棵枝葉濃密茂盛的老樅樹。再後面一點，山勢攀高，直到連結灰色的老山岩，先是美麗的草原，接著是多石的低矮樹林，最後是光禿陡峭的山崖。

大叔在木屋朝山谷的方向，釘了一張長凳。他現在就坐在那裡，嘴裏叼著煙斗，看著兩個小孩、羊群，還有蒂德阿姨走上山。蒂德阿姨慢慢地被兩個小孩趕上前，然後拋在後面。海蒂是第一個到達山頂的。

海蒂逕自走到老頭面前，伸出手說：「爺爺，你好！」

「這是怎麼回事？」老頭驚訝地問。他握了握小女孩的手，濃密眉毛下的銳利目光盯著海蒂。海蒂也目不轉睛地看著爺爺，因為爺爺的長鬍子、還有幾乎連一起的眉毛看起來像灌木叢，海蒂覺得很有趣。

這時蒂德阿姨和彼得也都到了。

彼得傻呼呼地站在那裡，等著看到底會發生什麼事。

「大叔老爺子，您好！我把您的孫女帶來給您了。她是托比亞斯和阿德爾海德的女兒。您大概也不認得她了，您上次看到她的時候，她才一歲大。」

「妳把她帶來這裡做什麼？」老頭直截了當問。然後又對著彼得大喊：「喂，你可以帶著你的羊上山了，時候不早了，順便把我的羊也一塊帶去。」因為老頭察覺他已經知道夠多了。

彼得聽話的快速離開了。

「她必須留在您這裡，大叔老爺子。」蒂德回答老頭的問話。「我想這四年來，我已經做了我該做的。現在該您為她做點什麼了。」

老頭用銳利的眼光看了蒂德一眼說：「是這樣子嗎？如果她等一下像個不講理的小孩一樣，哭鬧著要找妳，我該怎麼辦？」

「這是您的事。當初他們把一歲大的小孩交到我手上的時候，也沒有人告訴我，我該怎麼養她。這幾年，我為了我母親和這個小孩已經吃了不少苦。現在我找到一份好工作，您是這孩子的親爺爺，如果您沒辦法扶養她，那就隨便您怎麼辦，萬一她活不成，您大概就不必再有什麼負擔了。」

蒂德其實很心虛，所以變得很激動，脫口而出許多不該說的話。她還沒說完，大叔已經站起來，他嚴厲的眼神讓蒂德倒退了好幾步。

大叔伸出手，指著山下，用命令的語氣：「妳打哪兒來就回哪兒去！不要再讓我看見妳！」

蒂德沒等他說第二遍。「那，再見了！還有妳，海蒂！」一說完，她立刻衝下山，一口氣走回小村子裡，心裡的怒氣就像蒸汽動力推著她往前衝。

蒂德回到小村子，這一次有更多人叫她，因為大家都很訝異小女孩怎麼不見了！他們都認識蒂德，也知道那是誰家的小女孩，還有她的身世。現在家家戶戶都探頭問蒂德：「那孩子呢？蒂德，妳把那孩子留在哪裡了？」

蒂德愈來愈不耐煩，大聲回話：「在山上阿爾姆大叔那裡，現在她就留在大叔那裡了，你們都聽到了吧！」

蒂德愈來愈惱怒了，因為四面八方的三姑六婆都對她喊：「妳怎麼可以這麼狠心！」

或是「那可憐的孩子！」

或是「妳怎麼忍心把那無依無靠的小孩子留在山上！」

然後「可憐的孩子！」之類的話語，一而再，再而三地傳來。

於是蒂德以最快的腳步繼續往前走，直到她再也聽不見那些聲音才鬆了一口氣。

其實這件事也讓蒂德覺得很不安，因為她媽媽在臨終的時候，特別交代她，要好好照顧海蒂。現在她只好安慰自己，如果能賺很多錢，就可以再為那孩子做些什麼。所以她很高興馬上可以遠離這些多管閒事的人，一份很好的工作已經在等著她了。

2 在爺爺家

蒂德走了之後，大叔又走回長凳上坐著，大口大口地抽著煙斗，沉默的盯著地面看。

海蒂好奇地四處探看，先是發現了搭在小屋旁邊的羊欄，她探頭一看，裡面是空的。接著，她走到木屋後面，來到老樅樹下，大風吹過樹枝，樹梢窸窣作響。海蒂站在大樹下聽著風聲，一直等到風稍微停，她才繼續繞著木屋走，然後回到爺爺身邊。爺爺還是坐在長凳上發呆看著地面。她走到爺爺面前，雙手放在背後交握著，靜靜地看著他。

爺爺看著一直站在自己面前一動也不動的小女孩，最後終於開口問：「妳現在想做什麼？」

「我想看看你屋子裡面有什麼東西。」海蒂說。

「好吧，跟我來。」爺爺站起來，往木屋走去。「把妳那一堆衣服一起拿進來。」

他走進門的時候命令她。

「那些衣服我再也用不著了。」海蒂解釋。

老人轉身嚴厲的看著海蒂，她黑色的眼睛充滿急切想進屋裡看看的期待。「她腦子不像有問題。」他低聲說，接著又大聲問：「為什麼妳再也用不著那些衣服？」

「我要像那些山羊一樣走路，牠們腳步非常輕快。」

「妳要像牠們一樣，沒問題，但是去把妳的東西拿過來。」爺爺說，「那些東西可以放在櫃子裡。」

海蒂乖乖地照著爺爺的話，把衣服拿了起來。爺爺這才打開門，海蒂也跟著他走進去。

整棟木屋其實就只是一個非常大的房間，裡面擺著一張桌子和一張椅子，其中一個角落擺放著一張床。另一個角落有一個火爐，爐子上吊著一個很大的鐵桶。一邊的牆上有一扇門，爺爺打開那扇門，原來那是一個櫃子。

櫃子裡掛著幾件衣服，層架上放著一些襯衫、襪子和布巾，另一個架子上有盤子、茶杯和酒杯，最上面的架子則放著一個圓麵包、燻肉、乳酪。爺爺把所有的家當，吃的、穿的全放在櫃子裡。

海蒂走過去，快速地把她的東西全丟到櫃子裡的最角落，好讓衣服不容易被找到。

然後她很專心地打量了整個房間，問：「爺爺，我要睡在哪裡？」

「妳愛睡哪裡，就睡那裡。」爺爺回答。

海蒂很高興聽到爺爺這麼說，於是她檢查了每個角落，想找一個最舒服的地方。在放床的角落有一個垂直的梯子，海蒂好奇的爬上去，發現上面是儲藏草料的閣樓，堆放著一堆新鮮草料，散發著草香。閣樓上有一扇圓型窗戶，看出去可以遠望美麗的山谷。

海蒂在上面喊：「我要睡這裡，這裡真好。爺爺，你上來看看，這裡真的很棒。」

爺爺的聲音從底下傳來：「我知道。」

「我現在就把床弄好。」海蒂大喊，接著就聽到她在閣樓忙著來回跑動的聲音。

「可是你要拿床單上來給我，我需要一張床單鋪在上面，才能躺在上面。」

「好吧。」爺爺回答。他打開櫃子，翻找了一會兒，最後從他的襯衫底下抽出一條很大的布，他心想這用來當床單，大小應該剛好。他爬上梯子來到閣樓，看到地板上已經整齊堆好了一個小床，一邊特別堆高，應該是小女孩要用來當枕頭的，睡在上面正好面對著圓窗。

「弄得好。鋪上床單就可以了，不過等一下——」爺爺又搬了一大束草過來，把床鋪再加厚墊高，這樣就感覺不到底下硬邦邦的木板了。

「把床單拿過來。」爺爺說。

海蒂連忙去拿床單，沒想到床單很重，她幾乎拿不動。但是這麼厚重的布料正好拿來鋪床，這樣床單就不會被尖銳的草莖刺透。接著他們兩個人一起把床單鋪在乾草上。海蒂把太長和太寬的部分塞到乾草床底下。

海蒂看著整齊乾淨的床，若有所思地說：「爺爺，我們忘了一件事。」

「什麼事？」爺爺問。

「被子。睡覺的時候必須蓋被子才行啊！」

「這樣子嗎？要是沒有怎麼辦？」老人說。

「那就算了，不要緊。」海蒂不想讓爺爺操心。「那我就用乾草當被子。」她急忙要去搬乾草。

爺爺阻止她，「等一下。」然後爺爺離開了閣樓，走下樓梯到一樓，朝他的床走去。

爺爺再上到閣樓時，他手上拿了一個又大又重的麻布袋子。爺爺把袋子放地板上，然後問海蒂：「這個當被子是不是比乾草要好些？」

海蒂使盡全身的力氣拉扯著麻袋，想把麻袋攤開，但是她的小手力氣不夠大，於是爺爺走過去幫忙她，兩人一起把麻布袋攤開在床上。

現在整張床看起來有模有樣，而且應該很耐久。

海蒂站在她的新床前面，驚訝地說：「這被子看起來好棒，整張床很漂亮呢！我真希望現在就是晚上，那我就可以躺在上面了。」

「我想我們還是先吃點東西吧！妳說呢？」爺爺問。

海蒂忙著把床弄好，把其他事都忘得一乾二淨，現在爺爺說到「吃」，她忽然覺得肚子好餓。她今天早上只吃了一小塊麵包，喝了一杯很淡的咖啡，之後就走了一段好遙遠的路，才來到爺爺這裡。所以海蒂當然很贊成爺爺的主意。「好啊！我也是這麼想。」

「如果我們都這麼想，那就下去吧。」

海蒂跟在爺爺後面走下閣樓。

爺爺走到爐子旁，把大鍋子推到一旁，將掛在鏈子上的小鍋子轉過來，然後坐在三隻腳的木頭圓凳上，對著爐子用嘴吹氣升火。過了一會兒，鍋子裡的東西開始沸騰起來，這時候爺爺用一根很長的鐵杈叉了一大塊乳酪，在火上翻烤著，直到乳酪表面變成金黃色。

海蒂瞪大眼睛，全神貫注地看著爺爺，突然像是想到什麼，她一下子跳了起來，跑到櫃子前面，接著在櫃子和桌子之間來來回回跑了好幾趟。當爺爺拿著鍋子和烤乳酪走到桌子旁邊時，桌子上已經整齊擺好了麵包、兩個盤子和兩把刀子。原來海蒂記住了櫃子裡有什麼東西，而且想到需用的餐具。

「很好，妳自己能想到這些。」爺爺說著，同時把烤乳酪放在麵包上。「可是還少了什麼？」

海蒂看著鍋子裡冒出的誘人熱氣，趕緊又跑到櫃子前面，可是裡面只有一個碗和兩個杯子，海蒂沒有猶豫太久，從碗後面拿了其中一個杯子。

海蒂拿著一個碗和一個杯子回到桌子旁。

「做的很好，妳知道要做什麼。可是現在妳要坐哪裡呢？」

爺爺自己坐在唯一的一張椅子上。海蒂立刻到火爐旁把三腳圓凳拿過來，坐了下來。

「沒錯，妳至少有個坐的地方，但是太低了。就算我的椅子讓妳坐，妳的個子也太小，碰不到桌子，得弄個合適的座椅……我有辦法了！」

爺爺站起了起來，把羊奶倒進碗裡，再把碗放在他的椅子上，然後把椅子移近三腳圓凳，於是海蒂面前就有了一張桌子。

爺爺切了一大塊麵包，再放上一塊金黃色的乳酪，然後對海蒂說：「吃吧！」他自己坐在桌子的一角，也吃起了午餐。海蒂捧起碗大口地喝著羊奶，因為走了那麼遠的路，她覺得口好渴，一口氣就把羊奶喝光了，然後才喘著長氣，放下手裡的碗。

「好喝嗎？」爺爺問。

「我從來沒有喝過這麼好喝的奶。」海蒂回答。

「那妳多喝一點。」

爺爺又倒了滿滿一碗羊奶，放在海蒂面前。海蒂把烤得像奶油一樣軟的金黃乳酪塗在麵包上，然後高興地咬著麵包，塗了乳酪的麵包實在太好吃了。她吃著麵包，喝著羊奶，十分滿足的樣子。

用完餐，海蒂跟著爺爺走到羊欄。她專心地看著爺爺先用掃帚把羊欄打掃了一番，然後鋪上新鮮的草墊，好讓那些山羊睡覺。然後，爺爺走到旁邊的小棚子，鋸了幾段圓木棍，再把一塊木板的邊緣砍掉磨平，又鑽了幾個洞，接著把木棍插進木板，最後立起來。一張和爺爺那把椅子幾乎一模一樣的新椅子就做好了，只是這張椅子更高。海蒂看著那張高高的椅子，驚訝地說不出話來。

「海蒂，妳看這是什麼？」爺爺說。

「當然是我的椅子囉，這麼高。好快喔，一下子就做好了。」海蒂太佩服爺爺了。

「這孩子一看就知道很伶俐。」爺爺一邊自言自語，一邊繞著小屋走，這裡敲敲，那裡打打，各處補釘，然後把門上的東西都固定好。

爺爺就這樣拿著榔頭、釘子和木板，從這裡走到那裡，該修理的修理，沒用的就打掉。海蒂一直跟在爺爺後面，很專心地觀察他的一舉一動，覺得每件事都很有趣。

太陽就要下山了。風很大，搖晃著老樅樹的濃密枝葉發出窸窸窣窣的聲響。海蒂打從心裡喜歡這聲響，彷彿是美妙的樂章，她高興的在樹下又蹦又跳，像是從來沒有這麼開心過似的。爺爺站在倉庫門口，看著她開心的樣子。

就在這時候，忽然響起尖銳的口哨聲。海蒂立刻停止蹦蹦跳跳。爺爺走到門外面。一群山羊像後面有猛獸般追趕著，一隻接著一隻從山上跳下來，彼得就在羊群當中。海蒂大聲歡呼地衝進羊群裡，和她今天早上剛認識的朋友一一打招呼。所有的羊到木屋前面都停了下來，然後兩隻漂亮的羊從羊群裡走出來，一隻白色的，一隻棕色的，兩頭羊走向爺爺，舔了舔他的手。因為他手裡放了一點鹽，這是他每天傍晚把羊領回來時的習慣。

彼得繼續趕著羊群下山，不久就無影無蹤了。

海蒂溫柔地輪流撫摸兩隻小羊，然後在牠們之間跳躍，她很高興能和兩隻小動物作伴。

「爺爺，這是我們的羊嗎？兩隻都是嗎？牠們要進去羊欄嗎？牠們永遠都會留在我們這裡嗎？」海蒂興奮不已，一個問題接著一個問題，爺爺想插一句「是啊，是啊」都沒辦法。

等兩隻羊舔完了鹽，老人才說：「去把妳的碗拿出來，還有麵包。」

海蒂馬上跑去拿了碗和麵包。爺爺從白羊身上擠了滿滿的一碗羊奶，然後撕了一小塊麵包，他把羊奶和麵包拿給海蒂，說：「吃吧，然後就上去睡覺。妳阿姨留了一包東西給妳，裡面有小襯衣什麼的，如果妳需要的話，在櫃子底下可以找到。我現在必須把羊趕進去，妳好好去睡一覺吧。」

「晚安，爺爺。晚安——牠們叫什麼名字？爺爺，牠們叫什麼名字？」海蒂跟在爺爺後面大喊。

爺爺回答：「白的叫小天鵝，棕色的叫小熊。」

「晚安，小天鵝。晚安，小熊！」海蒂用力大喊，因為兩隻羊已經走進羊欄了。然後海蒂坐到長凳上，乖乖地吃著麵包，喝著羊奶。風大得幾乎快把她吹跑，海蒂只好趕快吃完然後進到屋裡，爬上梯子，鑽進閣樓裡的被窩。她躺在床上，很快就睡著了。那張用甘草鋪的床就像王公貴族的床一樣舒服。不久之後，天色還沒有完全黑，爺爺也上床睡覺了，因為每天天一亮，他就起床到外面做事了。而且在這兒，夏天的太陽出來得特別早。

夜裡，風吹得特別猛烈，把整個小屋吹得搖搖晃晃，屋樑發出嘎吱響，煙囪也像發出像在呻吟的哀嚎聲。外面的老樅樹搖晃得更厲害，不時有樹枝折斷掉落的聲音。

半夜，爺爺醒過來時，自言自語說：「那孩子會害怕吧。」他很擔心地爬上閣樓，來到海蒂的床邊。

月亮高高掛在天上照亮著地面，不一會兒，浮雲飄過遮住了月光，四周又變暗。皎潔的月光透過圓窗照進來，正好照在海蒂的床上。她睡得正甜，熟睡在厚重的被子底下，兩頰紅通通，兩隻圓潤的手臂枕在頭底下，似乎夢到什麼快樂的事，表情恬靜滿足。爺爺看著安穩沉睡的孩子，許久，直到月亮又躲到雲後面，四周又變暗，他才走下樓回到自己的床上。

3 在牧場上

一大清早，海蒂就被尖銳的口哨聲吵醒。她張開眼睛，看見金色的陽光從圓窗照進閣樓，映在床上及乾草堆上，周圍一切閃爍著金光。海蒂驚訝地看著四周，她一時忘了自己現在在哪裡，直到聽到爺爺低沉的聲音，才想起她在阿爾姆山上的爺爺家，已經離開烏爾絲老婆婆的家了。

烏爾絲老婆婆幾乎耳聾，而且很怕冷，所以她不是坐在廚房的火爐旁，就是坐在房間的暖爐前面。有時海蒂會覺得在屋子裡限制太多，很想到外面透透氣。但她必須乖乖地待在老婆婆的身邊，不能離太遠，好讓老婆婆能看得見她在哪裡，因為老婆婆耳朵聽不見。

海蒂很高興在新家醒來，而且想起昨天看到的好多新鮮事物，馬上又能看到那些，特別是小天鵝和小熊。海蒂趕緊從床上跳下來，一下子就穿好昨天穿的衣服，因為也就這麼一、兩件。她走下梯子，跑出木屋。

彼得和他的羊已經等在外面，爺爺正把小天鵝和小熊從羊欄趕過來，讓牠們跟上羊群。海蒂朝著爺爺跑過去，跟爺爺和羊兒說早安。

「海蒂，妳要不要跟著去牧場？」爺爺問。

海蒂求之不得，興奮地跳躍著。

「可是妳得先把臉洗乾淨，否則會被閃閃發亮的太陽公公笑話，哪來的髒小孩。水在那邊，已經幫妳準備好了。」爺爺指著門口的一個裝滿水的大水桶。

海蒂跑過去，嘩啦啦地把水往臉上又洗又搓，把臉徹底洗乾淨。

爺爺走進屋裡，對彼得大喊：「你過來！山羊將軍，把你的袋子也帶過來。」

彼得聽話地走過去，把袋子交給老人。那個小袋子裡是他不怎麼豐富的午餐。

「把它打開。」老人命令他，然後把一大塊麵包，和跟麵包差不多大的乳酪，塞進袋子。彼得驚訝不已，眼睛張得又大又圓，因為這兩樣東西都比他自己的食物大一倍。大叔繼續說：「好了，再放一個碗。那孩子沒辦法像你一樣直接從羊身上喝奶。中午的時候，你替她擠兩大碗奶。讓那孩子跟著你上山，跟著你回來。當心，不要讓她從岩石上掉下去。聽清楚了？」

海蒂跑了過來，急切地問：「這樣太陽公公就不會笑我了吧？爺爺。」因為怕被太陽公公笑話，她用爺爺掛在水桶旁邊的粗布，用力地擦洗了臉頰、脖子和手臂，結果現在像隻紅蝦子站在爺爺面前。

爺爺笑著說：「現在太陽公公不會笑妳了。可是妳知道嗎，等傍晚妳回到家，整個人就得像魚一樣泡進水桶裡，因為妳像山羊一樣走路，腳丫子一定會髒兮兮。現在你們可以走了！」

海蒂興高采烈地跟著彼得往阿爾姆山上走去。昨夜的大風把雲都吹走了，深藍的天空從四面八方俯視而下，耀眼的太陽高掛在天上，阿爾姆一片油綠意盎然。山坡上開滿了藍色、黃色的小花，海蒂歡天喜地在花叢中跳來跳去，看到一整叢小小紅色的報春花，她高興地歡呼起來；然後又發現美麗鮮豔的藍色龍膽花，金色岩薔薇的柔弱花瓣在陽光下點頭微笑，海蒂被這麼多迷人的小花深深吸引住，把羊群和彼得都拋在腦後。她自顧自地往前跑，從山坡這邊跑到那邊，她採著一大把又一大把的紅花、黃花，然後兜在圍裙裡，她想要把這些花帶回家，插在她房間的乾草上，讓房間裡也像這裡的花叢一樣漂亮。

今天彼得可辛苦了，他拚命轉動原本不怎麼靈活的眼睛，四處張望，看緊羊群和海蒂。今天那些山羊和海蒂一樣到處亂跑，他只得一直對著四周吹口哨、呼喊，不停的揮動枝條把亂跑的山羊一次又一次地趕在一起。

「海蒂，妳又到跑哪裡去了？」彼得沒好氣地大喊。

「我在這裡！」

海蒂的聲音傳來，但彼得看不見她的人影。原來海蒂坐在一個開滿夏枯草的小山丘後面，空氣中飄散著夏枯草的花香，她從來沒有聞過這麼怡人的香氣，於是坐在花叢間，享受地聞著花朵的清香。

「快過來！妳可不要掉到山岩下，大叔交代我要看好妳。」

「哪裡有山岩？」海蒂反問。她還是坐在原地不動，只要微風一吹過，花香就會撲鼻而來。

「在山的最上面，還很遠，所以快點走吧！山頂還有很會叫的大鳥呢！」

這些話果然管用，海蒂馬上跳起來，捧著圍裙，兜住滿滿的花，朝著彼得跑來。

「妳已經摘夠多花了。」當他們繼續往山上走的時候，彼得對著海蒂說。「如果妳再繼續摘花，我們又得停下來。而且如果妳今天把花通通摘完了，明天就沒得摘了。」

最後這句話說服了海蒂。她已經摘了那麼多花，圍裙差不多裝滿了，要留點明天摘，於是海蒂跟著彼得繼續走。羊群現在也成群移動，因為牠們也已經聞到山上牧場的青草芳香，不再逗留，一股勁兒往上走。

彼得平常停留休息，並放羊吃草的那片牧場，就在高聳的山岩下。那些山岩的底部覆蓋著樹叢和杉木，愈往高處愈顯光禿，頂端高聳入天。在草地的一側，是深不見底的深淵。爺爺的警告是有依據的。

一到了牧場，彼得就小心翼翼地把身上背著的袋子放進地面的一個凹洞裡，因為山上有時風很大，他可不想讓他的寶貴午餐被吹滾到山下去。接著彼得立刻在充滿陽光的草地上躺成一個大字，剛剛爬山路可累壞他了，現在得好好休息一下。

海蒂解開圍裙，並用圍裙包住剛剛採的花，然後放進彼得放午餐的凹洞裡。她在彼得旁邊坐下，看著四周；下面是沐浴在晨光中的山谷，遠處是一大片綿延的雪地，聳立在湛藍的天空下。左邊則是一大塊的山岩，每個光禿尖銳的岩石都像高塔一樣，彷彿從高處嚴厲地俯視著海蒂。

四周一片深沉的寧靜，微風吹拂過柔弱的藍色吊鐘草和閃耀金黃光澤的岩薔薇。到處都是岩薔薇，細長的花莖隨風擺動，彷彿愉快地輕輕來回點頭。彼得已經累得睡著了，羊群也爬到較高處的樹叢間。海蒂沐浴在金色的陽光中，呼吸著新鮮的空氣和淡淡的花香，覺得高興極了，她沒有別的願望，只期望能一直這樣過日子。海蒂望著遠處的高山，感覺每一座山有自己的臉孔，就像好朋友般熟悉看著自己。

突然一陣尖銳的鳥叫聲傳來，海蒂抬頭一看，發現有一隻大鳥在她的頭頂上盤旋，她從來沒見過這麼大隻的鳥。大鳥張開翅膀在空中不斷地繞著大圈子飛，一飛到海蒂的頭頂上方就發出刺耳的叫聲。

「彼得，醒醒，醒醒！」海蒂大聲喊。「快看，是大鳥！你看！你看！」

彼得被海蒂的叫聲吵醒，跟著海蒂一起看著那隻大鳥飛往藍天，愈飛愈高，最後消失在灰色山岩的上空。

「牠到哪裡去了？」海蒂的目光一直緊盯著大鳥。

「回牠的巢去了。」彼得回答。

「牠住在山上？喔，能住在那麼高的地方，真好。為什麼牠會這樣尖叫？」海蒂繼續問。

「因為牠必須那樣叫啊！」彼得解釋。

「我們爬上去看看牠們住的地方，怎麼樣？」海蒂提議。

「不行！不行！」彼得馬上大聲反對。「連山羊都不准上去，而且大叔也說了，不能讓妳從山崖掉下去。」

這時彼得突然用力吹起口哨，拉起嗓子大喊。海蒂不明白發生什麼事，但那些羊兒似乎很清楚彼得的命令，因為一隻羊接著一隻羊的聚集過來，不一會兒所有的羊都聚在鮮綠的山坡上了。有的繼續吃草，有的四處跑，有的用角互相頂撞著。海蒂從來沒有見過這麼好玩的景象，她跑進羊群裡，跟著羊兒東奔西跳，玩得好高興。她從這隻羊旁邊跑到另一隻羊旁邊，每一隻羊都長得不一樣，而且有牠們自己的性情。海蒂想認識每一隻羊。

這時候彼得已經把袋子拿過來，也把裡面的四樣東西拿出來放在地上，排成一個四角形。大的那兩塊麵包和乳酪放海蒂那一邊，小的兩塊放在自己前面。他很清楚爺爺交給他的東西，那些是給海蒂吃的。接著，他拿起碗，然後從小天鵝身上擠了一大碗新鮮的羊奶，放在四角形的中間。午餐都準備妥當之後，他才叫海蒂過來，可是海蒂忙著看她那些新朋友，蹦蹦跳跳玩得不亦樂乎，根本沒聽見彼得的呼喚。彼得為了引起她的注意，他放聲大喊，聲音震得山岩響起回音。海蒂跑過來看到地上準備好的午餐，開心得手足舞蹈。

「不要跳了，午餐時間到了！」彼得命令她。「坐下來，快吃吧！」

海蒂坐了下來。「這碗奶是給我的嗎？」她滿心歡喜看著擺得整整齊齊的四角形和放在中間的碗。

「沒錯。」彼得回答。「那兩塊大的麵包和乳酪也是妳的。妳喝完那碗羊奶之後，我從小天鵝那裡再給妳擠一碗。然後才輪到我喝。」

「那你喝的奶從哪裡來？」海蒂想知道彼得喝的奶是哪隻羊的。

「從我的羊啊，那隻有斑點的。快吃吧！」彼得再一次催促她。

海蒂先喝了羊奶，她一放下空碗，彼得馬上又替她擠了一大碗奶。海蒂撕了一塊麵包，配著羊奶一起吃。她吃了很多，她的麵包還是比彼得的大塊。彼得一下子就把自己的東西吃完了。於是海蒂把剩下的麵包和一大塊乳酪遞給他，說：「這些給你，我吃飽了。」

彼得看著海蒂，驚訝地說不出話，因為從來沒有人對他說過這樣的話，還給他東西吃。他不敢置信的看著海蒂，猶豫著。海蒂看他不敢伸手接麵包的神情，就把麵包放在他的膝蓋上；彼得才明白海蒂是認真的。彼得拿起海蒂送他的麵包和乳酪，用力點頭，表示感激。他吃了自牧羊的日子以來最豐富的午餐。

海蒂望著羊群，好奇地問：「牠們叫什麼名字？」

這個問題彼得再清楚不過了，他腦袋裡除了羊的名字之外，裝的東西原本就不多，所以每隻羊的名字他都記得牢牢的。他指著羊群，一口氣一個名字接著一個名字叫出來。海蒂專心地聽著，不久之後，她也能分辨所有的羊兒，叫出每隻羊的名字，因為每隻羊都有自己的特徵，只要仔細觀察很容易就記住了。海蒂細心地記住那隻有一對強壯羊角的羊叫土客，牠動不動就想衝撞同伴，其他的羊只要看土客走過來，就會趕緊躲開，牠們不想和這粗野的傢伙在一起。唯獨矯健的黃雀膽子很大，不但不閃躲，有時還故意接二連三跑去衝撞土客。黃雀的身手快速敏捷，連剽悍的土客也常常被嚇得愣住。黃雀敢這麼挑釁，靠的就是牠有一對尖銳的角。

另一隻白色小山羊雪兒總是不斷的哀號，海蒂好幾次跑到牠旁邊，抱著牠的頭安慰牠。海蒂只要一聽見雪兒稚嫩悲傷的叫聲，就會趕緊跑過去，用她的小手臂環抱小羊的脖子安慰牠，同時關心地問：「你怎麼了，雪兒？你為什麼叫得這麼悲傷？」雪兒對海蒂似乎十分信任，牠把頭靠在海蒂身上，安靜了下來。

彼得還坐在草地上狼吞虎嚥地吃著東西，他斷斷續續地喊說：「牠會這樣是因為老的不再跟來了，前天牠被賣到邁恩費爾德去了，再也不會上阿爾姆了。」

「誰是老的？」海蒂問。

「就是牠媽媽呀！」

「那牠奶奶呢？」海蒂不死心的又問。

「牠沒有奶奶。」

「那爺爺呢？」

「也沒有爺爺。」

「啊，可憐的雪兒。」海蒂一邊說，一邊抱緊雪兒。「你不要再哭了，你看，從現在起我每天跟著你上山，你不會再孤單了，你可以到我這裡來。」

雪兒高興地把頭依偎在海蒂的肩膀上，不再傷心地咩咩叫。

彼得終於吃完東西了，他走到羊群和海蒂旁邊。海蒂還是對牧場上的一切感到很好奇，東看西看。她覺得羊群中最漂亮、最乾淨的山羊要數小天鵝和小熊，牠們的動作優雅，總是自己走自己的路，尤其會避開討厭的土客，要是碰上了也是表現出鄙夷的樣子。

羊群又開始往山上的樹叢爬，每一隻以自己的方式走著，有的輕率地往上跳，有的小心地尋找路上的嫩草吃，土客則是四處試著找同伴的麻煩。小天鵝和小熊則是優雅又輕盈地往上爬，到了山頂找到最漂亮的灌木叢，熟練地站在旁邊啃起葉子來了。

海蒂兩隻手交握在背後，睜大眼睛專心地看著羊群。「彼得，我覺得小天鵝和小熊是所有羊裡最好看的。」她對著又躺在地上的彼得說。

「我知道。老爺爺總是把牠們洗得乾乾淨淨，還給牠們鹽吃，而且牠們有最乾淨的羊欄。」

彼得突然跳起來，大步跑去追羊。海蒂也追了過去，想知道發生什麼事了。彼得穿過羊群，朝著光禿險峻的山崖跑去，原來是有一隻冒失的小山羊黃雀跑到山崖，只要不留意很可能就會掉到山崖下，跌斷腿。幸好彼得及時趕上，眼看那隻羊正往山崖邊跳，他想抓住牠，自己卻跌了一跤，在跌倒之際，他抓住了小山羊的一隻腿。黃雀的腿被抓住，又驚又氣地咩咩叫，固執地想繼續往前衝。彼得對著海蒂大喊，要她來幫忙。因為他沒辦法站起來，黃雀的一條腿快被他扯斷了。海蒂跑了過來，發現情況不妙，趕緊從地上抓了一把清香的野草，放在黃雀的鼻子前面，安撫牠說：「來，來，黃雀，聽話！你看，如果掉下去就會跌斷腿，會很痛的。」

小山羊聞到草香，馬上轉頭高興地吃著海蒂手上的草。這時彼得好不容易站起來，用繩子套住了黃雀的脖子，繩子上面繫著鈴鐺，海蒂趕緊從另外一邊抓住牠，兩個人總算把這隻逃跑的小山羊又帶回到安全的地方，趕回羊群裡。彼得舉起枝條想要好好懲罰黃雀，把牠嚇得一直往後退，咩咩地叫著顯得很害怕的模樣。

海蒂連忙大喊：「不可以，彼得，不可以，你不要打牠，牠已驚嚇成那個樣子了！」

「牠活該。」彼得低吼，正要出手打小山羊。海蒂撲上去攔住他，憤怒地大喊：「你不可以打牠，會很痛，放了牠！」

彼得驚訝地看著口氣嚴厲的海蒂，她的黑眼睛憤怒地注視著他，讓他不由自主地放下枝條。「如果明天妳再把妳的乳酪給我，我就放了牠。」彼得讓步的說，受了這樣驚嚇的他總得要點賠償。

「全都給你，明天的一整塊，還有以後每一天的乳酪都給你，我不需要。」海蒂同意。「我的麵包也可以給你，就像今天的那麼大塊。但是你以後再也不可以打黃雀，也不可以打雪兒和其他羊。」

「隨便妳。」彼得回答，他同意了海蒂的條件。於是他放了那隻犯錯的羊。黃雀興奮地跳起來，跑回羊群裡。

一天就這樣很快過去了，太陽已經落到山的另一邊。

海蒂坐在地上安靜的看著沐浴在金色夕陽中的吊鐘草和岩薔薇，遍地的野草像塗了薄薄一層金色。山岩也閃閃發光。海蒂突然站起來大喊：「彼得！著火了！著火了！所有的山都在燃燒，還有對面的雪地，天空也是。你看，高山的岩石燒起來了！喔，好好看，紅通通的雪！彼得，快起來！你看，大鳥那裡也有火！那些岩石、杉木，所有的東西都著火了！」

「這很平常啊。」彼得悠哉地剝著手中枝條上的樹皮。「但那不是火。」

「那是什麼呢？」海蒂跳來跳去，看著四面八方的景象，她覺得太美麗了，怎麼也看不膩。「你說，那是什麼？」海蒂叫喊。

「本來就是那個樣子。」彼得這麼解釋。

「喔，你看，你看。」海蒂興奮地大喊，「一下子變成玫瑰紅！你看那些被雪覆蓋的陡峭山峰，那些山叫什麼名字？」

「山沒有名字。」彼得回答。

「喔，好漂亮。玫瑰色的雪。山崖上面有好多好多玫瑰。喔，現在變成灰色了！

啊！熄掉了！所有的東西都熄掉了！彼得，你看！」海蒂又坐回地上，非常失望的樣子，彷彿一切都完了。

「明天還是會像今天一樣。」彼得對海蒂解釋，「走吧！我們必須回家了。」彼得吹口哨，大聲吆喝，把羊群都叫回來，然後踏上歸途。

「每天都是這個樣子嗎？如果我們每天到牧場來，天天都是這樣嗎？」海蒂急切地問，她希望得到肯定的答案。

「大部分的時候。」這是她得到的答案。

「可是明天一定也會像今天一樣，對不對？」她又追問。

「對，對，明天還是一樣。」彼得跟她保證。

海蒂聽了非常高興，今天她有了好多新奇的體驗，那些景象在她腦子裡繞啊繞的，所以下山時，她一路安安靜靜的，什麼話也沒有說，直到回到木屋。海蒂看見爺爺坐在樅樹下的板凳上，等著她和兩隻羊兒，立刻跑向爺爺，小天鵝和小熊跟在她後面，牠們當然認得主人還有牠們的羊欄。

彼得對著海蒂大喊：「明天再一起去山上。晚安！」他真的很希望能和海蒂再一起上山。

海蒂又跑到彼得身邊，和他握手，要他放心，她明天還會和他一起上山。然後她跑進正慢慢離開的羊群裡，再次抱著雪兒的脖子，親密地說：「雪兒，你好好睡一覺，我明天會再來，你不要傷心了！」

雪兒抬起頭，露出感激的眼光友善地看著海蒂，然後高興地追在羊群後面離開。

海蒂往樅樹的方向走，離爺爺還很遠就已經大喊：「爺爺，山上真的好漂亮喔！山上的火焰、山崖上的玫瑰，還有好多黃色、藍色的小花，你看，我給你帶什麼回來了！」她邊說邊把包在圍裙裡的花朵都抖落出來。可是，海蒂認不出那些花了，那些可憐的花全枯了，花瓣也都謝了。「啊，爺爺，這些花怎麼了？」海蒂吃驚地大喊，「它們原本不是長這個樣子的，怎麼會變成這樣？」

「那些花只想待在太陽底下，不喜歡被包裹在圍裙裡。」爺爺回答。

「那我以後再也不把它們帶回家了。爺爺，為什麼山上的大鳥會尖叫？」海蒂又問，她迫切地想知道答案。

「等會兒我們吃晚餐的時候，我再告訴妳。妳先去洗澡，我要到羊欄擠一些奶。」

海蒂聽爺爺的話，乖乖去洗澡時，爺爺已經準備好了晚餐。

海蒂坐上她的高椅子，面前是一碗新鮮的羊奶。爺爺在她旁邊才剛坐下，她立刻迫不及待又問了同樣的問題：「爺爺，大鳥為什麼在天空中那樣尖叫？」

「牠在嘲笑下面那些住在村子裡的人，他們愛說別人壞話，牠在天上嘲笑他們：『你們最好分開，各自走各的路，像我一樣住在山頂，日子就會快樂多了！』」爺爺的口氣粗魯，讓海蒂想起大鳥的叫聲。

「爺爺，為什麼山沒有名字呢？」海蒂繼續問。

「山有名字，如果妳能說出它們的樣子，讓我認出來，我就告訴妳，那座山叫什麼名字。」爺爺回答。

於是海蒂開始描述那座上面有兩個像巨塔岩石的山崖。

爺爺高興地說：「妳形容得很好，那是法克尼斯山。妳還看到什麼樣的山？」

海蒂繼續描述一座被大片雪地覆蓋的山，「那片雪地像著了火般紅通通的，然後慢慢變成玫瑰紅，突然又一下子又熄滅，變得好灰暗。」

「那座山我也知道，那是謝薩普拉納山。」爺爺回答。「這麼說，妳喜歡高原牧場？」

海蒂告訴爺爺，她一整天看到各式各樣的美麗景象，特別是傍晚時分的火焰。因為彼得說不出所以然，她問爺爺：「那些火焰是怎麼回事？」

「那是因為太陽要和山說晚安，所以撒下它最美麗的光芒，好讓山在太陽第二天早晨再升起前不會忘記它。」

海蒂很喜歡爺爺的答案，她幾乎等不及明天的到來，她想再和彼得一起上山到牧場，想再看一次太陽和山說晚安。可是現在她必須先睡一覺。她一躺到床上就沉沉入睡。夜裡，她夢見火紅的山和山上的紅玫瑰，還有在牧場上開心跳躍的雪兒。

4 在老婆婆家

第二天早晨，也是大晴天，海蒂和彼得一起趕著羊群到山上的牧場。

就這樣，一天又一天，高山上的生活讓海蒂的身體變得強壯又健康，皮膚也曬得黝黑。她每天都快快樂樂的，就像住在綠色森林中的一隻快活的小鳥。

轉眼，秋天來了。大風開始呼呼地吹，於是有時爺爺會對海蒂說：「海蒂，今天留在家裡，山上風太大了，妳個子這麼小，一不小心就會被風吹到山谷下。」

但是每當爺爺這麼說，彼得就會覺得很失望，因為這又將是難過的一天。首先，海蒂不在，他一個人很無聊，不知道該如何打發時間，加上豐盛的午餐也沒著落了！那些山羊也會特別難纏，因為牠們也已經習慣海蒂的陪伴。如果海蒂不在，牠們就會四處亂跑，不肯好好走上山。

海蒂倒是不在意能不能上山，因為她總是可以找到一些好玩的東西，當然最好還是能和彼得一起到山上，那裡有美麗的花朵、大鳥，以及各式各樣的景物，還可以和山羊作伴。待在家裡的日子，海蒂一點也不無聊，有時看著爺爺敲敲打打的做木工，有時看著爺爺製造圓形的乳酪，他捲起袖子在大鍋子攪拌的奇怪動作，總讓海蒂覺得格外有趣。

大風呼呼吹的日子裡，屋子後方的老樅樹搖晃的窸窣聲，更是深深吸引著海蒂。她很喜歡站在大樹下聽著風聲，那從樹梢傳來的低沉聲響實在太神奇美妙了。她喜歡看大風吹過樹梢，樹枝猛烈搖晃，枝葉發出猛烈的簌簌聲響，她怎麼也看不膩聽不厭。

秋天的太陽已經不像夏天那麼猛烈，氣溫也慢慢下降，海蒂穿上她的襪子、鞋子，還有裙子。每次海蒂站在樅樹下，就會像片薄葉子般被風吹得搖搖擺擺。但是她只要聽到風聲就是沒法待屋子裡，一直跑到大樹下。

不久之後，天氣變冷了。每天早晨上山時，彼得必須不停地往手上呵氣來取暖，這樣的日子也沒有持續太久。某天夜裡開始下起大雪，第二天整個阿爾姆山上一片雪白，再也看不見任何草綠。彼得和他的羊群也停止上山了。

海蒂坐在窗前，驚奇地看著屋外，外面又開始下雪。雪花紛飛，積雪愈來愈厚，過了一段時間，積雪堆到了窗沿，雪愈積愈高，最後連窗子也打不開了，他們被困在木屋裡了。

海蒂覺得很有趣，她從這個窗戶跑到那個窗戶，想知道接下來會怎麼樣，雪會不會把整個屋子掩埋起來，大白天還得點燈呢。但這種情況從來沒有發生，因為只要雪一停，爺爺就會走到外面剷雪，把屋子四周的雪鏟成一堆一堆的小雪山，然後窗戶和門又可以打開了。

一天下午，海蒂和爺爺一起坐在火堆前面，各坐在自己的三腳圓凳上。很久以前，爺爺替海蒂也做了一張三腳圓凳。突然傳來像是有什麼東西撞上門的聲音，接著是一陣踩踏門檻的聲響，然後門被開了。原來是彼得，他不是因為調皮才撞門，而是想弄掉黏沾在鞋子上的雪。事實上不只有鞋子，他全身都覆蓋著雪，因為他穿越積雪很深的雪地，大塊的雪掉落在他身上而凍結了。但冰天雪地並沒有讓彼得屈服，他已經一個星期沒見到海蒂了，今天一定要見到她。

「你們好。」彼得進門一打完招呼，立刻走到爐火旁邊。他沒有再開口說話，但是內心的喜悅全表現在臉上，他很高興自己終於到了。彼得站得很靠近火爐，身上的雪開始溶化，看起來像一道小瀑布。海蒂驚奇地看著他。

「將軍，怎麼樣？現在沒有軍隊可以帶，你又得啃石筆了吧。」

「爺爺，為什麼他要啃石筆？」海蒂好奇地問。

「冬天他必須去上學，在學校裡學習讀書和寫字，這有時候很難，啃啃石筆可能有點幫助。我說的沒錯吧，山羊將軍？」

「沒錯。」彼得點點頭。

於是海蒂開始對彼得學校的事情大感興趣，她問了彼得一大串問題：你在學校裡都做些什麼事？看到什麼？聽到什麼？

每個問題都讓彼得花費不少時間回答，還沒全部回應完海蒂的所有問題，他從頭到腳已經烘乾了。對彼得來說，回答那些問題十分吃力，他總是想了好久才有辦法把自己的想法確實表達出來。每當他才回答完一個問題，海蒂又接著問了一個讓他特別傷腦筋問題。而且那些問題都不是三言兩語就能說明的。他們兩個說話的時候，老人只是靜靜坐在旁邊，但是從他不時上揚的嘴角，可以看得出來他一直在聽著。

「好了，將軍，你一直在被拷問，你需要補充一下體力，來吧！」老爺爺說著走到櫃子前面，把放在裡面的晚餐拿出來。

海蒂把椅子挪到桌子前面。現在靠牆的地方多了一張長凳子，那是爺爺做好之後釘牢在那裡的，因為現在他不再是一個人住。爺爺走到哪裡，海蒂就跟到那裡，不管是站著或坐著。因此現在他們三個人都有舒服的位子可坐。

當爺爺把一大塊肉乾放在一片厚厚的麵包上，然後遞給彼得時，他瞪大眼睛簡直不敢相信，他已經很久沒吃到這麼豐盛的晚餐了。

三個人很愉快地一起吃晚餐，用完餐時，天快黑了，彼得也該回家了。他對爺爺和海蒂說「晚安」和「謝謝」後，走到門口時又轉身說了一句：「下星期天我會再來。海蒂，我奶奶說，請妳找個時間到我們家來玩。」

海蒂沒有想過到別人家作客，現在這個念頭牢牢抓住她的心。第二天，她一醒來就跑去對爺爺說：「今天我一定要到山下婆婆的家，她在等我。」

「雪積太厚了。」爺爺沒有答應她。可是海蒂沒有改變主意，她一定要去看老婆婆，那是老婆婆特別交代的。於是海蒂每天總是要說個五、六次：「爺爺，今天我一定要去，老婆婆在等我。」

到了第四天，外面還是冰天雪地，踩在雪地上就會發出沙沙的聲響，大片的積雪已經結凍。燦爛的陽光從窗戶照進來，正好照在海蒂的高椅子上。這時海蒂正在吃午餐，她又開始重複：「爺爺，我今天一定要去婆婆家，她在等我呢，不能讓她等太久。」

於是，爺爺到閣樓把海蒂當被子蓋的厚重袋子拿下來，然後對海蒂說：「走吧！」

海蒂興高采烈的蹦蹦跳跳地跟在爺爺後面，走進外面閃閃發亮的銀色世界。老樅樹靜悄悄地，樹枝上掛滿白雪，在陽光照耀下，顯得閃閃發亮。

海蒂被美麗的景象吸引，高興地大喊：「爺爺，快出來看！樹上到處是金色和銀色的亮光。」

爺爺從棚子裡搬出一個很大的雪橇。雪橇的一邊有一根桿子，坐在座位上時，兩腿可以伸到前面，必要的時候可以用其中一隻腳抵住雪地，就可控制滑行的方向。爺爺和海蒂觀看完縱樹之後，坐上雪橇，他把海蒂抱在大腿上，用那袋子團團裹住海蒂，讓她身體保暖。然後為了安全，他用左手臂緊緊把她抱在懷裡，右手緊抓著側面的桿子，兩腳一蹬，雪橇飛快衝下山，速度之快讓海蒂覺得自己像在天上飛的小鳥，她不停地歡呼。雪橇最後在彼得家門前猛然停下來。

爺爺把海蒂放下來，解開包在她身上的袋子，然後對海蒂說：「好了，進去吧！記住，天快黑的時候就要出來，準備回家。」說完，他轉身拉著雪橇往山上走。

海蒂推開門，走進小屋子，裡面很暗，她只看到一個爐灶，架子上有幾個碗，這是個很小的廚房。接著她看到另一扇門，她推開門，走進一個狹小的房間。這屋子不像爺爺的木屋沒有隔間，只有一個房間還有放乾草的閣樓。這是一間破舊不堪的狹小房屋，海蒂一走進那房間就看到門邊擺著一張桌子，有一個女人坐在桌子旁邊縫補著一件背心，海蒂認得那件背心是彼得的。角落裡還坐著一個老婆婆，她彎著背正在紡紗。海蒂猜想那一定是彼得的奶奶，她走向前打招呼：「您好，婆婆，我來了，您等了好久吧？」

老婆婆抬起頭，摸索著直到碰觸到海蒂伸出的小手。老婆婆抓著她的手，撫摸了好一會兒，好像在想些什麼，最後才開口說：「妳是在阿爾姆大叔那裡的那個小女孩嗎？妳就是海蒂吧？」

「對，我是海蒂。我剛剛和爺爺坐雪橇下來的。」

「怎麼可能？妳的手很暖和。布莉姬特，告訴我，真的是阿爾姆大叔自己帶這個孩子來這裡的嗎？」

彼得的媽媽布莉姬特原本坐在桌子旁邊縫補衣服，這時她站了起來，好奇地從頭到腳打量著海蒂，然後說：「媽，我不知道。不太可信，也許這孩子自己也弄錯了。」

可是海蒂很認真的看著那女人，嚴肅的說：「我當然知道是誰把我裹在被子裡，用雪橇載我到這裡來，那是我爺爺。」

「這麼說，彼得在夏天裡講那些關於阿爾姆大叔的事是真的，我們還以為他隨便亂講的。」老婆婆說，「誰會相信真有這種事？我原以為這孩子不可能待在山上超過三個禮拜。布莉姬特，這孩子長得什麼樣子？」

布莉姬特仔細的看著海蒂，然後說：「她長得和阿德爾海德一樣嬌小，但是有一雙像托比亞斯和山上老頭的黑眼睛和一頭捲髮，我覺得跟他們兩個很像。」

她們說話的時候，海蒂在房子裡到處看來看去，仔細地觀察每樣東西。過了一會兒，她對老婆婆說：「婆婆，妳看，那個護窗板鬆了，會撞來撞去的，如果爺爺在，他會在那裡釘上一個釘子，讓它固定。否則很可能會突然把玻璃窗撞破。」

「啊，好孩子，我看不見，但是我聽得見。不只護窗板，還有好多東西，只要風一吹就會嘎吱、嘎吱地響，風從各處鑽進來，這房子快被吹散了。夜裡睡覺時，我好怕風會把屋子吹垮，然後壓死我們三個人。沒有人可以整修這房子，彼得對這些一竅不通。」老婆婆回答。

「為什麼妳看不見呢？婆婆。妳看，又搖晃了，就在那裡！前面那裡！」海蒂指著護窗板。

「啊，孩子，我什麼也看不見，不只是那護窗板。」老婆婆悲傷地說。

「如果我到外面把護窗板打開，讓陽光照進來，屋裡就會很亮，那妳就可以看得見了吧？婆婆。」

「不行，沒用的。我的眼睛已經什麼也看不見了。」

「如果妳到外面，一定看得見那些白雪。跟我來，婆婆，我帶妳去看雪！」海蒂抓住老婆婆的手，想拉著她走到外面。但她的心裡開始感到不安，老婆婆也許到哪裡眼前都是一片黑暗。

「好孩子，讓我坐這裡就好。不管在雪地裡或有亮光的地方，我的眼前還是一片漆黑，我的眼睛看不見任何光了。」

「可是婆婆，只要到了夏天，」海蒂愈來愈著急，她想要找個好辦法。「妳知道嗎，太陽會很大，它說晚安之後，一座座的山就會像著了火一樣紅通通，所有的花會變成金色，那妳就會看得見了，不是嗎？」

「啊，孩子，我再也看不見火紅的山和金色的花，再也看不見世上的任何東西，我眼前只有一片漆黑。」

海蒂忽然大哭起來，她一邊啜泣一邊說：「到底有誰可以讓妳再看見？沒有人嗎？真的沒有辦法嗎？」

老婆婆想辦法要安慰海蒂，但不是那麼容易。海蒂不太會哭，可是一旦哭起來就會悲傷不停。老婆婆不忍心看她哭得那麼傷心，試了各種辦法哄她。老婆婆安慰海蒂說：「來，好孩子，到我這裡來，我有話跟妳說。看不見的人就愛聽有趣的事，所以我想聽妳說話，坐到我身邊來，說些好玩的事給我聽聽。妳在山上和爺爺都做些什麼事？我以前和妳爺爺也很熟，可是這幾年來，除了偶爾聽彼得提起，我再也沒聽到關於他的事，彼得說的也不多。」

老婆婆這麼一說，讓海蒂有了新的想法，她趕緊擦乾眼淚，安慰婆婆說：「婆婆，我回家以後會把所有的事情告訴爺爺，他會讓妳重見光明，而且會把這屋子修理好，真的，什麼東西他都能修理好。」

老婆婆什麼話也沒說。接著，海蒂高興地說起她和爺爺在山上的生活，在牧場上牧羊，還有他們現在怎麼過冬的日子，以及爺爺的木工：他用木頭做長凳、椅子、給小天鵝和小熊放草料的飼料槽、她夏天洗澡用的大木桶、裝羊奶的木碗，還有木湯匙。海蒂興奮地說著，爺爺怎麼從一塊木頭變出這麼多漂亮的東西，她都站在旁邊看，將來她也要學做那些東西等等。

老婆婆很專心地聽著，偶爾問一句：「布莉姬特，妳聽到了嗎？妳聽到她說的有關大叔的事了嗎？」

突然門外傳來重重敲門聲，打斷了海蒂的話。接著彼得走了進來，他看見海蒂嚇了一跳，眼睛瞪得大大的愣在原地，當他聽到海蒂對他說「你好啊，彼得」時，立刻露出大大的笑容。

老婆婆很驚訝地說：「今天怎麼這麼早就放學了？這麼多年來，沒有哪天下午像今天過得這樣快。彼得，你回來了，課上得怎麼樣？」

「還不是老樣子。」

「唉。」老婆婆嘆了一口氣。「我原本以為隨著年歲長大會有改變，再過兩個月你就十二歲了。」

「奶奶，為什麼要有改變啊？」海蒂好奇的問。

「我期待他多學點，」老婆婆說，「我是指讀書識字。架子上有一本舊的祈禱書，上面有很多很美的詩歌，我已經很久沒聽到了，我希望彼得學會認字讀書，可以偶爾唸給我聽。但是這孩子就是學不會，讀書對他來說太難了。」

「我想我得點燈了，天色已經暗了。今天下午時間過得好快。」原本一直專心在縫補背心的布莉姬特說。

海蒂忽然從椅子跳起來，匆匆忙忙伸出手說：「晚安！婆婆，我必須趕快回家了，天黑了。」她又和彼得以及他媽媽握手道別，然後趕緊往門口走，因為她和爺爺說好天黑之前要回家的。

這時老婆婆很擔心地喊著：「等等，海蒂，妳不要一個人走，讓彼得送妳，聽見了嗎？彼得，你看好她，別讓她摔倒受傷，也不要停下來，不然會凍壞的，聽到了嗎？那孩子有沒有圍巾啊？」

「我沒有圍巾，不過我不會凍壞的。」海蒂回頭大聲說，然後很快地走出門。

彼得趕緊追上去。

老婆婆又擔心地大喊：「快追上去，布莉姬特。天黑了，那孩子會凍壞的，拿我的圍巾去幫她裹上！快一點！」

布莉姬特照著婆婆的話拿了圍巾追出去。兩個孩子才往山上走了幾步，就看見爺爺從山上下來了。

「很好，海蒂，妳很聽話。」爺爺一說完，就用袋子裹住海蒂，抱起她往山上走。

這一幕布莉姬特全看在眼裡，她和彼得回到屋子裡，把剛剛看到那不可思議的一幕告訴老婆婆。

老婆婆驚訝地不斷說：「感謝主！太好了，感謝主！希望他能讓那孩子再來，那孩子真是討人喜歡，心地善良又那麼會說話。」老婆婆顯得很高興，一直到上床前，還不斷地說：「希望那孩子能再來。世界上終於有一件讓我可以期待的事了！」只要聽見老婆婆說同樣的話，布莉姬特每次都會表示贊同。彼得也是不停點頭，高興地咧著嘴說：「我早就知道會這樣。」

在回家的路上，海蒂一直想跟爺爺說話，但她被袋子層層包裹住，聲音傳不出去，因此爺爺一句話也沒聽懂，他對海蒂說：「馬上就到家了，回到家再說吧！」

他們才一進門，海蒂就從袋子裡掙扎出來，馬上就開口說：「爺爺，明天我們必須帶榔頭和釘子去婆婆家，幫她把護窗板釘牢，還有很多地方也需要用釘子好好釘一釘，風一刮，她家的房子就嘎吱、嘎吱地響。」

「我們必須？誰跟妳說我們必須幫忙？」爺爺問。

「沒有人告訴我，是我自己這麼想的。」海蒂回答，「因為那房子太破舊了，很多地方鬆動了，晚上婆婆睡不著，一聽到那些響聲，她就會很害怕地想：屋子馬上就要塌下來，壓到頭頂上了。而且婆婆的眼睛看不見，她說沒有人可以治好她，可是爺爺你一定可以的。想想看，她永遠看不見亮光，眼前總是一片漆黑，還整天害怕擔心，好可憐。除了你沒有人能幫她，我們明天去幫她，好不好？爺爺，好不好？」

海蒂緊緊抓住爺爺，眼神堅定，充滿信賴地望著他。老人盯著海蒂好一會兒才說：「好吧，海蒂，就這麼辦，我們去讓婆婆的屋子不再嘎吱作響，沒問題，我們明天就去。」

海蒂高興得在屋子裡又蹦又跳，一再大喊：「我們明天就去！我們明天就去！」

爺爺說話算話。第二天下午，爺爺坐上雪橇載著海蒂到彼得的家。他跟昨天一樣把海蒂在門口放下，然後對她說：「進去吧，記得天黑就要回家。」

海蒂進屋後，爺爺把包裹海蒂的袋子放在雪橇上，然後繞著彼得的屋子走了一圈。

海蒂才一進門，坐在角落的婆婆立刻大喊：「那孩子又來了！是那孩子！」她高興得拋下手中的線，停下紡輪，兩手伸向海蒂。海蒂立刻跑了過去，拉了一張小椅子，坐在老婆婆身邊。她又有好多事情可以說給老婆婆聽，老婆婆又問了她很多問題。這時突然傳來用力敲打的聲響把老婆婆嚇壞了，她縮起身子，差點把紡車撞倒，婆婆顫抖地說：「啊，天啊，房子就要塌下來了！」

海蒂緊緊抓住她的手臂，安撫她說：「不是，不是，婆婆不要害怕，那是爺爺的榔頭，他正在把那些東西釘牢，妳就再也不必擔心害怕了。」

「這怎麼可能！有這種事！看來上帝沒有完全忘記我們！」老婆婆大喊，「妳聽見了嗎？布莉姬特，妳聽見那聲音了嗎？真的是榔頭！布莉姬特，妳到外面去，請阿爾姆大叔進來，我要親自謝謝他。」

布莉姬特走了出去，看見阿爾姆大叔正用力把一塊新的木塊敲打進牆裡。她走上前，向大叔打招呼：「您好，大叔！非常感謝您這樣幫我們的忙，我媽媽希望請您進屋去，她想親自跟您道謝。沒人會這麼快來幫我們這個忙，我們非常感謝您，真的是——」

「不必說那麼多。」老人打斷她的話，「我知道你們是怎麼看我這老頭的，進去吧，我自己會看哪些地方需要修補。」

布莉姬特只好又走回屋裡，她很清楚，大叔既然這樣說了，她再多說什麼也沒有用。

爺爺繞著屋子，不斷地敲敲打打，修補損壞的地方；還爬上狹窄的梯子，把屋簷也修穩固了，直到一根釘子也不剩。不知不覺，天色暗了，爺爺一從梯子爬下來，就到羊欄後面把雪橇拉出來，這時候海蒂也從屋裡走出來，爺爺像昨天一樣把她裹在袋子裡，一手抱著她，一手拉著雪橇。因為如果把海蒂一個人放在雪橇上，她身上包裹的袋子就會掉下來，她一定會凍僵，於是爺爺把她抱在懷裡，讓她保持溫暖。

就這樣，冬天過去了。

瞎眼老婆婆這麼多年來毫無樂趣的生活裡終於有了生氣，她的日子不再漫長，日復一日的在黑暗中度過，因為現在她心裡有了期待。每天一大早，老婆婆就盼著聽見海蒂啪嗒啪嗒的腳步聲。只要海蒂一跑進來，老婆婆總是高興地喊著：「感謝上帝！她又來了！」

海蒂會坐到老婆婆身邊，把自己知道的所有事情都說給老婆婆聽。不知不覺時間就過去了，不像以前，她老是會問：「布莉姬特，天還沒黑嗎？」而每次海蒂一走，她就會說：「今天怎麼過得這麼快，布莉姬特，妳說是不是？」

布莉姬特總是這麼回答：「可不是嘛，我覺得好像剛剛才把盤子收走。」

老婆婆說：「但願上帝好好眷顧那孩子，希望阿爾姆大叔好好照顧她。那孩子長得壯嗎？布莉姬特。」

布莉姬特都會說：「像顆紅蘋果呢。」

海蒂也很喜歡陪伴著老婆婆，但她只要想到沒有人可以幫助老婆婆重見光明，連爺爺都沒有辦法，她又會覺得很難過。但老婆婆總是說，只要有海蒂的陪伴，她就很高興了。所以一整個冬天，只要天氣一放晴，海蒂就會坐著雪橇下山來陪老婆婆。而每次下山，爺爺也都會帶著榔頭和工具來修補彼得的家。經過幾天的敲打修補，到了夜裡，屋子果然不再嘎吱作響，老婆婆終於可以睡得安穩。老婆婆說她絕對不會忘記大叔的好心。

5 不速之客

冬天過去了，接著快樂的夏天也飛逝而去，而另一個冬天也已經來到了盡頭。海蒂在山上過得幸福快樂，像天空中翱翔的小鳥，她天天期盼著春天再度到來。當春天的暖風沙沙地吹過樹梢，把樹枝上的積雪拂去，燦爛耀眼的太陽把藍色、黃色的花朵召喚出來，牧場的快樂日子就又開始了。這些對海蒂來說，是世界上最美好的生活。

轉眼，海蒂已經八歲了。她從爺爺那裡學到很多手藝，也愈來愈懂得山羊的性情。小天鵝和小熊像忠實的小狗般成天跟在她後面，只要聽到她的聲音就會高興地咩咩叫。

這個冬天，學校已經讓彼得傳了兩次話，要阿爾姆大叔送海蒂到學校上學，因為她已經超過入學的年齡，去年冬天她就應該到學校報到了。但大叔都叫彼得回話給學校的老師，如果老師有什麼事，就自己到山上來找他談，他是不會送海蒂去上學的。彼得兩次都一五一十把大叔的話轉達到。

三月的太陽融化了山坡上的雪，白色的雪蓮花到處冒出頭。山裡的樅樹抖掉了樹枝上的積雪，再次隨風搖曳。

海蒂高興地來回跑來跑去，從門口到羊欄，再從羊欄到樅樹下，然後又跑到爺爺身邊。她開心地告訴爺爺，樹下的綠地又變大了。過一會兒，她又跑去看，因為她等不及看到美麗的夏天帶來花花草草把阿爾姆所有的地方都變成一片綠油油。

一個晴朗的早晨，海蒂像平常一樣到處跑跑跳跳，來回地跨過門欄已經不下十次。突然一個穿著黑衣的老先生出現在她眼前，嚇得她往後退了一大步，差點跌倒。老先生表情非常嚴肅地盯著她看，當他察覺到自己嚇到了海蒂，便友善地對她說：「妳不用害怕，我很喜歡小孩。跟我握個手吧，妳一定就是海蒂吧，妳爺爺呢？」

「他坐在桌子旁邊，正在做木湯匙呢。」海蒂一邊說，一邊把剛關上的門又打開。

那人是小村子裡的牧師，很多年前爺爺還住在村子裡的時候，他們是鄰居，所以彼此很熟悉。他走進門，來到彎著腰正在做木工的老人身旁說：「早安！老鄰居。」

老人抬頭，驚訝地看著牧師，然後站起來說：「早安！牧師先生。」他把椅子挪到牧師面前說：「如果您不嫌棄木椅，請坐。」

牧師先生坐了下來。「好久不見了，老鄰居。」

「是啊，好久沒見到您了。」爺爺回答。

「我今天來，是想跟您商量一點事。」牧師先生繼續說，「我想，您一定知道我來的目的。我想聽聽您的想法。」牧師先生看著站在門口海蒂。她正仔細地觀察這位陌生的客人。

「海蒂，妳去看看那些羊。」爺爺對她說，「妳可以拿一點鹽去餵牠們。在那裡等我，我等等就過來。」

海蒂聽話的走開了。

「那孩子原本去年就該上學了，更不要說這個冬天也沒去學校了。」牧師先生開口說，「學校老師叫人傳話，但是您一直沒有回答。您對那孩子究竟有什麼打算？老鄰居。」

「我不打算讓她上學。」爺爺說。

牧師先生驚訝地看著老人。他雙手抱胸，坐在長凳上，毫不讓步的樣子。「您要讓這孩子變成什麼樣子？」

「不知道。但是在這裡，她和那些山羊、小鳥一起長大，她很快樂，不會跟牠們學壞。」

「可是她是個孩子，不是山羊或小鳥。雖然這些同伴不會讓她學壞，但是她也學不到任何東西。她必須學點東西，而且是時候了。我來這裡是儘早來通知您，老鄰居，這個夏天好好想一想，並準備好，這是最後一個她不必上學的冬天。明年冬天一定要讓她上學，而且每天都得去學校。」

「我不會讓她去上學的，牧師先生。」老人固執地拒絕。

「您真的這麼想，要怎樣才能改變您不理智的想法？」牧師有點激動地說，「您也算是見過世面，經歷豐富的人。我原本以為您是明事理的，老鄰居。」

「是嗎？」老人的聲音聽起來已經不像先前那麼冷靜了。「牧師先生真的認為明年冬天，我會讓那個柔弱的孩子，每天一大清早冒著風雪，花兩個小時下山，晚上再摸黑上山？有時候，暴風雪吹得連我們大人都快窒息了，像她這樣小的孩子會怎麼樣？也許牧師先生還記得她的母親阿德爾海德，她會夢遊，而且經常突然發作。您想讓那孩子也累出一樣的病嗎？誰想強迫我那麼做，也行，我們就法庭上見，到時看誰敢強迫我！」

「您說的沒錯，老鄰居。」牧師先生和氣地說，「讓那孩子從這裡去上學，是不太可能的。但是我看得出來，您愛那個孩子，為了她著想，您該考慮一下我以前就跟您說過的，搬到村子住，和大家一起生活。您住在這裡，萬一發生了什麼事，誰能幫忙？我也沒法想像，住在這裡冬天要怎麼抵擋嚴寒，那孩子怎麼受得了！」

「那孩子活潑好動，而且有一床好被子，這我要讓您知道。還有我知道哪裡有木柴，什麼時候可以去砍柴。您可以到我的棚子裡看看，裡面該有的都有。整個冬天，我的屋子裡沒熄過火。我一點也不想搬到村子裡住，山下的人瞧不起我，我也瞧不起他們，最好是彼此離得遠一點，大家會過得比較好。」

「不，不，您過得並不好，我知道為什麼。」牧師說，「您說大家瞧不起您，沒有那麼糟糕，相信我。您只要重新信奉上帝，必要的地方請求上帝的原諒，您就會看到人們用什麼樣的眼光看您，您會過得很好。」牧師站起來，對老人伸出手，更誠懇地說：「老鄰居，我期待明年冬天你們會搬到村子裡，我們再做好鄰居。我實在不願意看到必須對您採取強制的行動。我們握個手算是約定，你們下山來和大家一起過日子，同上帝和村子裡的人和解。」

阿爾姆大叔和牧師握了手，然而仍舊堅定地說：「您的確是替我著想，可是我要讓您失望了，我明明白白地告訴您，我不會送那孩子去上學，也不會搬到村子裡住。」

「願上帝保佑您！」牧師先生說完就難過地走出屋子，下山了。

牧師離開之後，阿爾姆大叔的心情變得很差。

下午，海蒂對爺爺說：「我們現在去婆婆那裡吧。」

阿爾姆大叔只簡短回了一句：「今天不行。」之後一整天，他不再說話。

第二天早上，海蒂又問：「今天我們去婆婆家嗎？」

爺爺還是只回了一句：「再看看。」

中午吃過午餐，碗盤還沒收好，又來了一個客人，是蒂德阿姨。她頭上戴了一頂插著羽毛的漂亮帽子，身上穿著很長的長裙，裙尾拖著地走，像是可以掃地般，小木屋裡沒有一樣東西配得上她的打扮。

爺爺從頭到腳打量了她一番，但是什麼話也沒說。可是蒂德心裡打算和氣地跟老人商量。她先是稱讚海蒂長得真好，讓她差點認不出來，看來海蒂在爺爺這裡日子過得不錯。然後解釋她心裡其實一直惦記著要來把海蒂帶走，因為她清楚那孩子在這裡會給他添麻煩，但那時候她實在不知道要把海蒂交託給誰。儘管如此，從那時候起，她日夜都在想，該把海蒂送到哪裡才好。她今天也是為了這事，才又來到這裡。因為她打聽到一個能帶給海蒂幸運的好機會，剛開始連她自己也不相信會有這麼好的事，但經她調查之後，證實這個好消息是真的，海蒂實在是太幸運了，能遇見這千載難逢的機會。

蒂德的主人有一個很有錢的親戚，住在全法蘭克福最漂亮的房子裡。這位有錢人家只有一個女兒，但她的一條腿癱瘓了，身體也很不好，只能請家教老師在家上課。小女孩覺得在家太無聊了，希望能找一個玩伴陪她。他們告訴蒂德的主人，希望能找一個心地善良又純真的小孩，要有個性，不要像一般常見的小孩那樣。蒂德的主人很同情親戚那體弱多病的女兒，所以也幫忙他們家找玩伴。蒂德立刻就想到海蒂，於是去找女管家，向她描述了海蒂的一些事以及個性。女管家立刻就答應了。現在誰也無法預料海蒂將來會有多幸運，因為海蒂去了，如果那個有錢人家很喜歡她，而那家的小姐體弱多病，萬一有個三長兩短，誰曉得……到時候那家人說不準就會想收養一個小孩，那麼一來意想不到的幸運就——

「妳說完了沒？」大叔從頭到尾沒說一句話，這時打斷她的話。

「啊喲！」蒂德把頭一揚。「您的口氣好像我說了什麼不入耳的話似地。如果我跟普雷迪高的人說同樣的消息，沒有人聽到這消息會不感謝上帝的。」

「妳想跟誰說，就去跟誰說。」大叔不客氣地回答。

蒂德的怒氣也上來了，她大聲說：「大叔，既然您這樣說，那我也有話要告訴您，這孩子都八歲了，還什麼都不會，您又不讓她學，既不准她去上學，也不准她上教堂。村子裡的人是這麼告訴我的。她是我姊姊唯一的孩子，我有責任照顧她。現在海蒂有這樣的運氣，如果有人擋在前面，那人肯定很自私，不想要那孩子好。可是我絕不會讓步，這我可以老實跟您說，再說其他人也都會支持我。如果您想上法庭，最好先想清楚，大叔，有一些過去的舊帳可能會被翻出來，您可能也很不想再聽到那些舊事，就算已經沒有人記得。」

「住嘴！」老人大吼，他的眼睛像燃起了火焰。「帶她去墮落吧！不要再出現在我面前！我不要看到她像妳一樣，戴著一頂插著羽毛的帽子，滿嘴胡說八道。」老人說完就大步走出門外。

「妳惹爺爺生氣了！」海蒂不大高興地看著阿姨。

「過一會兒，他就會消氣了。來，我們走吧！」阿姨催促她。「妳的衣服呢？」

「我不要跟妳走。」海蒂說。

「妳說什麼？」蒂德阿姨發怒了，但她還是壓抑怒氣，友善地對海蒂說：「走吧！妳不懂，意想不到的好運降臨到妳身上了。」說完她走到櫃子前面，把海蒂的衣服都拿了出來，放在一起。「好了，我們走吧，把那頂帽子戴上，不是很好看，但就這麼一次，戴上帽子我們馬上走。」

「我不要去。」海蒂說。

「不要那麼傻，別跟山羊一樣固執，妳這是跟牠們學的吧？妳剛剛也看到了，爺爺現在正生氣著，妳也聽見他說什麼了，他不想再看見我們。他要我們快點走，妳不要再惹他更生氣了。妳根本不知道法蘭克福有多好玩，妳可以看到各式各樣的東西。要是妳不喜歡那裡，妳可以再回來，到那時候爺爺的氣也消了。」

「我今天晚上就可以回來爺爺家嗎？」海蒂問。

「好了，快走吧！我已經說了，妳隨時可以回家。今天我們要走到邁恩費爾德，明天一大早我們得趕火車，然後妳就可以回家了，很快的。」蒂德阿姨一隻手臂抱著一疊衣服，一隻手牽著海蒂，一同走下山。

因為還不是放牧的季節，彼得每天還是得去村子裡上學，或者說他應該去上學，可是他卻時常翹課，彼得認為學校去了也是白去，會不會讀書也不重要，四處晃晃找他用得上的大枝條還比較實際。這時彼得走回他家附近，從他胳肢窩底下夾了一大把又長又粗的榛樹枝條，就看得出來他今天頗有收穫。他突然停下腳步，睜大眼看著迎面走來的兩個身影，等到她們從身邊走過，他才開口說話：「海蒂，妳要到哪裡去？」

「我和阿姨去法蘭克福，可是我很快就回來了」海蒂回答。「阿姨，我先進去看看婆婆，她在等我。」

「不行，不行，不能去，我們得趕路，來不及了。」蒂德阿姨急忙說，而且緊緊抓住海蒂的手。「等妳回來了之後再去。來，走吧！」海蒂一直想往小屋裡跑去，蒂德阿姨緊抓著她不放手，怕她進了小屋裡，會不想走，而且老婆婆肯定也會幫她。

彼得一回到屋裡，就把枝條往桌上用力一扔，震得整張桌子都動了一下。彼得實在不得不發洩一下情緒。

老婆婆被巨響嚇了一大跳，從紡輪旁邊跳起來，大聲驚叫，害怕地問：「發生什麼事了？到底發生什麼事了？」

坐在桌子旁邊的媽媽也被聲響嚇到了，但她還是用溫和的語氣問：「彼得，你怎麼了？你為什麼這麼生氣？」

「因為她把海蒂帶走了。」彼得解釋。

「誰？你說誰把海蒂帶到哪裡去？」老婆婆擔心地追問，但她很快就猜到發生什麼事了。她女兒不久前才跟她說，看到蒂德上山到阿爾姆大叔那兒去了。老婆婆急忙顫抖地打開窗戶，急切地大喊：「蒂德，蒂德，別把那孩子帶走！別把我們的海蒂帶走啊！」

正往山下走的蒂德和海蒂都聽到了老婆婆的叫喊聲，蒂德把海蒂的手抓得更緊，而且加快了腳步。海蒂一邊抗拒一邊說：「婆婆在叫我，我要去找她。」

這正是蒂德不想見到的，她一邊安撫海蒂，催促她快走，否則會太遲了，明天她們得趕到法蘭克福。到了法蘭克福，她就會發現自己多喜歡那裡，再也不會想離開了。如果她真的想回家，馬上就可以回來，她還可以從法蘭克福帶她喜歡的東西回來。海蒂覺得這主意不錯，於是乖乖跟著蒂德阿姨走，不再抵抗。

過了一會兒，海蒂問：「我可以帶什麼東西回來給婆婆？」

「一些好東西，」蒂德阿姨回答，「又軟又好吃的白麵包。她一定會很高興，她幾乎咬不動硬邦邦的黑麵包了。」

「沒錯，她每次都把麵包給彼得，然後說太硬了，她咬不動。蒂德阿姨，那我們快走吧，也許我們今天就可以到法蘭克福了。我買了麵包就回來。」海蒂說著就跑了起來。

蒂德阿姨手上抱著她的衣服，差點就追不上她了。但是蒂德阿姨很高興事情進行得這麼順利。她們很快就下了山，一走進村子，蒂德阿姨怕又有人打招呼問東問西，讓海蒂又改變主意，於是她拉著海蒂的手一個勁往前走，想快速地穿過村子。所有人看了都覺得蒂德是因為孩子的關係在趕路。蒂德對從四處窗戶或門口傳來的問題和召喚，她都只是簡短的回答：「你們看，我沒辦法停下來，這孩子急著要走，我們還得趕路呢。」

「妳要帶她走？」、「她要離開阿爾姆大叔？」、「她還活得好好的，真是奇蹟啊！」、「而且兩頰還紅通通的……」

四面八方傳來大家的七嘴八舌，蒂德倒是很高興沒人攔住她，她也不必解釋，而且海蒂也是一句話也沒說，只是拚命大步往前走。

從這一天起，阿爾姆大叔只要下山經過村子，表情比從前更嚴肅。他不跟任何人打招呼。他背上背著裝乳酪的籃子，手裡拿著可怕的棍子，兩道濃密的眉毛皺在一起，樣子實在可怕。所以村子的女人會警告小孩子：「碰到阿爾姆大叔要離遠一點，誰曉得他會對你們做出什麼事來！」老人從不跟村裡的人打交道，他只是經過村子到山谷，去賣他的乳酪，順便買足夠麵包和肉，帶回山上儲存起來。

每次只要大叔經過村子，村子裡的人就會在他背後議論紛紛，指出他奇怪的地方。比方說，他模樣愈來愈粗野，他不理會任何人的招呼。大家意見一致的是：幸好那孩子逃出來了。大家也都看見她急著要走的模樣，好像怕老人從背後追來似地。

只有瞎眼的老婆婆站在老人這一邊。只要有人來請她紡線，或取紡好的線，她就會一再說，老人對那孩子有多好多細心。而且老人花好幾天的下午來幫他們修補屋子，要是沒有他的幫忙，屋子早就倒塌了。這些話當然也傳到村子裡，但是大部分聽到的人都會說，老婆婆可能是年紀大了，腦子不行了，根本搞不清楚狀況，她眼睛看不見，耳朵大概也不靈光了。

海蒂離開後，老人也不再到彼得家，但是他的確幫了大忙，他把老婆婆的屋子釘牢了，有很長一段時間，屋子都不會再隨風搖晃。可是瞎眼老婆婆又開始天天唉聲嘆氣，每天哀怨地說：「啊，自從那孩子走了之後，所有的好事和高興的事也全不見了。日子真是空虛啊！但願在我有生之年還能再見到那孩子，就算只有一次也好。」

6 全新的事物

在法蘭克福，塞斯曼先生的家裡，體弱多病的克拉拉整天坐在舒適的輪椅上，讓人從這個房間推到另一個房間。她正坐在書房裡，隔壁是大飯廳。書房裡擺設了各式的家具，看起來很舒適，可以看得出來主人大部分的時間都待在這裡。書房裡還有裝著玻璃門的精美書架，可想而知這位行動不便的女孩大概每天都在這裡上課。

克拉拉有張蒼白瘦長的臉，和一對溫柔的藍眼睛。這時她正望著牆上的大鐘，今天的鐘似乎走得比平常慢。她平常很少會這麼急躁，可是現在她沒耐心地問：「時間還沒到嗎？羅騰麥爾小姐。」

羅騰麥爾小姐端正地坐在一張小工作桌旁邊刺繡。她穿著有大領子的短外套，讓人感覺神祕又嚴肅，再加上她束著高高如圓頂的髮髻，更是讓人生畏。羅騰麥爾小姐在塞斯曼家已經很多年，自從女主人去世之後，她負責管理塞斯曼家的家務，僕人們也都歸她管，由她差遣。塞斯曼先生經常出外旅行經商，家裡的大小事全交給羅騰麥爾小姐處理。唯一的條件是，無論什麼事，他的女兒克拉拉都可以有自己的意見，克拉拉有最後的決定權，不可以違背她的意願。

當克拉拉在樓上再次焦急的問羅騰麥爾小姐，人怎麼還沒到的時候，蒂德牽著海蒂的手已經到樓下的大門口了。蒂德問剛從馬車跳下來的車伕約翰，「現在這時候見羅騰麥爾小姐會不會太晚？」

「那不是我管的事。」車伕喃喃說。「妳拉鈴讓賽巴斯提安下來，門鈴在走廊裡。」

蒂德照車伕約翰的話，走到走廊裡拉鈴。從房子裡走出來的僕人是賽巴斯提安，他的眼睛和制服上又大又圓的釦子差不多大小。

「請問，我現在這時候見羅騰麥爾小姐會不會太晚？」蒂德又說了一次。

「那不是我管的事，妳拉另一個鈴，讓女僕蒂娜德下來。」僕人賽巴斯提安說完又不見了。

蒂德只好再拉鈴。這時女僕蒂娜德出現在樓梯上，她頭上戴著一頂又白又亮的小帽，一付瞧不起人的模樣。「什麼事？」女僕站在樓梯上問，她沒打算下樓。蒂德再次重複她的話，女僕聽完也不見了，但是過了一會兒，她又回來大喊道：「她在等候您。」

於是蒂德牽著海蒂走上樓梯，跟在蒂娜德後面來到書房。到了門口，蒂德禮貌地站住，她仍舊緊握著海蒂的手，因為她不知道海蒂在這麼陌生的地方會不會做出什麼意想不到的事。

羅騰麥爾小姐緩緩地從位子站起來，走上前仔細地打量克拉拉剛來的新玩伴。她似乎不太滿意海蒂的打扮，她身上穿著樸素的棉布裙，頭上戴著壓扁的舊草帽；草帽底下的臉天真無邪。海蒂正好奇地仰頭看著羅騰麥爾小姐頭上像高塔般的髮髻。

羅騰麥爾小姐目不轉睛的仔細打量海蒂，幾分鐘之後才問：「妳叫什麼名字？」

「我叫海蒂。」海蒂用清脆的聲音回答。

「什麼？這不是妳真正的名字吧？妳不會是還沒受洗吧？妳受洗的名字呢？」羅騰麥爾小姐繼續問。

「這個我不記得了。」海蒂回答。

「怎麼會有這樣的回答？」羅騰麥爾小姐搖頭說。「蒂德小姐，這孩子是腦袋太簡單還是自以為了不起？」

「請您允許我代替這孩子回答，她沒見過什麼世面。」蒂德偷偷用手肘撞了海蒂一下，暗示她回答得很不得體，然後蒂德接著說：「她不是腦袋太簡單，也不是自以為了不起。這些她都不知道，她知道什麼就說什麼。今天她第一次到貴府，不懂禮節，請您原諒。但是她肯學，而且學得很快。她受洗的名字叫阿德爾海德，和我去世的姊姊，也就是她母親，一樣的名字。」

「很好，這名字才讓人叫得出口。」羅騰麥爾小姐說，「可是，蒂德小姐，我得說我覺得這孩子年紀好像不太對。我跟您說過，克拉拉小姐的玩伴必須和她年紀差不多，才能跟著她一起上課，一起做很多事。克拉拉小姐已經十二歲，這孩子幾歲？」

「實在抱歉，」擅於言詞的蒂德繼續說，「我也記不清楚她今年幾歲了，她的確是比小姐的年紀小一點，但是不是差很多，我也不是很確定，我想她大概十歲或更大一點。」

「我現在八歲，爺爺說的。」海蒂解釋。蒂德阿姨再一次用手肘輕撞了海蒂一下，但是她完全不明白為什麼，所以一點也不覺得不好意思。

「什麼？才八歲？」羅騰麥爾小姐嚇了一跳。「小了四歲！這怎麼行！妳學會些什麼了？妳上課讀了哪些書？」

「我什麼書都沒讀過。」海蒂說。

「什麼？妳說什麼？那妳怎麼學會讀書寫字的？」羅騰麥爾小姐繼續問。

「我沒學過寫字，彼得也沒有。」

「我的天啊！妳不識字？妳一個字也不認識？」羅騰麥爾小姐吃驚地大喊。「這怎麼可能？不識字！那妳究竟學過什麼東西？」

「什麼也沒學過。」海蒂誠實地說。

「蒂德小姐！」過了幾分鐘之後，羅騰麥爾小姐才冷靜下來，然後接著說：「當初您不是這麼說的，您怎麼會把她帶到這裡來？」

蒂德可沒有那麼容易退縮，她大膽地回答：「我認為這孩子正是您希望的，您跟我說，她必須十分特別，而且要和其他孩子不一樣，所以我才會把這孩子帶來。我認為她恰恰符合您的描述。現在我必須走了，我的主人在等我。只要我的主人允許，我很快會再來看她。」蒂德向羅騰麥爾小姐行了一個禮，然後就一個人匆匆走出房間，快步走下樓。

羅騰麥爾小姐一時之間沒有反應過來，愣了一下，才追出去，她想到如果海蒂真的要留下，還有多事得先和蒂德說清楚。同時，她也察覺到，蒂德是鐵了心要把海蒂留在這裡了。

海蒂一直站在原地，沒有動。克拉拉坐在她的椅子上，默默地看著事情的經過。這時她對海蒂招手。「妳過來。」

海蒂走到輪椅前面，看著克拉拉。

「妳喜歡人家叫妳海蒂，還是阿德爾海德？」克拉拉問。

「我叫海蒂，我沒有別的名字。」海蒂回答。

「我以後就叫妳海蒂。我喜歡這個名字，雖然我從來沒有聽過這個名字。而且我也從來沒有見過像妳一樣的小孩。妳的頭髮一直都是這麼短，這麼捲嗎？」克拉拉說。

「嗯，應該是。」海蒂回答。

「妳想來法蘭克福這裡嗎？」克拉拉繼續問。

「不。我明天就回家了，我還要帶白麵包回去給婆婆。」海蒂解釋。

「妳真是一個奇怪的小孩。」克拉拉聽了很不高興地說。

「他們那麼快把妳帶來這裡，就是要讓妳留在這裡陪我上課的，但是妳根本不識字，這可好玩了！現在上課一定會有新鮮的事，有時候上課真的好無聊，早上的時間好像永遠過不完似地。每天早上十點，老師就會來開始上課，一直要上到下午兩點，實在太長了。老師有時候會把書湊到眼前，好像突然近視看不清楚似地，其實他只是躲在書本後面打哈欠。羅騰麥爾小姐偶爾也會把手帕摀住臉，裝作我們唸的書讓她深受感動的樣子，可是我很清楚，她也是忍不住偷偷在打哈欠。我也很想打哈欠，可是每次我都會忍住，因為只要我一打哈欠，羅騰麥爾小姐就會拿魚肝油來給我吃，她會說我的身體又變差了。我最討厭吃魚肝油，我寧可忍住哈欠。可是現在上課一定有意思多了，我可以聽聽妳怎麼學識字讀書。」

海蒂一聽到識字讀書，疑惑地搖搖頭。

「海蒂，妳當然得學識字，所有的人都得學。老師人很好，他從來不發脾氣，他會解釋所有東西。不過妳聽不懂的時候，最好不要說話，靜靜地等他說完，否則他會解釋更多，妳就更不懂了。久了之後，等妳學得更多了，就會明白他之前的意思了。」

這時羅騰麥爾小姐又回到書房裡。她沒能把蒂德追回來，顯然很生氣，因為她沒辦法立刻指責蒂德，她帶來的孩子不符合先前的約定。現在羅騰麥爾小姐不知道該怎麼收拾，而這還是她自己的主意，想到這她就更惱火了。羅騰麥爾小姐只好從書房走到飯廳，再從飯廳走回書房，接著又走回飯廳，然後對賽巴斯提安發脾氣。他正一付若有所思的樣子，瞪著圓眼睛檢查飯桌上擺設有沒有什麼差錯。

「要想什麼明天再想，先讓我們上桌吃飯。」

羅騰麥爾小姐從賽巴斯提安身邊走過去，順道訓斥他，接著又用不怎麼友善的聲調叫喚蒂娜德。蒂娜德以比平常更小的步子跑來，臉上帶著嘲諷，羅騰麥爾小姐沒敢訓誡她，可是心裡卻更加光火。

「快去把那孩子的房間收拾乾淨，所有東西都準備好了。蒂娜德，妳只要把家具上的灰塵撣掉就行了。」羅騰麥爾小姐克制住自己的怒氣，然後命令道。

「遵命。」蒂娜德轉身離開了。

賽巴斯提安砰地一聲，用力把通往書房的門推開，以消心中的怒氣，因為他心裡的惱怒可不能對羅騰麥爾小姐發作。他從容地走進書房，準備把輪椅推到飯廳。當他正在調整歪掉的手把時，海蒂走到他面前，眼睛直盯著他看。賽巴斯提安這下子發火了。「妳看什麼？有什麼奇怪的地方嗎？」他的口氣很兇，要是羅騰麥爾小姐在場，他絕不敢這樣發火。好巧不巧，羅騰麥爾小姐正好走進來，聽到海蒂回答他：「你跟牧羊的彼得長得好像。」

羅騰麥爾小姐嚇了一大跳，雙手一拍，喊說：「怎麼會有這種事！現在她竟然和僕人聊起天來了！這小孩太放肆了！」

賽巴斯提安把輪椅推到飯桌邊，然後把克拉拉抱到餐椅上。羅騰麥爾小姐在她旁邊坐下，對海蒂招手示意，要她在她對面坐下。除了她們三個人之外，沒有其他人上桌，所以還有很多位子是空的。她們三個人坐的距離很遠，賽巴斯提安可以輕鬆地端著盤子伺候她們用餐，他在海蒂的盤子放了一個白麵包。海蒂高興地盯著麵包，因為賽巴斯提安長得很像彼得，讓她對賽巴斯提安產生一種信賴感。海蒂乖乖地坐在椅子上，默不作聲，一動也不動。一直到賽巴斯提安端著大盤子走過來，把烤魚擺到她面前，她才指著麵包說：「我可以要這個麵包嗎？」賽巴斯提安點頭，同時瞄了羅騰麥爾小姐一眼，因為他很想知道她的反應。就在這時候，海蒂抓起麵包塞進她的口袋裡。賽巴斯提安差點笑出來，但是強忍住了。他仍舊站在海蒂前面，這時候他既不可以說話，在主人沒進餐之前也不可以離開。海蒂看著他好一會兒，然後問：「這個是給我吃的嗎？」賽巴斯提安再次點頭。「那就給我。」海蒂眼睛直盯著她的盤子。賽巴斯提安快忍不住笑意，他手上的盤子開始抖個不停。

「把盤子放桌上，先出去，等會兒再進來。」羅騰麥爾小姐板著臉說，賽巴斯提安趕緊走了出去。

「阿德爾海德，看來我必須一樣一樣從頭教起。」羅騰麥爾小姐深深嘆了一口氣，繼續說，「首先我要教妳餐桌上的禮儀。」於是她把每個動作都清楚的示範給海蒂看。「還有，我必須要告訴妳，用餐的時候，不准和賽巴斯提安說話，如果妳有什麼吩咐或有問題要問他，就稱呼『您』或『他』，妳聽到了嗎？還有妳對蒂娜德也要稱呼『您』，或『蒂娜德小姐』。至於我，妳已經聽到他們怎麼稱呼我了，妳就跟著叫。至於克拉拉，她自己可以決定妳怎麼稱呼她。」

「當然是叫我克拉拉。」克拉拉說。

接下來，羅騰麥爾小姐又說了一大堆的規矩，譬如起床、睡覺，還有進退的禮節，如何收拾整理房間和鎖門等等，海蒂聽著，聽著，眼皮愈來愈重，再也張不開眼，這也難怪，她今天一大早不到五點就起床，遙遠的路程可把她累壞了。她靠在椅背上就這樣睡著了。羅騰麥爾小姐花了很長的時間，總算把所有的規則講完。「好了，阿德爾海德，妳都聽清楚了嗎？」

「海蒂早就睡著了。」克拉拉開心地說。她已經很久沒有這麼有趣的晚餐時光了。

「實在是太不像話了，怎麼會找來這樣的孩子？」羅騰麥爾小姐生氣地大喊，用力的搖鈴，蒂娜德和賽巴斯提安一起衝了進來，可是這些吵鬧聲並沒有讓海蒂驚醒過來。他們花了好大力氣才把她叫醒，然後帶她回到她房間。他們先通過書房，再穿過克拉拉的臥室，接著穿過羅騰麥爾小姐的臥室，才來到房子的角落，為海蒂準備的房間。

7 羅騰麥爾小姐不得安寧的一天

在法蘭克福的第一個早晨，當海蒂張開眼睛時，她還搞不清楚自己在哪裡，她用力揉了揉眼睛，再次睜開眼睛，看到的還是一樣的東西。她發現自己坐在一張高高的白色大床上，這是一個寬敞的大房間，亮光照進來的地方掛著長長的白色窗簾。旁邊有兩張大花圖案的沙發椅，靠牆的地方還放了一張類似大花圖案花色的長沙發，前面擺著一張圓桌。房間的角落有一張梳妝台，上面放了很多海蒂從來沒見過的東西。這時她才突然想起來，她在法蘭克福，於是慢慢想起昨天發生的事，最後才記起在她睡著前羅騰麥爾小姐所交代的規矩。

海蒂從床上跳下來，穿好衣服。她走到一扇窗戶前面，再走到另一扇窗戶前面，她很想看看天空和土地，但都被窗簾擋住了，她感覺自己像被關在籠子裡。可是她拉不動窗簾，只好從窗簾底下鑽過去，她靠在窗戶上面想往外看，但是窗戶太高，她伸長脖子，也只能剛好可以看到外面的高牆，看不到天空和土地，於是她又跑到另一扇窗戶，然後又跑回到第一扇窗戶。但是除了牆和窗戶，她看到的還是牆和窗戶，這讓她心裡覺得很害怕。

現在還是大清晨，在山上海蒂已經習慣很早起床，然後跑到屋外，看看是不是晴天出太陽，老樅樹有沒有發出窸窣響，花朵是不是也已經睜開眼睛了。海蒂第一次像一隻被關進金鳥籠的小鳥，她跳來跳去想鑽出欄杆飛向自由，就這樣，她從這一扇窗戶跑到另一扇窗戶，她試著想打開窗戶，除了牆和窗戶，應該有別的東西啊，一定可以看到土地、青草，還有山丘上的殘雪，海蒂渴望看到這些景物。但是不管她怎麼拉扯扭轉，甚至把手指壓到窗框底下用力往上推，窗戶就是堅如鋼鐵般地打不開。過了好一會兒，海蒂終於明白自己是白費力氣，一點用也沒有，她重新考慮該怎麼辦，她想，如果她從房子前面跑出去，然後繞到房子後面，也許可以看到草地，因為她記得昨天傍晚來的時候，房子前面只有石頭路。就在這個時候有人來敲門，接著蒂娜德探頭進來，說了一句：「早餐準備好了！」

海蒂完全不懂這句話的意思，蒂娜德臉上的鄙夷表情不像是請她去吃早餐，倒像是在警告她別靠近。海蒂當然按照她理解的表情去動作，她把椅子從桌子下面搬出來又拉到角落，然後坐在椅子上，靜靜等待。過了一段時間，突然傳來一陣嘈雜的聲音，是羅騰麥爾小姐，她抓狂似地走進海蒂的房間，嘴裡大喊：「阿德爾海德，妳到底怎麼回事？妳不知道什麼叫做早餐嗎？過來！」

海蒂現在明白了，她立刻跟在羅騰麥爾小姐後面走出去。在飯廳裡，克拉拉早就坐在她的位子上等著了。她高興地和海蒂打招呼，看來比平常開心多了。她猜想今天一定又會發生很多有趣的事。早餐時間很順利地沒發生意外，海蒂守規矩地吃完她的麵包。吃完早餐之後，克拉拉被推進書房，羅騰麥爾小姐指示海蒂要跟在克拉拉身邊，一起等老師來，然後一同上課。

當書房裡只剩下克拉拉和海蒂兩個人的時候，海蒂馬上問：「在這裡要怎麼樣才能看到外面和土地？」

「打開窗戶就看得到了呀！」克拉拉覺得有點好笑地說。

「窗戶打不開。」海蒂難過地說。

「當然打得開。只是妳打不開，我也沒有辦法幫妳，但是妳可以問賽巴斯提安，他一定可以幫妳打開。」克拉拉確定地說。

海蒂知道窗戶可以打開，也看得見外面時，覺得安心多了，早上被囚禁在房間裡的感覺還重重壓著她。克拉拉問她，她家是什麼樣子。海蒂很高興地說起了阿爾姆山上、山羊、草地，還有所有她喜歡的東西。

這天，老師來了之後，羅騰麥爾小姐並沒有像平常那樣直接領著他進書房，而是先帶他到飯廳，然後和他面對面坐下，激動地描述她現在陷入的窘境。羅騰麥爾小姐說，不久之前，她寫信給在巴黎的塞斯曼先生，克拉拉一直想要有一個一起學習和玩耍的同伴，她也認為，如果有個同伴，上課時可以刺激克拉拉學習，其他時間克拉拉也比較不會無聊。羅騰麥爾表示，萬一自己事情多，有人可以代替她陪伴體弱多病的克拉拉，而這種情況確實常常發生。塞斯曼先生的回答是，他很願意實現女兒的願望，但條件是，對待那孩子必須如同對待女兒一樣，他不准家裡有虐待小孩的事。

「塞斯曼先生說這話是多餘的，誰會想要虐待小孩？」羅騰麥爾小姐說。可是接下來她卻訴說，她是怎麼上當收留了這個小孩，還列舉了她所有的無知和不懂規矩，以及帶來的種種麻煩。不只是上課的時候，老師必須從頭教起，所有生活教養也都得一點一滴從頭教。在她看來，想要脫離這惡劣的處境，只有一個方法：老師如果可以向塞斯曼先生解釋，兩個孩子程度相差懸殊，不能一起上課，否則會對程度高的學生造成很大的妨礙。這樣一來，塞斯曼先生就有理由要這小孩立刻回家去了。但是現在如果沒有塞斯曼先生允許，她不能這麼做，因為他主人已經知道這個孩子到塞斯曼家了。老師是個謹慎的人，他不會只聽女管家的片面之詞，他先設法安慰羅騰麥爾小姐，他認為這新來的孩子在某一方面可能落後，但是很可能在另一方面發展得特別好，只要好好上課，不久就能發展均衡了。

羅騰麥爾小姐察覺老師不支持她的看法，而還打算從最簡單的字母開始教海蒂，只好把書房的門打開讓老師進去，然後很快又把門關上。羅騰麥爾小姐站在書房外面，一想到要從ＡＢＣ開始教海蒂，就覺得害怕。她大步在房間裡來回走，想著該讓僕人們怎麼稱呼阿德爾海德。塞斯曼先生信上說，必須像對待他女兒一樣對待那孩子，羅德邁爾小姐認為這主要是指僕人和那孩子的關係。但是她還來不及清靜地想清楚，突然從書房裡傳出東西落地的可怕巨響，接著有人大聲呼叫賽巴斯提安。羅騰麥爾小姐衝進房間，看到所有的文具、書、筆記本、墨水瓶，還有桌布，全都堆疊在地上，黑色的墨汁從桌布底下像小溪似地流了滿地。可是海蒂卻不見人影。

羅騰麥爾小姐哀怨地大喊，「桌巾、書、文具全都浸在墨水裡了，這種事還沒發生過！不用說，一定是那個帶晦氣的孩子！」

老師目瞪口呆地看著眼前令人錯愕的大災難。克拉拉卻是興緻盎然，她從頭到尾看著這個不尋常的事件，然後嚷著：「是，海蒂弄的沒錯，但她不是故意的，不能懲罰她，她只是匆匆忙忙地跑開，不小心把桌巾也一起拖走了，所有的東西才會掉在地上。外面有很多馬車經過，她是聽到馬車聲音才衝出去的，她大概從來沒見過馬車。」

「老師，我說的沒錯吧？那孩子真的什麼都不知道！她根本不知道上課就是要乖乖坐在那裡聽課。那個老是惹禍的小傢伙跑哪裡去了？如果她跑掉了，我要怎麼跟塞斯曼先生交代？」羅騰麥爾小姐跑出房間，走下樓梯，發現樓下的大門開著，而海蒂就站在門口，她驚訝地張望著街道。

「怎麼回事？妳究竟想做什麼？妳不可以就這樣跑掉！」羅騰麥爾小姐生氣地對她說。

「我聽到樅樹沙沙作響的聲音，可是我不知道它們在哪裡，現在我又聽不見了。」海蒂回答，同時失望地看著馬車漸漸消失在街道的另一頭。原來是馬車車輪滾動的聲音讓海蒂錯以為聽到風吹過樹梢的聲響，所以才會興奮地循著聲音跑下樓。

「樅樹？我們又不是在森林裡！妳真是異想天開！跟我上樓，看看妳闖了什麼禍！」羅騰麥爾小姐轉身往樓上走，海蒂跟在她後面。

回到書房，海蒂才看見自己釀成的大災禍，她剛剛因為聽到風聲，太高興想要跑出去看，根本沒有察覺她拉扯到桌巾，讓所有東西都摔落在地了！

「這一次饒了妳，不能再有下一次。」羅騰麥爾小姐指著地上的東西說。「上課的時候，妳必須坐在椅子上專心聽講。如果妳自己辦不到，我就只好把妳綁在椅子上，聽懂了嗎？」

「懂了。我會乖乖坐好。」海蒂現在已經明白，上課的規矩就是必須安靜坐好。

賽巴斯提安和蒂娜德現在必須進來，把書房收拾乾淨，老師也只好離開，接下來的課不得不取消，今天根本沒有打哈欠的時間。下午，克拉拉必須休息一段時間，所以海蒂這段時間可以自由活動。午餐之後，克拉拉在她的沙發上躺下來休息，羅騰麥爾小姐也回到她的房間，海蒂很高興現在可以做自己想做的事。她心裡一直想著一件事，但是她需要有人幫忙。於是她站在飯廳前面的走道中間，好攔住她認為可以幫她忙的人。沒錯，不久賽巴斯提安就端著一個大盤子走上樓，他正要把從廚房拿出來的銀具放回飯廳的櫃子裡。當他一踏上樓梯的最後一階，海蒂馬上就站到他面前大聲地說：「您或他！」

賽巴斯提安瞪大眼睛，相當粗魯地說：「小姐，這是什麼意思？」

「我只是想問一點事，不過一定不會像早上那麼糟糕。」海蒂安撫他，她察覺到賽巴斯提安有點惱火，她想一定是早上她打翻了那些墨水的關係。

「原來如此。不過我要先知道，為什麼妳要說『您或他』？」賽巴斯提安還是用同樣粗魯的語氣說。

「沒錯，我以後都必須這麼說，那是羅騰麥爾小姐的命令。」

聽她這麼說，賽巴斯提安忍不住大笑出來。海蒂驚訝地看著賽巴斯提安，她實在不懂這有什麼好笑的。

「小姐，請繼續說。」

「我不叫小姐。」海蒂也有點生氣。「我叫海蒂。」

「但是羅騰麥爾小姐也命令我這麼叫妳。」賽巴斯提安解釋。

「她這麼說？好吧，那我就必須叫這個名字。」海蒂無奈地說，因為她已經察覺只要是羅騰麥爾小姐命令的事，大家都得遵守。「現在我已經有三個名字了。」海蒂嘆了一口氣說。

「小姐究竟要問什麼事？」賽巴斯提安一邊問，一邊走進飯廳，把銀器擺到櫃子裡。

「怎麼樣才能打開窗戶，賽巴斯提安？」

「很簡單，就這樣。」他打開一扇大窗戶。

海蒂走上前，可是她個子太小，外面什麼也看不到，只看到牆角的橫線。

「小姐，現在只要往外看，就可以看到外面了。」賽巴斯提安一邊說，一邊把高高的木凳移到窗戶旁。

海蒂很高興地踩到凳子上，終於如願以償的從窗戶向外探看，她馬上又把頭縮了回來，滿臉失望的表情。「除了石子路，什麼也沒有。」海蒂惋惜地說。「賽巴斯提安，如果繞著房子走到另一邊，可以看到什麼呢？」

「和前面一樣。」賽巴斯提安回答。

「那我要走到哪裡，才可以看到好遠好遠的整個山谷呢？」

「這就得上高塔，譬如教堂的塔頂，妳看那裡，那個上頭有個金球的塔，從那上面就可以看得很遠。」

海蒂一聽，馬上從凳子爬下來，跑出房間，走下樓梯，衝到馬路上。可是事情並不是像海蒂想像的那麼簡單。她剛剛從窗戶看到的高塔，她以為很近，只要過了街道，就可以看得到。可是海蒂已經走到街底了，她還是沒找到，而且現在她也看不到那個高塔。她拐進另一條街，一直往前走，但還是看不到那個高塔。很多人從她身邊走過，大家都神色匆忙，海蒂覺得他們一定沒有時間告訴她怎麼走。這時她看到下一條街的街角站了一個小男孩，他背上背了一台小小的手風琴，手上還抱著一隻很奇怪的動物。海蒂跑到他面前問：「你知道上面有一個金球的塔在哪裡嗎？」

「不知道。」小男孩說。

「你知道有誰可以告訴我嗎？」海蒂又問。

「不知道。」小男孩說。

「你知道哪裡還有高塔的教堂嗎？」

「我知道一個。」

「你快告訴我！」

「那得先看妳可以給我什麼，我才告訴妳。」小男孩把手伸向海蒂，作勢要東西狀。

海蒂摸了摸自己的口袋，拿出了一張卡片，上面畫了一個美麗的玫瑰花環。她看著那張卡片好一會兒，有點捨不得。這是今天早上克拉拉送給她的，但是她好想看遠方的山谷，還有綠色的山丘。「拿去，你要這個嗎？」海蒂打算把卡片給小男孩。

小男孩把手縮回去，搖了搖頭。

「那你想要什麼？」海蒂問，同時很高興把卡片塞回口袋。

「錢。」

「我沒有錢，可是克拉拉有，她會給我的，你要多少錢？」

「二十分尼。」

「好，那就走吧！」

於是他們兩個就沿著一條長長的街道走。路上，海蒂問小男孩，他背上背的是什麼東西。他說是一架精美的風琴，只要轉動就可以演奏出美妙的音樂。最後他們來到一間有高塔的老舊教堂前面，男孩停了下來，然後說：「到了！」

「可是我要怎麼進去呢？」海蒂看到大門深鎖，不知道該怎麼辦。

「我也不知道。」男孩回答。

「你想我是不是可以拉鈴，就像叫賽巴斯提安那樣？」
「不知道。」
海蒂發現了牆上的鈴，於是用力拉鈴。「我如果上去了，你要在這裡等我，因為我不知道怎麼走回家，你要帶路。」
「那妳要給我什麼？」小男孩說。
「我又得給你什麼？」
「還是二十分尼。」
這時老舊的鎖轉動了，門嘎吱響開了，一個老人走出來，吃驚地看著他們，然後很生氣地說：「你們把我叫下來，想幹什麼？你們看不懂鈴上面寫什麼嗎？『想上鐘樓者，請拉鈴。』」
男孩沒開口，只是指著海蒂。海蒂回答：「我就是想上鐘樓啊。」
「妳想到上面做什麼？有人叫妳來嗎？」老人問。
「沒有。」海蒂回答。「我只是想上去，這樣我就可以看到很遠的地方。」
「你們最好走開，不要再開這種玩笑，否則下次不會這麼容易就放你們走！」老人一說完，轉身就想把門再關上。
可是海蒂一手抓住他長袍的下擺，熱切懇求他說：「拜託，就這麼一次就好！」

老人看到海蒂苦苦哀求的眼光，立刻改變了主意。他拉起海蒂的手，和善地說：「如果妳真的這麼想上去，就跟我來吧！」

小男孩在門前的石階坐下來，擺明了不想跟上去。海蒂拉著守鐘樓的老人的手，爬了很多、很多格的階梯。樓梯愈來愈窄，最後踏上一級非常窄小的階梯，終於來到塔頂。守鐘樓的老人抱起海蒂，讓她可以從打開的窗戶往外看。「妳可以往下看了。」

海蒂只看到密密麻麻的屋頂、高塔和煙囪，很失望地說：「跟我想的完全不一樣。」

「妳看吧，小孩子懂什麼視野！好了，下來吧，下次不要再來拉鈴了！」

守鐘樓的老人把海蒂放下來，領著她走下狹窄的階梯。到了階梯變寬的樓層，左邊可以看到一扇門。門後面是老人的房間，旁邊的地板延伸連接傾斜的屋頂。角落擺了一個大籃子，籃子前面有一隻大灰貓；牠為了保護籃子裡的小貓，只要有人經過，就會低吼像在發出警告來者最好不要靠近。海蒂停下腳步，驚訝地看著大灰貓，她從來沒見過這麼肥大的貓，其實也沒什麼好大驚小怪的，塔樓裡老鼠多，大貓一天抓六隻小老鼠是輕而易舉的事。守鐘樓的老人看海蒂吃驚的樣子便說：「別怕，我在這裡。過來，我讓妳看看小貓咪。」

海蒂走到籃子旁邊，看著看著就入迷了。

「好可愛呀！好漂亮的小貓咪！」

海蒂不停地叫喊，圍著籃子來回地跑，好奇地看著籃子裡有七、八隻小貓咪，牠們調皮地不停爬到對方身上，一下子爬上去一下子又滾下來。

守鐘樓的老人看著海蒂雀躍的樣子，於是問她：「妳想養一隻嗎？」

「要給我嗎？我可以一直留著牠？」海蒂驚訝地問，她簡直不敢相信。

「當然。如果妳有地方可以養，妳可以多帶幾隻回去，或者全部帶走。」能夠在不傷害小貓咪的情況下，把牠們都送走，是老人求之不得的事。

海蒂高興極了。塞斯曼家有那麼大的房子，怎樣都有足夠地方可以養幾隻小貓的，再說克拉拉看到可愛的小貓咪一定會很興奮。

「可是我要怎麼把牠們帶回家呢？」海蒂一邊問一邊已經急著用兩手要去抓小貓咪，可是肥胖的母貓已經撲上來，對著她張牙舞爪，嚇得她往後退。

「我幫妳送到家好了，告訴我，妳住哪裡？」老人邊問邊撫摸著大灰貓，安撫牠。這隻大灰貓已經跟著他住在鐘樓上好些年，是他的老朋友了。

「我住在塞斯曼先生家。他們家房子很大，大門上有一個金色的狗頭，嘴裡咬著一個粗粗的環。」海蒂對老人說。

其實海蒂不需要描述那麼詳細，老人在鐘樓住了這麼多年，對附近的房子都一清二楚，何況他和賽巴斯提安還是舊識。

「我知道了。可是我要找誰？要把貓咪交給什麼人？妳不是塞斯曼先生的女兒吧？」

「我不是。克拉拉才是，她要是看到小貓咪一定會很高興。」

守鐘樓的老人想帶海蒂下樓了，她卻看著小貓咪玩耍，捨不得離開。

「要是我現在就能帶走一、兩隻該有多好！一隻給我自己，一隻給克拉拉，可不可以？」

「妳等一下。」老人先小心地把大灰貓抱進房間，把裝有貓食的小盤子放到牠面前，然後關上房間的門，走到海蒂面前說：「妳趕快挑兩隻吧！」

海蒂眼睛閃著興奮的光彩。她挑了一隻白貓和一隻帶白紋的黃貓，各放進左右邊的口袋，然後才跟著老人走下塔樓。

小男孩還坐在外面的階梯上。看守鐘樓的老人關上門，海蒂對男孩說：「我們要走哪一條路才能回到塞斯曼先生的家？」

「不知道。」男孩回答。

海蒂只好想辦法描述她知道的大門、窗戶，還有樓梯的樣子，但男孩還是一直搖頭，他沒有印象。

海蒂繼續說：「好吧，從一扇窗戶往外看，可以看到一棟很大很大的灰色房子，它的屋頂是這個樣子——」海蒂一邊說一邊用食指在空中畫出鋸齒狀。

這時男孩想起熟悉的標記，跳了起來，他知道往哪裡走了。他一個勁往前跑，海蒂只好在後面追，不久他們果然站在鑲著黃銅狗頭的大門前。海蒂拉了鈴，賽巴斯提安不一會兒就來開門了。他一看到海蒂，立刻催促說：「快！快！進來！」海蒂急忙進門，賽巴斯提安完全沒注意到站在門外的男孩，就把門關上了。

「快！小姐，趕緊進去飯廳。她們都已經就座，羅騰麥爾管家快發火了！小姐，您究竟跑哪裡去了？」

海蒂走進飯廳，羅騰麥爾管家沒有抬頭看她，克拉拉也沒有說話。屋子裡安靜得有點可怕。賽巴斯提安把海蒂的椅子放好。海蒂才一坐下，羅騰麥爾管家立刻板起面孔嚴厲地說：「阿德爾海德，等會兒我要和妳好好談談。現在我只要告訴妳：妳沒有說一聲就離家，而且在外面遊蕩到天黑，太沒教養了，實在不像話，妳該接受懲罰。這種事從來沒發生過。」

「喵——」這一叫聲像是回答。

「這是怎麼回事？阿德爾海德，」羅騰麥爾小姐這下子更生氣了，她的音調愈來愈高。「妳竟然還膽敢跟我開玩笑？我警告妳，妳最好小心點！」

「我沒有……」海蒂剛開口想解釋，「喵！喵！」

賽巴斯提安幾乎是把盤子扔到桌上，然後衝了出去。

「夠了！」羅騰麥爾小姐想要大叫，可是已經激動得快發不出聲音了。「妳給我站起來，然後出去！」

海蒂嚇得從椅子上站起來，她想要再一次解釋：「我沒有……」

「喵！喵！喵！」

「海蒂，羅騰麥爾小姐已經這麼生氣了，妳為什麼還要喵喵叫？」克拉拉也忍不住說話了。

「我沒有，是小貓咪。」海蒂終於把話說完。

「什麼？妳說什麼？小貓咪？」羅騰麥爾小姐大叫。「賽巴斯提安！蒂娜德！快把那可怕的畜生給我找出來，扔出去！」羅騰麥爾小姐話還沒說完，她已經衝進書房，急忙把門閂上，怕小貓跟著跑進去。

羅騰麥爾小姐最怕的動物就是貓。賽巴斯提安站在門外，忍不住大笑，好不容易忍住笑意，他才開門進來。其實他剛剛在伺候海蒂的時候，已經看到貓咪的小腦袋從海蒂的口袋探出來，早就等著要看好戲了。羅騰麥爾小姐發出求救聲已經好一會兒了，他才故作鎮定地走進房間。現在房間裡已經恢復平靜。克拉拉把小貓放在膝蓋上，海蒂跪在她旁邊，兩個人和小貓玩得正高興。

「賽巴斯提安，您一定要幫我們，您一定要找一個羅騰麥爾小姐看不到的地方給小貓咪住。她怕極了貓咪，如果小貓被她看到，她一定會叫人把牠們扔了。可是我們想養這幾隻可愛的小傢伙，沒人的時候就可以和牠們玩耍。藏在哪裡好呢？」

「不要擔心，我來想辦法，克拉拉小姐。我會找個籃子給貓咪做窩，然後把牠們藏在一個怕貓的羅騰麥爾小姐想不到的地方，這事交給我辦。」賽巴斯提安高興地回答，然後立刻離開去張羅。想到剛剛發生的事，他還是忍不住一直偷笑。他心裡想：「好戲還在後頭！」看到羅騰麥爾小姐發脾氣的樣子，賽巴斯提安覺得還挺有趣的。

過了好久，到了該上床的時間，羅騰麥爾小姐才偷偷把門打開一條細縫，對著外面喊：「那些可怕的東西扔掉了嗎？」

「是的！是的！」賽巴斯提安回答。他在房間裡忙著，早就等著羅騰麥爾小姐這麼問。他急忙從克拉拉的腿上抓起兩隻小貓走出去。

這一整天海蒂闖了這麼多禍，把羅騰麥爾小姐惹得很惱火，她原本打算要好好訓誡海蒂一番的，但剛剛被小貓嚇得半死，她已經精疲力竭，決定明天再教訓海蒂，最後一言不發地走回她的房間。克拉拉和海蒂也高興地回到各自的房間，因為她們知道小貓咪睡在舒適的窩裡了。

8

塞斯曼家亂成一團

第二天早上賽巴斯提安才開了大門，領家庭老師進了書房，門外又有人來拉鈴了。急促的拉鈴聲讓賽巴斯提安立刻飛奔下樓，因為只有塞斯曼先生才會這樣拉鈴，一定是他突然回家來。賽巴斯提安一打開門，看見大門前站著一個衣服破舊、背上揹著手風琴的男孩。賽巴斯提安生氣地說：「你要做什麼？想要把鈴扯下來嗎？」

「我要見克拉拉。」男孩說。

「你這骯髒的流浪兒，就不能像其他人一樣叫她『克拉拉小姐』嗎？」賽巴斯提安很不客氣地說。

「她欠我四十分尼。」那男孩說。

「我看你是腦筋有問題！你怎麼知道這裡住了一位克拉拉小姐？」

「昨天她跟我問路，二十分尼，然後我又帶她回家，一共欠我四十分尼。」

「你根本是胡說八道！克拉拉小姐從來沒出過門，也根本不可能出門。你最好馬上走，省得我趕你。」

可是那男孩一點也不畏縮，他站在原地不動，一臉無所謂地說：「總之我是在路上碰到她的，我可以描述她的樣子：她有一頭捲曲的短髮，頭髮是黑色的。眼睛也是黑色的，身上的衣服是棕色的，說起話來跟我們不太一樣。」

「呵！」賽巴斯提安現在明白了，他心裡暗暗偷笑。「那是小姐，她又惹事了。」然後他對男孩說：「好吧，你跟我來吧。但是你先在門外等。等我讓你進來，你就立刻演奏點什麼。我家小姐會喜歡聽的。」

賽巴斯提安走到樓上，敲了敲書房的門，然後走進去。「樓下有一個男孩，他有事想見克拉拉小姐。」賽巴斯提安報告說。

克拉拉很高興聽到這麼不尋常的事。「應該讓他馬上進來，不是嗎？老師大人，他如果真有事要找我。」

男孩一進來，立刻遵照剛剛賽巴斯提安的指示，搖起手風琴。羅騰麥爾小姐原本為了避開ＡＢＣ的教學，刻意待在飯廳做她的事，現在突然聽到音樂聲，她疑惑那些樂聲是街上傳來的嗎？可是聲音聽起來怎麼那麼靠近？書房裡怎麼會傳來手風琴的聲音？她衝過長長的飯廳，用力把門一開。她簡直不敢相信自己的眼睛，書房中間站著一個衣衫襤褸的男孩，用力搖著手風琴。家庭老師一付欲言又止的樣子。克拉拉和海蒂都高高興興地聽著音樂。

「停下來！立刻給我停下來！」羅騰麥爾小姐大喊，但她的聲音被樂聲蓋過，於是她朝著男孩跑過去。突然她發覺自己的兩腳之間有什麼東西，她低頭一看：一隻可怕的深色動物從她兩腳之間爬過去，是一隻烏龜。羅騰麥爾嚇得跳了起來，這麼多年來她沒跳過這麼高了，她驚嚇得死命尖叫：「賽巴斯提安！賽巴斯提安！」

風琴聲頓時停止，因為這次她的叫聲蓋過了音樂。賽巴斯提安站在半開的門外，看到羅騰麥爾小姐跳起來的樣子，笑彎了腰。等他走進書房時，羅騰麥爾小姐已經癱坐在椅子上。「全部都給我弄走！不管是人還是動物！全都弄走，聽到沒有，賽巴斯提安！」她對著賽巴斯提安大吼。

賽巴斯提安立刻遵照她的吩咐，把男孩拉走。男孩也急忙抓起他的烏龜。到了外面，賽巴斯提安一邊在男孩手上塞了錢，一邊說：「四十分尼是克拉拉小姐欠你的，四十分尼是你的表演費。你表演得真不錯。」賽巴斯提安說完，立刻把大門關上了。

書房裡又恢復平靜，家庭老師繼續上課。羅騰麥爾小姐這回留在書房裡，她想如果她在場，應該就不會再出亂子了。她打算上完課之後再調查這起事件，找出罪魁禍首好好懲罰，好讓他記得教訓，下次不敢再犯。可是這時又有人來敲門了，賽巴斯提安走進來通報，說有人送來一個大籃子要給克拉拉小姐。

「給我的？」克拉拉很訝異有人送東西給她，也很好奇是什麼東西，於是說：「快拿來看看啊！」於是賽巴斯提安把一個蓋著蓋子的籃子拿進來，然後很快又退出去。

「我認為應該等上完課之後，再打開籃子。」羅騰麥爾小姐說。

克拉拉完全無法想像籃子裡是什麼東西，她熱切地望著籃子。

「老師，」克拉拉忍不住中斷文法練習，央求老師，「我好想知道裡面裝什麼，可不可以讓我很快地瞄一眼，然後我們就繼續上課，好嗎？」

「就一方面來說，是可以，但是從另一方面似乎又不行。」老師回答。「如果您現在所有的注意力都放在籃子上的話——」他的話還沒說完，突然從籃子裡跳出一隻、兩隻、三隻，更多的小貓咪。原來籃子的蓋子沒蓋緊。

在大家還沒搞清楚發生什麼事時，小貓咪們已經在書房裡到處東奔西跑，讓人感覺整個房間全是貓咪。牠們跳過家庭教師的靴子，咬他的褲子；爬到羅騰麥爾小姐的衣服上，在她腳下追逐；跳到克拉拉的椅子上，亂抓亂咬，又是喵喵叫個不停。屋子裡亂成一團。

克拉拉高興地不斷大喊：「好可愛的小東西！看牠們跳來跳去好好玩，妳看，海蒂，這裡！那裡！妳快看！」海蒂高興地追著小貓到處跑。家庭教師尷尬地站在桌子旁邊，為了閃避小貓，他一下抬高右腳，一下抬高左腳。

羅騰麥爾小姐目瞪口呆地坐在那裡說不出話來，最後終於拚命扯著嗓子呼喊：「蒂娜德！蒂娜德！賽巴斯提安！賽巴斯提安！」她根本不敢從椅子站起來，害怕那些可怕的小貓會跳到她身上。她叫喊了很多遍之後，賽巴斯提安和蒂娜德才跑進來，賽巴斯提安立刻把小貓一隻一隻抓起來放進籃子裡，然後把籃子拿到頂樓，他昨天為兩隻小貓準備的窩旁邊。

今天上的課又是不會讓人打哈欠的就過去了。到了很晚，羅騰麥爾小姐才好不容易從早上的激動恢復平靜。她把賽巴斯提安和蒂娜德叫進書房，她要徹底了解整件事情發生的經過，她終於知道是誰闖的禍，起先她氣得說不出話來。過了一會兒，她揮手要賽巴斯提安和蒂娜德先出去，然後她轉向海蒂。

海蒂站在克拉拉旁邊，一點也不明白自己究竟做錯了什麼事。

「阿德爾海德，」羅騰麥爾小姐的口氣非常嚴厲，「我知道對妳只有一個有效的懲罰方式，因為妳是個野蠻人，我要把妳關到漆黑的地窖裡，讓妳和壁虎、老鼠在一起，看妳會不會變得乖一點，不再給我惹禍。」

海蒂目瞪口呆地聽著羅騰麥爾小姐的判決，她沒辦法理解，因為她從來沒有進去過可怕的地窖。在山上，緊鄰著爺爺木屋旁邊那個的房間，雖然被爺爺叫做「地窖」，可是裡面擺放的是做好的乳酪和新鮮的牛奶，那是個她喜歡去的地方，在那裡她從來也沒見過老鼠和壁虎。

可是克拉拉提高聲調抗議：「不行，不行！羅騰麥爾小姐，我們必須等到爸爸回來。他信上說他很快就回家了，到時我會告訴他這一切。讓他來決定怎麼處置海蒂。」

羅騰麥爾小姐對主人說的話當然不能提出任何異議，再說他真的快回家了。於是她站起來，兇巴巴地說：「好，克拉拉，到時候我也有話和塞斯曼先生說。」說完她走出書房。

接下來幾天，平靜無事，可是羅騰麥爾小姐的怒氣難消，她時時都想起自己是上了蒂德的當，而且她認為自從海蒂來了之後，家裡的事都走了樣，很多事不再照著規矩進行。克拉拉倒是很高興，她不再覺得無聊，因為上課的時候，海蒂總是會做出很有趣的事。即使家庭老師想辦法在講解字母的形狀時，故意比喻成山羊角或鳥嘴，好讓海蒂容易記住，但她老是把字母搞混，怎麼也學不來。海蒂會突然興奮地大喊：「那是山羊！」或是「那是老鷹！」老師說的那些描述在她腦袋裡激發了很多想像，可就是無法讓她聯想到字母。

午後，海蒂又坐在克拉拉旁邊。海蒂不厭其煩一次又一次說起她在山上的生活，說著說著她又開始想家，到了最後她總會認真地說：「我現在一定得回去了！我明天一定要走了！」

克拉拉每次也會安慰她，說服她等到爸爸回家，再決定該怎麼辦。海蒂聽了之後就會讓步，因為她心裡默默盤算好，只要她多待一天，給老婆婆的麵包就可以多兩個。因為午餐和晚餐的時候，她都會把放在她盤子裡的新鮮白麵包偷偷藏起來。因為她知道老婆婆從來沒吃過這樣的麵包，那些硬邦邦的黑麵包她幾乎咬不動了，想到這裡，海蒂就一點也捨不得吃掉那些白麵包。

用完餐後，海蒂會乖乖一個人在房間裡待上好幾個小時，不敢再亂走動，因為她現在已經知道，法蘭克福和山上不一樣，她不能隨便就跑到外面，所以她再也沒出過門。羅騰麥爾小姐也不准她在飯廳裡和賽巴斯提安交談。而蒂娜德老是用瞧不起人的口氣對她說話，不斷嘲笑她，所以只要看到蒂娜德，海蒂就會害怕地躲開，當然也就不會想和她說話了。所以海蒂每天就有很多時間坐在房間裡發呆，她想到高山上，現在一定是一片蒼翠了，黃色的花朵在陽光底下閃閃發亮，木屋四周的一切包括白雪、高山、還有遼闊的山谷也一樣燦爛耀眼吧！想著，想著，有時候海蒂幾乎忍不住想立刻回爺爺家。蒂德阿姨不是說過只要她想回去，立刻就可以回去。有一天海蒂終於再也忍不住了，她匆匆忙忙用她的紅色大圍巾把麵包都包起來，戴上草帽就往外走。可是她只走到了大門口，就碰到了旅行的大障礙。好巧不巧，羅騰麥爾小姐剛好從外面回來，她吃驚地停下腳步，從頭到腳地打量著海蒂，最後她的目光停在那一大包用紅圍巾包著的東西。她大喊：「妳這是什麼打扮？妳究竟想做什麼？我不是嚴格警告過妳，不可以隨便出門嗎？現在妳又想偷跑出去了，而且這樣子根本像個流浪兒。」

「我不是想偷跑，我只是想回家。」海蒂驚慌地回答。

「什麼？回家？妳想回家？」羅騰麥爾小姐生氣地兩手一拍。「妳想逃跑？要是讓塞斯曼先生知道有人想從他的房子逃跑還得了！妳千萬別讓他知道！妳上哪裡去找比這裡待妳更好的地方？妳哪裡不滿意？妳這一輩子住過這麼舒適的房子，吃過這麼好，還有人伺候嗎？妳說！」

「沒有。」海蒂回答。

「我就說嘛！」羅騰麥爾小姐繼續說，「妳沒什麼不滿意的，妳什麼也不缺，是吧！妳這忘恩負義的小孩，日子過得太好了，才會這麼胡來。」

聽她這麼說，海蒂終於忍不住把心裡的話全說出口：「我只是想要回家呀！我太久沒回去，雪兒一定會哭，婆婆也在等我。還有，放羊的彼得沒乳酪吃，黃雀會挨打的。而且這裡看不到太陽，也看不到大山，跟山谷說晚安。還有，要是老鷹飛過法蘭克福一定會大聲叫：這麼多人擠在這裡，吵吵鬧鬧，為什麼不到山上住，那裡要舒服多了。」

「太悲哀了！這孩子腦袋有問題了！」羅騰麥爾小姐一邊大喊，一邊匆忙往樓上跑，正好和走下樓的賽巴斯提安迎面撞上頭。「馬上把那不幸的孩子帶上來！」她一邊揉著腦袋一邊對賽巴斯提安大喊。

「是，是。」賽巴斯提安一邊回答，也一邊揉著自己的腦袋，他的頭撞得可比羅騰麥爾小姐嚴重多了。

海蒂兩眼紅通通地站在原地，激動得全身發抖。

「唉，妳又做了什麼好事了？」賽巴斯提安開玩笑地問。但是看到海蒂站在那裡不敢動的可憐樣子，他友善地拍拍她的肩膀，安慰她：「好了！好了！別放心上，高高興興最重要。妳看我，剛剛頭上差點被她撞出一個大洞。妳別被嚇到，不要愣在那裡，我們得趕緊上樓。」

於是海蒂什麼話也沒說，慢慢走上樓梯，完全不像她平常的樣子。看她這樣子，賽巴斯提安也很難過，他走在海蒂後面，一邊鼓勵她：「不要垂頭喪氣！不要難過！勇敢一點！小姐很懂事的，來到我們這裡還沒哭過，要是換成其他和妳差不多大的孩子，一天肯定哭上十二回。那些小貓咪在上面也玩得很高興呢，牠們在閣樓上蹦蹦跳跳的。等裡面那位小姐走了之後，晚一點我們一起上去看看小貓咪，好不好？」

海蒂點了點頭，但是一點也不開心。賽巴斯提安看了很心疼，同情地看著海蒂走進她自己的房間。

晚餐的時候，羅騰麥爾小姐一言不發，她只是警覺地看著海蒂，像是怕她突然又做出什麼驚人之舉。海蒂只是靜靜坐在桌子前面，不吃不喝，很快把麵包塞入口袋裡。

隔天早上，家庭教師正要上樓，羅騰麥爾小姐神祕地對他招手，示意請他先來飯廳。然後非常激動地告訴他，她擔心的事。她認為海蒂不習慣這裡的水土和氣候，還有生活方式，腦子有了問題。她重述海蒂說的那些奇怪話語。可是家庭老師告訴羅騰麥爾小姐，根據他的觀察，海蒂只是有些地方有點怪，但還算正常，只要全面的照顧，慢慢就能發展平衡。他覺得目前比較麻煩的是，她學不會ＡＢＣ，他就沒辦法教其他的東西。

羅騰麥爾小姐聽了老師的話，放心了一些，讓老師像往常一樣上課。快到傍晚的時候，她突然又想起海蒂昨天準備離家出走時的打扮，於是決定要在塞斯曼先生回家之前，拿一些克拉拉的衣服給海蒂穿。她把這主意告訴克拉拉，克拉拉非常贊成，於是找出了很多衣服、圍巾、帽子要送給海蒂。羅騰麥爾小姐來到海蒂的房間，想看看她的東西哪些可以留下，哪些該丟的。可是才沒幾分鐘，羅騰麥爾小姐已經氣急敗壞地跑出來。「我找到什麼？阿德爾海德！」她大喊。「怎麼會有這種事？阿德爾海德！明明是衣櫃，卻讓我在櫃子底下找到一堆的麵包！克拉拉，我在衣櫃裡找到麵包！堆積如山的麵包！蒂娜德！」她朝著飯廳大喊。「把阿德爾海德衣櫃裡的麵包全給我拿去丟掉！還有桌上那頂破草帽！」

「不可以！不可以！」海蒂大聲呼喊。「我要我的帽子！那些麵包是要給婆婆的。」海蒂想要去追蒂娜德，可是卻被羅騰麥爾小姐抓住。

「妳給我留在這裡，那些破爛東西讓他們處理。」羅騰麥爾小姐嚴厲地說。

海蒂撲倒在克拉拉的椅子上，絕望地嚎啕大哭，愈哭愈大聲，愈哭愈傷心。「婆婆的麵包沒了，那些麵包是要給婆婆的。現在沒了，婆婆沒有麵包可以吃了！」海蒂哭個不停，心都快碎了。

羅騰麥爾小姐氣得走出書房。看海蒂哭得這麼難過，克拉拉非常擔心。「海蒂！海蒂！不要哭了！」克拉拉安慰海蒂，「妳聽我說！不要難過，我答應妳，妳回家的時候，我讓妳帶一樣多的麵包回去給婆婆，甚至更多。這樣麵包才會是新鮮柔軟的，妳那些麵包到時候又乾又硬，現在就已經變硬了，不是嗎？好了，妳別哭了！」

聽到克拉拉這麼說，海蒂還是忍不住又哭了好一會兒。雖然她已經明白而且相信克拉拉的話，但為了安心，她一邊啜泣一邊又問了克拉拉好幾次，「妳真的會給婆婆一樣多的麵包？」

克拉拉一再保證：「一定，甚至更多，妳放心，只要妳不哭。」

吃晚飯的時候，海蒂的雙眼還是紅腫著。一看到麵包，她又忍不住想哭，可是她強忍住眼淚，因為用餐的時候必須安靜。賽巴斯提安每次走到海蒂旁邊的時候，就會做出奇怪的手勢，他一下指自己的頭，一下指海蒂的頭，然後又是點頭又是眨眼，好像是在對她說：「放心！我已經注意到，幫妳弄好了。」

晚上海蒂回到房間，上床要睡覺的時候，發現藏在被子底下的草帽。她又驚又喜，興奮地把帽子壓得更扁，然後用手絹包起來，藏進衣櫃的最角落。原是賽巴斯提安把草帽藏在被子底下的。當羅騰麥爾小姐把蒂娜德叫進海蒂房間的時候，賽巴斯提安在飯廳裡聽到了海蒂的哭聲，於是他跟在蒂娜德後面，當她從海蒂房間拿著一堆麵包走出來的時候，他一把拿起麵包堆上面的草帽，對蒂娜德說：「這個我來丟好了！」他很高興能替海蒂搶救下那頂帽子。晚餐的時候，他做的那些奇怪手勢，就是想告訴海蒂這件事，好讓她高興。

9 塞斯曼先生聽到前所未聞的事

事情過了幾天之後，塞斯曼家開始忙碌起來，傭人們上上下下奔走，因為主人塞斯曼先生旅行回來了，賽巴斯提安和蒂娜德從馬車上把行李一件一件搬進門。塞斯曼先生每次總會帶很多珍貴的禮物回家，然後一進門立刻就是到克拉拉的房間。因為已經接近傍晚，這時海蒂和克拉拉通常在一起，所以塞斯曼先生一打開門，就看到海蒂坐在克拉拉旁邊。克拉拉熱情地迎接她最愛的爸爸。塞斯曼先生回報女兒一樣的熱情，然後他對安靜躲到角落的海蒂伸出手，和藹地說：「妳就是那個瑞士來的小姑娘吧，來，跟我握個手吧！很好！告訴我，克拉拉和妳是不是好朋友？妳們有沒有吵架、噘嘴、哭鬧、和好，然後又從頭再來一遍。有這樣嗎？」

「沒有，克拉拉一直對我很好。」海蒂回答。

「海蒂也從來沒有想和我吵架，爸爸。」克拉拉也趕緊插嘴。

「很好，很高興聽妳們這麼說。」塞斯曼先生邊說邊站了起來。「克拉拉，爸爸先去吃點東西，我已經一整天沒吃東西了。等會兒我再過來，讓妳看看我帶什麼禮物回來。」

塞斯曼先生走進飯廳。羅騰麥爾小姐已經為他準備好餐點。塞斯曼先生一坐下來，女管家也在他對面坐下，她從頭到尾苦著一張臉。

「羅騰麥爾小姐，您是怎麼了？從剛剛迎接我，臉色就難看得嚇人。發生什麼事了嗎？克拉拉看起來很好啊！」

「塞斯曼先生，這事危害到克拉拉，我們都嚴重受騙了。」女管家用非常嚴肅的口氣說。

「怎麼說？」塞斯曼先生鎮定地喝了一口紅酒。

「塞斯曼先生如您所知，我們決定給克拉拉找個玩伴。我知道，您一定希望是位善良高貴的孩子和您女兒作伴。於是我就想到瑞士的小女孩，想找到一個像我在書中讀到的那種在純淨空氣中長大，換句話說，走路不沾塵土的孩子。」

「可是我認為就算是瑞士的小孩，走路還是會沾泥土的呀，除非他們身上長翅膀而不是腳。」塞斯曼先生回答。

「啊，塞斯曼先生，您懂我的意思的。我說的是大家都知道的那種孩子：住在純淨的高山上，在我們身邊彷彿一陣清新的微風吹過。」

「可是我的克拉拉和一陣清新的微風能做什麼？羅騰麥爾小姐。」

「喔，不，塞斯曼先生，我不是在開玩笑。這件事比您想像的嚴重。我真的上當了。」

「究竟什麼事情這麼糟糕？那孩子在我看來並沒有那麼糟啊！」塞斯曼先生平靜地說。

「就拿一件事來說，塞斯曼先生，您只要知道這件事就行了。在您不在家的時候，那孩子把什麼樣的人和動物弄到屋子裡來，家庭教師可以告訴您事情的經過。」

「動物？什麼動物？羅騰麥爾小姐。」

「您一定很難想像，這孩子除非是精神有毛病，她的行為舉止真的讓人無法理解。」

塞斯曼先生原本不太在意她的話，但是精神有毛病？這樣的孩子可能對他的女兒造成莫大的傷害。聽到這裡，塞斯曼先生緊盯著羅騰麥爾小姐看，他似乎想先確定是不是她精神才有毛病。就在這個時候，僕人打開門，通報家庭老師來了。

「啊，是老師來了，您可以跟我們解釋清楚。請進！請這邊坐！」塞斯曼先生一邊說，一邊向走進來的老師伸出手。「請老師一起喝一杯咖啡，羅騰麥爾小姐。請坐，別客氣！老師，我想問問，來給我女兒作伴的孩子如何？您也給她上課不是嗎？聽說她把動物帶回家，究竟是怎麼回事？她腦子如何？」

家庭老師原本應該先對塞斯曼先生的歸來表示高興和歡迎，這也是他特地來此的原因，可是現在塞斯曼先生急著要他說明這些疑點。他只好開始說：「關於這個孩子的本質，塞斯曼先生，我想特別請您留意的是，她的發展確實有缺陷，這多少是因為教育上的疏忽，說得更清楚就是因為太晚上學造成的，也是她長期住在阿爾卑斯山區的結果，長久遠離人群對她當然會造成不良的影響，但絕不能說是對所有方面都有壞影響，相反的，離群索居肯定還是有好處，毫無疑問好處是——」

「老師，等等，」塞斯曼先生打斷他的話，「您確實很用心。請您告訴我，您也被她把動物帶回家這件事嚇到了嗎？您覺得她和我女兒作伴，這件事究竟行不行？」

「我絕對不是侮辱那小女孩，」老師繼續說，「那孩子的確缺乏社會經驗，這多少是因為她到法蘭克福之前，生活裡缺乏文化薰陶，雖然在很多方面她的發展相當落後，但是她有不容忽視的天分，如果能夠全面給予指導——」

「抱歉，老師，請不要生氣，我想，我必須先見一下我女兒。」塞斯曼先生打斷老師的話，起身離開飯廳，然後來到書房。

塞斯曼先生走到克拉拉旁邊坐下。海蒂站了起來。塞斯曼先生轉身對她說：「孩子，過來，妳能不能幫我拿——幫我拿——」塞斯曼先生只是想把海蒂支開一會兒。

「幫我去拿杯水來。」

「要清涼的嗎？」海蒂問。

「對，對，真正清涼的水。」塞斯曼先生回答。海蒂立刻走出房間。「好了，克拉拉，現在妳來告訴我，妳的玩伴究竟帶了什麼動物回家？為什麼羅騰麥爾小姐會覺得她的腦子有問題？妳能告訴我為什麼嗎？」爸爸問，他把大手放在克拉拉的小手上。

克拉拉當然知道為什麼，因為那天受到驚嚇的女管家也把海蒂莫名其妙的話告訴她，但是她完全可以理解。她先告訴爸爸有關烏龜還有小貓咪的事，然後解釋海蒂那些讓羅騰麥爾小姐嚇一跳的話。塞斯曼先生聽了笑得很開心，說：「所以，克拉拉，妳不會希望我把那孩子送回去，也不會覺得她厭煩，對吧？」

「不，不！爸爸，你千萬不能把她送回去！」克拉拉大喊。「自從海蒂來了之後，每天都有好多有趣的事情發生。而且海蒂會講很多新奇的事給我聽。」

「克拉拉，妳看妳的朋友回來了。」這時海蒂已經把一杯水端到塞斯曼先生面前。塞斯曼先生問：「妳拿來的是清涼新鮮的水？」

「是的，剛從井裡打上來的。」海蒂回答。

「海蒂，妳該不會自己跑到井邊去打水吧？」克拉拉問。

「是啊。這水是我剛去打回來的，我跑了好遠，因為第一口井有好多人，所以我沿著街道一直走到第二口，還是好多人。於是我又走到另一條街，到那裡我才拿到水。還遇見一位白髮的老先生，他要我問候塞斯曼先生。」

「好一趟探險旅行。」塞斯曼先生大笑。「那老先生是什麼人？」

「他經過水井時，突然停下來對我說：『既然妳手上有杯子，可不可以借我也喝杯水？妳打水要給誰喝？』我就回答：『塞斯曼先生』，他聽了大笑，然後要我代他向塞斯曼先生問好，還有他說希望您覺得這水好喝。」

「原來如此，是什麼人要問候我？那位先生長得什麼樣子？」塞斯曼先生問。

「他笑起來很和藹，戴著一條粗粗的金鏈子，上面掛著一個鑲紅色大石頭的金色東西。還有，他的手杖上面有一個馬頭。」

「是大夫！是我們的大夫！」克拉拉和爸爸異口同聲大喊。塞斯曼先生露出會心的微笑，他想著他的朋友，還有他會怎麼想他要水喝的新方法。

這天晚上，當塞斯曼先生在飯廳和羅騰麥爾小姐商量家務的時候，他告訴女管家，他要把克拉拉的玩伴留下來，他認為這孩子很正常。克拉拉很喜歡海蒂的陪伴，她不要其他人。「所以我希望，」塞斯曼先生用非常肯定的口氣繼續說，「您要好好對待那孩子，不要把她奇特的行為當作是犯錯。羅騰麥爾小姐，要是您覺得力不從心，不久之後，我母親就會來這裡住上一段時間，我母親和人相處都很有一套，這您也知道不是嗎？」

「是的，我知道，塞斯曼先生。」女管家回答，但是聽到有幫手，她臉上並沒有露出如釋重負的表情。

塞斯曼先生這次停留在家的時間很短，才過了十四天，他又得為了生意到巴黎去。他安慰不願意他這麼快就離開的女兒，說：「奶奶很快就會來了。」

塞斯曼先生才離開家，住在霍斯坦舊農莊的塞斯曼老太太就來信通知克拉拉，她已經出發，還有請人在她到達的時間派馬車到火車站接她。

克拉拉知道消息高興極了。這天晚上，她告訴海蒂很多關於奶奶的事，說著，說著，連海蒂都叫起「奶奶」來了。羅騰麥爾小姐聽見臉上露出不高興的表情，海蒂並不太在意，因為她已經看習慣羅騰麥爾小姐嫌惡的表情了。一直到海蒂要回房間睡覺的時候，羅騰麥爾小姐才把她叫到自己的房間，告誡她，塞斯曼老夫人來的時候，不可以叫她「奶奶」，而是要尊稱她「夫人」。

「妳聽懂了嗎？」羅騰麥爾小姐最後確認地問。

海蒂疑惑地看著羅騰麥爾小姐，她的眼光像是回答海蒂不必多問，因此海蒂不再說話，雖然她還是不懂為什麼要稱呼塞斯曼老太太為「夫人」。

10 無所不知的老奶奶

第二天晚上，塞斯曼家上上下下忙著做準備，明顯可以看出來即將到來的塞斯曼老夫人在這個家的地位很高，受到尊敬。蒂娜德頭上戴著新的小白帽，賽巴斯提安弄來許多小板凳，放在所有適當的地方，好讓老夫人隨時坐下來休息時，可以把腳放上去。羅騰麥爾小姐抬頭挺胸走到各個房間查看的模樣，似乎在暗示僕人們，即使另一個主人即將到來，她的地位並不會被取代。

馬車終於到門口了。賽巴斯提安和蒂娜德趕緊跑下樓，羅騰麥爾小姐腳步緩慢威嚴地跟在後面，不管怎麼樣她都還是得出來迎接老夫人。海蒂被命令留在自己的房間，等到有人來叫她，她才可以出來。因為老夫人也許希望先和孫女單獨相處一會兒。於是海蒂坐在房間的角落，不停地複習那個陌生的稱呼。過了不久，蒂娜德探頭進來，像往常一樣用很不耐煩的聲調說：「快到書房去。」

海蒂不敢問羅騰麥爾小姐關於稱呼的事，她想一定是羅騰麥爾小姐弄錯了。平常她稱呼人家的時候都不是這個樣子。她一打開書房的門就聽到老奶奶親切的聲音：「啊，那孩子來了！快過來讓我仔細瞧瞧！」

海蒂走上前，用她清脆的聲音問候：「您好！夫人塞斯曼！」

「喔，怎麼了！在你們阿爾卑斯山上都是這樣稱呼的嗎？」奶奶大笑說。

「不，在我們那裡沒有人會這樣子叫。」海蒂很認真地回答。

「嗯，我們這裡也不這樣叫。」奶奶再次笑了，她輕輕拍了拍海蒂的臉頰。「不是這樣叫，孩子們都喊我『奶奶』，妳也這樣喊。這樣妳記得住吧！」

「嗯，這樣我會，我以前也是都這麼叫的。」海蒂保證。

「很好，很好，我就知道。」奶奶一邊說，一邊非常愉快地點頭。她再次仔細地看著海蒂，不時點著頭。海蒂也認真地盯著奶奶的眼睛看，奶奶的眼睛流露出溫暖的目光，讓海蒂覺得很舒服。海蒂立刻喜歡上奶奶，她目不轉睛地看著她。奶奶的白髮非常好看，頭上戴著漂亮的繡花帽，兩條寬帶子不斷擺動，彷彿一直有微風吹拂，讓海蒂覺得很特別。

「孩子，妳叫什麼名字？」奶奶問。

「我叫海蒂。可是她們又給我取了一個名字叫阿德爾海德，我會留意——」海蒂突然住嘴，她覺得有點罪過，因為每次要是羅騰麥爾小姐出其不意叫：「阿德爾海德！」

她老是沒反應，因為她總記不得這是她的名字。這時羅騰麥爾小姐剛好走進來。

「塞斯曼夫人肯定同意我，用一個叫出來自己不會覺得難堪的名字，至少在僕人面前不難堪。」羅騰麥爾小姐一進門就說。

「羅騰麥爾，這孩子已經聽慣人家叫她『海蒂』，我就這樣叫她，就這麼說定。」老夫人叫羅騰麥爾小姐時始終不加稱謂，讓羅騰麥爾小姐覺得很難堪，但是老夫人向來有自己的主張，誰也改變不了她，羅騰麥爾小姐也莫可奈何。再說老夫人知覺還很靈敏，一來馬上就明白家裡的狀況了。

第二天，克拉拉像往常一樣，吃完午餐就躺下休息了。奶奶也坐在她旁邊的一張躺椅上閉眼休息了幾分鐘，可是不一會兒，她又站了起來——她很快恢復精神——走到飯廳。那裡一個人也沒有。「大概在午睡吧。」奶奶自言自語，說著走到羅騰麥爾小姐的房間，她用力敲門。過了一會兒門開了，羅騰麥爾小姐看到奶奶出其不意的出現嚇得倒退了一步。

「能不能告訴我，那孩子這時候都待在哪裡？做些什麼？」塞斯曼老夫人問。

「她在她的房間裡。如果她想做點什麼有用的事，可以待在她房間。但是我必須讓您知道，塞斯曼夫人，這孩子常常生出一些怪念頭，而且還真的做得出來。那些事叫我在有教養的人面前還真難啟口。」

「如果我像那孩子一樣只能縮在房間裡，我大概也會跟她一樣。我倒很想聽看看，您會如何在有教養的人面前說關於我的事。現在請您去把那孩子帶到我房間來。我想送她幾本好看的書。」

「這真不巧。」羅騰麥爾小姐兩手一拍叫道，「那孩子要書做什麼？她到現在連字母都還記不住呢！這孩子根本什麼也學不會，這您問問老師就知道了！要不是有天使般的耐心，他可能老早就放棄給她上課了。」

「噢？這有點奇怪。我看那孩子不像是連字母都學不會的樣子。您還是去把她帶過來，她可以暫時先看看書上那些圖畫。」塞斯曼老夫人說。

羅騰麥爾小姐還想說什麼，可是老夫人已經轉身快步走進自己的房間。她聽到海蒂的學習障礙非常驚訝，她決定要查清楚，但是她不想透過家庭老師。她當然相當尊敬老師的人品，每次見到老師，和他親切打完招呼後，她就會立刻找藉口走開，避免和他長談，因為她有點受不了老師的說話方式。

海蒂走進奶奶的房間，她一看到奶奶帶來的大本書上各式各樣的圖畫，驚訝地張大眼睛。正當奶奶又翻了一頁時，海蒂突然大叫一聲，熱切地盯著書上的圖，接著眼淚簌簌流下來，開始不停地啜泣。奶奶看了看那張圖，畫裡是一片美麗青翠的牧場，牧場上有各種小動物在吃草或啃著樹叢的樹葉。正中間站著一個牧羊人，他靠在一根手杖上愉快地看著那些小動物。畫裡所有的一切金光閃耀，因為天際背後的太陽正要下山。

奶奶牽起海蒂的手。「來，來！孩子。」奶奶用無比慈愛的聲音說，「別哭了，別哭了！這圖一定是讓妳想起什麼了，可是，這當中還有一個精彩的故事，今天晚上我說給妳聽。而且書裡還有很多有趣的故事，妳可以先讀，讀了還可以講給別人聽。現在我們來說說話，把眼淚擦乾，然後站到奶奶面前，讓我好好看看妳。這就對了！我們現在要高高興興的。」

過了一會兒之後，海蒂才好不容易平靜下來。奶奶等她情緒恢復才問：「孩子，妳現在告訴我，家庭老師上的課，妳覺得怎麼樣？妳學到什麼？妳會什麼？」

「噢，我什麼也沒學會。但是我早就知道那個我學不會。」海蒂嘆氣說。

「什麼東西妳學不會？海蒂，妳說說看。」

「我學不會認字讀書，太難了。」

「是這樣嗎？誰跟妳說很難的？」

「彼得跟我說的，他說他就是這樣，不管學了多少遍，還是記不起來，太難了。」

「原來如此，是彼得說的。可是海蒂妳聽我說，妳不必相信彼得所有的話，妳應該自己試試。妳一定是上課時沒有好好聽老師講課，認真看老師寫的字。」

「那一點用也沒有。」海蒂用完全死心的口氣說。

「海蒂，」奶奶說，「聽我說，妳沒學會，是因為妳相信了彼得的話。現在妳要相信我，現在我向妳保證，妳會像其他大多數的小孩一樣，很快學會讀書，不是像彼得。現在我要告訴妳，等妳學會了讀書，我就把書送給妳。妳剛剛看到書上有位在牧場的牧羊人，只要妳會認字了，妳就可以知道他的全部故事，就好像有人說給妳聽一樣。所有有關他的事，他和他的羊群做了些什麼事，他還碰到哪些奇怪的事，海蒂，妳一定很想知道對不對？」

海蒂很專心地聽奶奶說話，她眼睛閃著光彩，深深吸了一口氣說：「喔，要是我現在就能看懂就好了！」

「會的，我相信過不了多久，妳就會讀書了。海蒂，我們現在得先去看看克拉拉。來，我們把書一起帶去。」奶奶牽起海蒂的手一起往書房走。

自從海蒂想要回家被羅騰麥爾小姐攔下來，而且在樓梯上大大羞辱一番的那天起，海蒂內心起了變化。羅騰麥爾小姐指責她，在這裡過好日子卻不知好歹，不知心存感恩，竟然想逃跑，幸好沒讓塞斯曼先生知道。海蒂明白了，她不可能像阿姨說的什麼時候想回家就可以回家。她得在法蘭克福住上很長、很長的一段時間，也許是一輩子。她也了解，如果她想回家，塞斯曼先生一定會覺得她忘恩負義；她想像奶奶和克拉拉一定也會那麼想。所以她想回家的想法絕對不能跟任何人說。否則奶奶就算現在對她再好，到時候一定會像羅騰麥爾小姐一樣生氣，海蒂一點也不想惹奶奶生氣。可是她的心愈來愈沉重，她經常吃不下東西，臉色也一天比一天蒼白。晚上她常常睡不著覺，到了夜深人靜的時候，高山上的景物、燦爛的陽光、花朵，都清清楚楚浮現在眼前。

她終於還是睡著了，在夢中，她就會看到法克尼斯山火紅的山峰，還有謝薩普拉納山上像著火的雪地。清晨醒來，海蒂興奮地想立刻衝到木屋外面——然後她又會驚覺自己躺在法蘭克福的一張大床上，離家好遠好遠，而且再也沒辦法回家。這時，海蒂就會把頭埋進枕頭裡偷偷地哭泣。

奶奶察覺到了海蒂的悲傷。她靜靜地觀察了好幾天，希望情況能改變，也許過幾天海蒂的心情就會好轉了。但是情況並沒有改善，有時奶奶一大早就發現海蒂哭過。有一天，她再次把海蒂叫到她的房間，她非常慈祥地對海蒂說：「海蒂，現在告訴我，妳怎麼了？妳有什麼心事？」

可是面對慈祥的奶奶，海蒂一點也不想讓她認為自己不知感恩，如果是這樣她很可能就不會再那麼慈祥了。因此海蒂只是難過地說：「我不能說。」

「不能說？那能不能跟克拉拉說？」奶奶問。

「喔，不行，我不能對任何人說。」海蒂堅定地說。

奶奶看著海蒂悲傷的樣子覺得好心疼。「來，孩子，聽我說，妳如果有什麼不能跟任何人說的心事，那就跟主說，求祂幫助妳，祂能夠減輕我們身上所有的痛苦。這個妳知道，對不對？妳每天晚上都會向主禱告，感謝祂的恩德，祈求祂的保佑，不是嗎？」

「不，我沒有做過。」海蒂回答。

「海蒂，妳從來沒禱告過嗎？妳知道禱告是什麼嗎？」

「我只跟以前的奶奶禱告過，不過那是很久以前的事了。現在我已經忘了。」

「妳看，所以妳才會那麼悲傷，因為妳沒有可以幫助妳的人。想想看，妳心裡如果有什麼傷心痛苦的事，隨時可以把心裡一切的話對仁慈的主說，請求祂在沒有人可以幫妳的時候，幫助妳。祂隨時隨地都會幫助我們，賜予我們快樂。」

海蒂的眼睛充滿欣喜。「我真的可以什麼都告訴祂嗎？」

「海蒂，妳想說什麼都可以。」

海蒂把手從奶奶手中抽回來，迫不及待地說：「我現在可以回我的房間嗎？」

「當然可以。」奶奶回答。

海蒂立刻跑回自己的房間，然後坐在板凳上，雙手合掌，把心裡所有悲傷的事全部告訴仁慈的主，而且衷心的祈求主幫助她，讓她回到爺爺那裡。

大約又過了一個多星期，家庭老師要求見塞斯曼老夫人，因為他有一件令人驚訝的事想要報告夫人。

塞斯曼老夫人一看到老師，就對他熱情地伸出手。「親愛的老師，歡迎您！請坐！」老夫人一邊說，一邊把椅子挪正。「請說，您來這裡有什麼事？發生什麼不好的事？或有什麼不滿意的？」

「不，完全相反，夫人，」老師開始說，「發生了一件我怎麼也沒有料到的事，而且任誰都不會預料到，只要稍微了解之前所發生的所有事，把所有的條件一起考慮，一定會認為這事不可能發生，但是它確實發生了。而且令人十分驚訝，可以說恰恰和期待的相反——」

「老師，是不是海蒂學會讀書了？」塞斯曼老夫人打斷他的話。

家庭老師驚訝地說不出話來，他呆呆地看著老夫人，好一會兒才開口說：「真的讓人太驚訝了。之前不管我花了多少心血，講解得再仔細，那孩子就是連字母都學不會。後來我就要放棄了，我省略了所有詳盡的說明，只是讓她直接看字母。現在那孩子竟然在極短的時間內，可以說是一夜之間，竟然學會了認字，而且立刻十分正確的拼讀，在初學者中還真是罕見。同樣讓我驚奇的是，夫人您居然馬上就猜中這件誰都會認為是不可能的事。」

「人世間有很多神奇的事發生。這兩件事可能只是很幸運地碰在一起，一方面是新的學習動力，另一方面是新的學習方法，兩件事正好幫了大忙，老師，我們應該為這孩子的進步感到高興，不是嗎？」」塞斯曼老夫人面帶微笑說。

塞斯曼老夫人陪著老師走出房間，快步來到了書房，她要自己確認這個令人高興的消息。果然看到海蒂坐在克拉拉身邊，正在朗誦故事給克拉拉聽，顯然是帶著莫大的驚喜和進入書中新世界的渴望。現在那些黑色的字母突然變成活生生的人和各式各樣的東西，它們訴說著動人心弦的故事。

那天晚上，海蒂一坐到餐桌前，就發現她的盤子上放著那本有很多美麗圖畫的大書。她疑惑地望著奶奶。

奶奶對海蒂點點頭，和藹地說：「是的，那本書現在是妳的了。」

「永遠都是我的嗎？就算我回家了，還是我的？」海蒂興奮地問。

「當然，那本書從今以後就是妳的。明天我們就開始看。」奶奶向海蒂保證。

「可是，海蒂，妳要回家還要等好幾年，」克拉拉插嘴說，「奶奶不久就要走了，妳得留下來陪我。」

海蒂回到自己房間，一直到上床睡覺，都還捨不得放下那本美麗的書。而且從這一天起，她最喜愛的事就是坐下來讀那些故事，一遍又一遍，同時欣賞那些美麗的彩色插圖。到了晚上，只要奶奶說：「現在海蒂要讀故事給我們聽。」她就會十分高興，因為閱讀對她來說一點也不難了，而且一旦她大聲朗讀故事，就愈覺得故事精彩，愈容易懂。

之後奶奶又向她解釋很多東西，說更多的故事。海蒂最喜歡的是一遍又一遍看著那片綠色的牧場，還有站在羊群中的牧羊人，看他拄著長長的手杖愉快地站在那裡，因為這個時候他還高高興興地幫父親放牧那些有趣的小羊們。但是接下來的一張圖：他離開父親，到了外地，他必須養豬，只能吃廚餘殘渣，已經瘦得皮包骨。這張圖不再像前面那一張充滿金色的陽光，這一張圖的風景灰暗，籠罩在霧裡。不過這故事還有另一張圖：那年老的父親張開雙臂從房子裡跑出來，歡迎後悔的兒子回家。那膽怯、枯瘦的兒子穿著破爛不堪的衣服，一步一步走回家。這是海蒂最喜歡的故事，她一讀再讀，有時大聲念，有時小聲念。奶奶對故事的解釋她百聽不厭。除此之外，書裡還有很多精彩的故事。讀故事，欣賞插畫，時間不知不覺飛逝，不久，奶奶動身離開的日子到來了。

11 海蒂有些成長也有些退步

奶奶住在這裡的這段時間，每天下午當克拉拉睡午覺時，羅騰麥爾小姐也許是需要安靜，總會神祕失蹤一會兒。而奶奶會在克拉拉旁邊坐個五分鐘，之後，她就會站起來，然後把海蒂叫到她房間裡，和她說話，並與她一起做許多事或玩些遊戲。奶奶有很多漂亮的玩偶，她教海蒂怎麼幫它們做衣服和圍裙，就這樣，海蒂慢慢學會了做針線活。奶奶給了海蒂很多五顏六色的碎布料，她就替玩偶們做了很多漂亮的衣服和外套。現在海蒂已經學會讀書，她可以常常唸故事給奶奶聽，這帶給她莫大的樂趣。因為她愈唸那些故事，就愈喜歡那些故事。海蒂跟著故事裡的人物，經歷所有的事件，她感覺自己和故事裡的人物非常熟悉，她很高興能和他們在一起。即使如此，海蒂看起來並不是真心感到快樂，她的眼睛裡再也看不到以前的光彩。

奶奶留在法蘭克福的最後一個星期，在克拉拉午睡時，她像平常一樣把海蒂叫到她的房間。海蒂抱著她的那本大書走進來，奶奶向她招著手。海蒂走到奶奶身邊，奶奶把她的書拿到旁邊放著，然後說：「來，孩子，告訴我，妳為什麼悶悶不樂？妳還是為同一件事感到痛苦？」

「嗯。」海蒂點頭。

「妳全都告訴主了嗎？」奶奶問。

「嗯。」

「妳天天禱告祈求一切好轉，而且祈求祂讓妳快樂起來嗎？」

「喔，不，我已經不再禱告了。」

「海蒂，妳說什麼？我沒有聽錯吧！為什麼妳不再禱告了？」

「禱告一點用也沒有，主根本沒聽到我的禱告，我想一定是這樣的。」海蒂有些激動地繼續說，「全法蘭克福有那麼多人，如果晚上大家同時一起禱告，主不可能全部都注意到，我的禱告祂一定聽不到。」

「妳怎麼會知道呢？海蒂。」

「好幾個星期以來，我每天都祈禱著同一件事，可是主根本沒有理我。」

「但是事情不會這樣的，海蒂，妳不該這樣認為，仁慈的主是我們的慈父，祂向來知道什麼對我們好，就算我們自己不知道。如果我們現在想請求祂的事，祂認為對我們無益，祂就不會給我們。我們只要繼續不斷地真誠禱告，不要跑走，不要對祂失去信心，祂會給我們更好的。妳看，主知道妳現在想要的，目前對妳來說沒有好處。主已經聽到妳的禱告，祂聽得見所有人的禱告，因為祂是主，不是像妳我一樣的凡人。祂知道妳的心事，祂心裡想：是啊，海蒂有一天會實現她的願望，但是必須等到這事真的對她有好處的時候，到時她才會獲得真正的快樂。如果我現在就達成她的願望，後來她才察覺當初要是我沒有幫助她完成願望就好了。她會哭著說：『仁慈的主，當初要是沒有實現我的願望就好了，事情根本不如我想像的那麼美好。』現在主可能在天上看著妳，看妳是不是相信祂，而且天天對祂禱告，看妳是不是需要什麼，可是妳卻跑掉了，對祂失去信心，不再禱告，甚至完全忘了仁慈的主。妳看，如果妳這麼做，主在眾多禱告中再也聽不到妳的聲音，祂也會忘記妳，不管妳。這麼一來，如果妳以後遇到什麼不如意的事，抱怨說：『沒有人肯幫我！』那沒有人會同情妳，他們會說：『是妳自己要離開可以幫助妳的主，不是嗎？』海蒂，妳希望事情變這樣嗎？還是立刻回到主面前懺悔，從此每天禱告，相信祂會讓一切變得美好，讓妳能夠再次開心？」

海蒂專心聽著奶奶的話，她牢牢記住奶奶說的每一句話，因為她真心相信奶奶。

「我現在馬上就去請求主的原諒，我再也不會忘記祂。」海蒂懺悔地說。

「這就對了，孩子，祂會在適當的時間幫助妳的，放心吧！」奶奶鼓勵她。於是海蒂馬上跑回自己的房間，虔誠地向主禱告，請祂不要忘記她，並且要眷顧她。

奶奶終於要離開了！這一天，克拉拉和海蒂都非常傷心，於是奶奶特地安排了節目讓兩個孩子不要感到那麼悲傷，讓這一天像是個快樂的節日。奶奶坐上馬車離開，房子好像變得空蕩蕩，熱鬧的日子都過去了。克拉拉和海蒂兩個人一整天都心情沮喪，失神呆坐，不知道該做什麼好。

第二天，上完課，海蒂手臂下夾著她的書走進書房。「克拉拉，現在起我讀這本書給妳聽好不好？」

克拉拉覺得這主意好極了，於是海蒂立刻熱心地朗讀起來。可是才過了一會兒，她的聲音就停止了，因為她讀到一位老婆婆臨終的故事，她突然大喊：「啊，老婆婆死了！」接著她就嚎啕大哭起來。海蒂每次讀什麼書，就覺得事情會真的發生，現在她心裡以為是山上的婆婆死了，她愈哭愈傷心，啜泣著說：「現在婆婆死了，我再也不能到她那裡去了，她再也拿不到我的麵包了！」

克拉拉不停想辦法要跟海蒂解釋，那不是山上的婆婆，而是故事書裡的婆婆。可是就算海蒂終於明白了，她激動的心情仍舊難以平靜，她還是覺得很傷心，一直大哭，因為她一想到她離家那麼遠，婆婆和爺爺在這段日子裡可能死掉。萬一是這樣，當她很久很久以後回家時，山上就空蕩蕩的，剩下她孤零零的一個人，再也看不到喜歡的人了。

就在這個時候羅騰麥爾小姐走進來，看到克拉拉努力向海蒂解釋的一幕。當她看到海蒂還是哭個不停，羅騰麥爾小姐顯然失去耐性，她嚴厲地對她說：「阿德爾海德，夠了，不要再無理取鬧了！聽好，以後要是再讓我聽到妳在唸故事時大哭，我就立刻沒收妳的書，而且再也不會還給妳。」

這下子海蒂真的嚇到了，臉色變得很蒼白，這本書是她的寶貝，她趕緊擦乾淚水，強忍住啜泣，不敢再發出任何聲音。這方法果然有效，之後不管讀什麼故事，海蒂再也不會哭了。可是有時候她還是得勉強壓抑，才能克制自己不哭出來。

克拉拉常常驚訝地說：「海蒂，妳的表情怎麼這麼難看？我從來沒看過妳這個樣子。」

海蒂的表情雖然難看，但不會發出聲音，這樣就不會被羅騰麥爾小姐發現。就這樣，如果海蒂突然感到絕望悲傷，她就會強忍住眼淚，想哭的感覺一會兒就會過去了。可是海蒂漸漸沒有胃口，愈來愈消瘦，臉色也愈來愈蒼白。賽巴斯提安眼看她在餐桌上經常什麼也沒吃，實在很不忍心。每次他端著盤子走到她面前時，總會小聲鼓勵她說：「拿一些吧！小姐，這很好吃的。不要這個樣子！一大勺！再一勺！」他像父親一樣關心她，給她忠告，但是一點用也沒有：海蒂幾乎什麼也不吃了。而且晚上只要一上床，家鄉的一切立刻浮現在眼前，她只能把頭埋在枕頭裡偷偷哭泣，不讓人聽見。

又過了一段很長的時間，海蒂根本不知道現在是夏天還是冬天，因為從塞斯曼家的窗戶望出去，外面的牆和窗戶永遠都是一個樣子。而且也只有當克拉拉身體狀況特別好的時候，他們才會出門，但也只能坐在馬車上逛逛。時間總是很短暫，因為克拉拉沒辦法忍受坐太久的馬車。所以通常還沒到高牆和石板路以外的地方就必須折返了，然後看見的都是一樣的又寬又漂亮的道路、很多房子和人，可是看不到花草、樅樹，更不要說是高山了。海蒂對熟悉景物的渴望與日俱增，因此現在她只要在書上看到任何一個可以勾起回憶的字眼，立刻就難過得想哭，她總是拚命的忍住。

秋天和冬天就這樣過去了，強烈的陽光又照在屋子對面的白牆上，海蒂知道又到了彼得趕著他的山羊上山的季節了，山上金色的花朵在陽光底下閃閃發亮，到了傍晚，群山又會紅得像著火一樣。海蒂孤單地坐在房間的角落，雙手矇住眼睛，她不想看到對面牆上的陽光，她一動不動地坐在那裡，無聲地和內心折磨人的鄉愁對抗，直到克拉拉在叫她。

12 塞斯曼家出現幽靈

最近幾天以來羅騰麥爾小姐經常沉默，且若有所思地在屋子裡徘徊。黃昏的時候，當她從這個房間走到另一個房間或是經過長廊時，她常轉頭看看角落或是突然查看身後，好像覺得有人跟在她身後，會出其不意抓住她的衣服似地。當她一個人的時候，也只敢走進有人在的房間。如果她必須到樓上那間裝潢富麗的客房或是樓下的房間，她都會找個要搬東西的理由而叫蒂娜德陪她去。尤其是樓下神祕的大廳裡，只要一踏進去，每走一步都有回音，而且她老覺得高掛在牆上，那些戴著白衣領的老市議員的畫像，目不轉睛地盯著她。

其實蒂娜德也是一樣，當她必須到樓上或樓下時，她一定藉口說有些東西她自己一個人可能拿不動，叫賽巴斯提安陪她去。更讓人驚奇的是，連賽巴斯提安也一樣，如果他被吩咐到角落的房間，他同樣會叫上約翰跟他一起去，這樣子兩個人才搬得動東西。被叫的人總是很樂意跟隨，其實沒什麼需要使力的重物，事實上一個人單獨去就夠了。

樓上發生這些事，在樓下廚房做事很多年的女僕憂心忡忡，搖頭嘆氣說：「我怎麼會碰上這種事！」

塞斯曼家最近發生非常詭異的事。每天早晨，僕人下樓都會發現大門是開著的，可是怎麼找，也看不到可疑的人。事情第一次發生的那天，他們立刻檢查了房子裡所有的房間，想要查清有多少財物被偷，他們以為竊賊白天躲在屋子裡，到了夜裡才帶著偷竊的東西逃走，可是屋子裡什麼也沒少。每天晚上，大門不僅鎖上兩道門閂，還特地頂了一根橫木，但還是沒有用。第二天早上，門又是敞開的，無論僕人多早多緊張地跑下樓看，門又是開的。即使附近的人家都還在沉睡中，鄰居的門窗也都還是緊閉的。最後約翰和賽巴斯提安在羅騰麥爾小姐的再三請求下，終於下定決心，晚上留守在樓下緊鄰大廳的房間裡，看看會發生什麼事。羅騰麥爾小姐也找出更多塞斯曼先生的武器，還給了賽巴斯提安一大瓶的燒酒，必要的時候，他可以先喝酒壯膽。

於是這一天夜裡，賽巴斯提安和約翰就坐在房間裡，兩個人一開始就先喝酒壯膽，邊喝酒邊說話，過了一會兒兩個人都睏了，靠在椅背上不說話。等到老鐘樓的鐘敲了十二下的時候，賽巴斯提安打起精神想要叫醒同伴，可是不管他怎麼叫，約翰歪著頭靠在椅背上睡得很熟。賽巴斯提安緊張地豎起耳朵聆聽外面的動靜，他現在完全清醒了。四周寂靜無聲，甚至連街上也靜悄悄的。賽巴斯提安一直沒睡著，因為四周實在靜得可怕。他壓低聲音想叫醒約翰，偶爾輕搖他幾下，終於一點的鐘聲敲響時，約翰醒了過來。他愣了一會兒才明白自己不是躺在床上，而是坐在椅子上睡著了。然後他跳起來大叫：「賽巴斯提安，我們現在得出去看個究竟，不要怕，你只要跟在我後面就行了！」

約翰推開輕掩著的門，率先走了出去。就在這時候，一陣冷風從敞開的大門吹進來，把約翰手上的蠟燭吹熄了，他嚇得倒退了一大步，差點兒就把站在他後面的賽巴斯提安撞得往後倒。這下子他趕緊拉著賽巴斯提安退回房間裡，又重重把門甩上，急切地把鑰匙轉到底，才拿出火柴，再次點上蠟燭。賽巴斯提安剛才躲在高大的約翰後面，根本沒察覺到那一陣風，所以不知道究竟發生了什麼事。但是現在在燭光下，他看到約翰臉色慘白，全身抖得很厲害，不由得驚呼了一聲。「怎麼回事？外面到底發生什麼事？」賽巴斯提安關切地問。

「大門是開的！」約翰喘著氣說，「還有，樓梯上有白色的人影！賽巴斯提安，我看到它走上樓——忽然就不見了！」

賽巴斯提安覺得背脊發涼。兩個人緊緊靠著，癱坐在椅子上，再也不敢動，一直到天亮，街上慢慢開始熱鬧起來，他們才走出房間，把敞開的大門關上。然後上樓跟羅騰麥爾小姐報告事情的經過。

女管家其實早已經醒來，因為她擔心的根本睡不著覺。聽完他們兩個人的報告，她立刻坐下來給塞斯曼先生寫了一封信，他從來沒接過這樣內容的信。信上寫著她害怕的手指動彈不得幾乎沒辦法寫信，請塞斯曼先生務必趕緊回家，因為家裡發生了前所未有的怪事。接著她把昨晚發生的事敘述了一遍，還有每天早上大門一再敞開的事，家裡每個人都擔心自己夜裡性命的安危，而且無法預料這可怕的事會帶來什麼樣的後果。

塞斯曼先生立刻回了信，他解釋自己不可能突然放下一切事，即刻趕回家。幽靈的事他覺得太奇怪了，他希望事情很快會過去。如果事情沒辦法解決，羅騰麥爾小姐可以寫信給塞斯曼老夫人，詢問她是不是能到法蘭克福來幫忙。他的母親一定能夠很快趕走幽靈，讓幽靈不敢再來家裡打擾。羅騰麥爾小姐對主人這封信的回覆很不滿，她覺得主人對這件事太不在意了。她又立刻寫信給塞斯曼老夫人，但是她一樣很失望，老夫人回信的語氣一樣不以為然，而且甚至夾著諷刺。塞斯曼老夫人信上寫說，她不想因為羅騰麥爾小姐看到幽靈，就特別從霍斯坦趕到法蘭克福，再說從來沒聽說過塞斯曼家有幽靈出現，如果現在有人看到，那一定是活的幽靈，她建議羅騰麥爾小姐可以好好和幽靈談談，如果不行，晚上可以找個人守夜看門。

羅騰麥爾小姐下定決心，不要再在驚嚇中過日子，她知道該怎麼辦。一直到現在，她都沒有對兩個孩子說過幽靈出現的事，因為她擔心她們要是知道了，一定會整天害怕的無時無刻要人陪，這對她來說可就麻煩了。羅騰麥爾小姐走進書房，兩個孩子正坐在一起，她壓低聲音跟她們說，夜裡出現幽靈的事。克拉拉立刻大喊，她再也不要一個人待在房間裡，她要爸爸立刻回家，而且睡覺時羅騰麥爾小姐必須陪著她，海蒂也不可以自己一個人，不能讓幽靈有機會傷害她。於是，羅騰麥爾小姐要大家夜裡都待在同一個房間裡，而且必須整夜點著燈。蒂娜德睡在隔壁，賽巴斯提安和約翰必須在走廊上過夜，如果幽靈出現，他們可以大叫把幽靈嚇跑。

克拉拉非常激動，羅騰麥爾小姐費了好大的功夫才讓她平靜下來。她向克拉拉保證會立刻寫信給爸爸，而且會叫人把她的床搬到克拉拉的房間，陪著她一起睡覺。但他們沒辦法都一起擠在同一個房間，如果阿德爾海德害怕，可以叫蒂娜德去陪她。可是海蒂從來就沒聽說過幽靈，比起幽靈她更怕蒂娜德。她立刻說她不怕幽靈，希望自己一個人睡。

羅騰麥爾小姐又立即跑回自己的房間，坐到書桌前給塞斯曼先生寫信。她故意強調家中每天夜裡一再發生的可怕事件，已經危害到克拉拉虛弱的身體，可能造成的後果不堪設想，恐怕導致癲癇症或舞蹈症的突然發作。如果屋子裡可怕的狀況持續下去，他的女兒會完全處在危險當中。

這方法奏效了。兩天之後，塞斯曼先生已經站在家門口，把門鈴拉得震天響。家裡的僕人全集合在一起，你看我，我看你，每個人心想，這下子狂妄的幽靈不只是夜裡才出沒，白天也敢出來搗亂了。賽巴斯提安戰戰兢兢地從半開的窗板往下瞧，就在這個時候門鈴又再次猛響，這次大家才終於體認到這鈴應該是人拉的。賽巴斯提安認出了拉鈴的手，他急忙衝出房間，一不小心倒栽蔥地滾下樓梯，他連忙站了起來，急忙開了門。塞斯曼先生簡短地打了招呼，就直接上樓直奔女兒的房間。克拉拉看到爸爸喜出望外大聲驚呼。當塞斯曼先生看到女兒精神奕奕，完全沒異樣，原本皺在一起的眉頭終於舒展開來了。克拉拉說，她跟之前一樣好，而且很高興爸爸回來，現在甚至開始喜歡家裡的幽靈，因為多虧了它，爸爸才會回家。塞斯曼先生的臉色更加開朗了。

「羅騰麥爾小姐，那個幽靈現在怎麼樣了呢？」塞斯曼先生嘴角掛著取笑的表情。

女管家嚴肅地回答：「不，先生。那不是玩笑，我想明天早上您就再也笑不出來了。因為這房子裡發生的事似乎告訴我們，這裡可能發生過什麼可怕的事，可是一直被隱瞞住。」

「是嗎？我倒是從來沒有聽說過。」塞斯曼先生回答，「但是，我請您不要懷疑我那些德高望重的祖先。好了，請您去把賽巴斯提安叫到飯廳來，我想單獨跟他談談。」

塞斯曼先生走到飯廳，賽巴斯提安隨後也到了。塞斯曼先生其實已經注意到，賽巴斯提安和羅騰麥爾小姐並不是很合得來，所以他有自己的推測。

塞斯曼先生對走進來的賽巴斯提安招手說：「過來，小伙子！老實跟我說，是不是你裝神弄鬼，想要捉弄羅騰麥爾小姐？」

「不，我發誓，主人，您千萬不要這樣認為，我自己也嚇得要死。」賽巴斯提安回答，顯然他說的是實話。

「好吧，既然如此，我明天會讓你和勇敢的約翰，在光天化日下看清楚幽靈長什麼樣子。賽巴斯提安，你應該感到羞愧，高頭大馬的你竟然會被幽靈嚇跑。你現在到我的老朋友克拉森大夫那裡，請他務必在今晚九點來看我，我特地從巴黎趕回來請他看病，他今晚必須留在這裡看顧我，情況嚴重，希望他一定要來。明白了嗎，賽巴斯提安？」

「明白了。主人請放心，我這就去辦。」

賽巴斯提安走了出去。塞斯曼先生又回到克拉拉的身邊，安慰她不要害怕，他今天就會讓真相大白。

九點整，兩個小孩子上床睡覺，羅騰麥爾小姐也回到她的房間。克拉森大夫準時來了。他雖然一頭白髮，但是氣色很好，目光和善，精神奕奕。他原本有點擔心塞斯曼先生的身體，但和他打過招呼之後，他拍著主人的肩膀大笑說：「啊，老朋友，你看起來還過得去，哪裡需要我看護？」

「老朋友，有點耐心。」塞斯曼先生回答，「等會兒我們逮到他，需要你看顧的人氣色一定比我難看。」

「這麼說屋子裡真的有病人，而且還得先逮到？」

「比這還糟糕，大夫，比這個糟多了！屋子裡有幽靈，我們這裡鬧鬼。」

克拉森大夫大笑。

「歡迎加入，大夫！」塞斯曼先生繼續說，「可惜，羅騰麥爾小姐沒辦法加入我們，她堅信塞斯曼家的祖先要為惡行贖罪，所以出來四處遊走。」

「她怎麼認出是您家族的祖先呢？」大夫打趣地問。

塞斯曼先生於是把事情的整個經過說給他的朋友聽，還有根據家裡僕人的報告，現在每天夜裡大門還是會被打開。為了以防萬一，他已經準備好兩把裝好子彈的槍放在房間裡。因為他認為這有可能是惡作劇，有可能是哪個僕人和熟人串通好，趁主人不在的時候要嚇嚇屋子裡的人；如果是這樣，只要對空鳴槍，嚇嚇他就行了。或者如果是竊賊想利用這種方法讓人害怕不敢出來查看，之後他們好下手，要對付這種情況，有把槍也是有幫助的。

他們一邊說一邊下樓，走進前幾天約翰和賽巴斯提安守夜的那個房間。桌上擺著幾瓶好酒，他們整夜在這裡看守，需要有東西提提神。酒的旁邊擺放那兩把槍，桌子中間還有兩個散發明亮燭光的燭台，因為塞斯曼先生不想在昏暗中等待幽靈。

現在門輕掩著靠在門鎖上，不能讓太多的光照到走廊上，會把幽靈嚇跑的。現在兩位先生舒服地坐在椅子上，天南地北地聊起來，一邊品嚐好酒，不知不覺已經到了十二點。

「那幽靈可能知道我們在等它，今天大概不會來了。」大夫說。

「再等等！據說它一點鐘才會出現。」塞斯曼先生回答。

他們繼續聊。一點的鐘聲敲了。四周一片寂靜，街上也沒有任何聲響。大夫突然舉起手指。「噓！塞斯曼，你聽到了嗎？」

他們倆豎起耳朵聽。很小聲，但是他們聽得清清楚楚，橫木被移開，鑰匙轉了兩次，門開了。塞斯曼先生伸手準備拿槍。

「你不害怕吧？」大夫說完站了起來。

「小心為妙。」塞斯曼先生低聲說。他左手抓起點著三根蠟燭的燭台，右手握著槍跟在大夫後面。走在前面的大夫也一樣，一手握著槍，一手拿著燭台。他們輕聲走到走廊上，皎潔的月光從敞開的大門照進來，映在門檻前一個一動也不動的白色人影上。

「是誰？」這時大夫大喊，聲音響透走廊。兩個大人握著燭台和手槍，走近白色的人影。白色人影轉身，發出輕聲的驚叫。

光著腳，穿著白色睡衣，站在那裡的是海蒂，她迷惘的眼神望著燭光和槍，全身顫抖著，就像風中的樹葉。兩位先生也大吃一驚，互相對看。

「塞斯曼，我認得她，她是那個替你打水的小女孩。」大夫說。

「孩子，這是怎麼回事？」塞斯曼先生問。「妳想做什麼？為什麼下樓來？」

海蒂嚇得臉色慘白，用幾乎聽不見的聲音回答：「我不知道。」

這時大夫走上前說：「塞斯曼，現在該我來，你先回屋裡，我先把孩子帶回她的房間。」說完，他把槍放在地上，像父親一樣，牽著發抖的海蒂走上樓。「不要怕，不要怕。」大夫一邊走一邊慈祥地說，「沒事了，什麼事也沒有，妳放心。」

回到海蒂的房間，大夫把燭台放在桌上，然後抱起海蒂，把她放回床上，小心翼翼幫她蓋好被子。然後坐在床邊，等到海蒂稍微平靜下來，不再全身發抖，他拉起海蒂的手安慰她說：「好孩子，沒事了，現在告訴我，妳想到哪裡去？」

「我沒有想要到哪裡去。」海蒂肯定地回答，「我根本沒有要下去，我也不知為什麼就站在那裡了。」

「原來如此，那應該是妳夜裡作夢了。在夢裡，妳清楚地看見、聽見什麼了嗎？」

「嗯，我每天都作同樣的夢。我以為我在爺爺那裡，我聽到外面風吹樹葉的聲響，心裡想：天上的星星現在一閃一閃一定很好看，所以我就很快跑去開門，哇，天空好美麗。可是每次我一醒來，還是在法蘭克福。」海蒂說到這裡，又開始掙扎著把湧到喉嚨的沉重感覺再吞下去。

「我懂了。那妳身體有沒有什麼地方痛？譬如說，頭或背？」

「沒有，只有這裡一直像有一塊大石頭壓著。」

「嗯，像吃了東西之後，不舒服想吐出來嗎？」

「不是，只是像想要大哭那樣。」

「原來是這樣，那妳盡情哭過嗎？」

「喔，沒有，不行，羅騰麥爾小姐不准我哭。」

「所以妳一直把淚水吞下去，是這樣子沒錯吧？那麼妳喜歡待在法蘭克福嗎？」

「喔，是啊。」海蒂輕聲回答，但是聽起來不像真心話。

「妳以前和爺爺住在哪裡？」

「我們一直住在阿爾姆山上。」

「那裡應該沒什麼特別好玩的，挺無聊的吧？」

「才不會，那裡很漂亮，很漂亮——」海蒂說不下去了，對山上的回憶，剛才的激動，還有長久以來壓抑的淚水一下子全湧上來，海蒂再也按捺不住，嚎啕大哭了起來。

大夫站了起來，輕輕地把海蒂的頭放到枕頭上。「好好哭一會兒吧！沒事了，好好睡一覺，明天一切就會好轉了。」說完，大夫走出海蒂的房間。

大夫走到樓下的房間，在等著他的塞斯曼先生對面坐下，他對急著知道結果的同伴說明。

「塞斯曼，關於你照顧的孩子。第一，那孩子得了夢遊症，她每天夜裡像幽靈一樣起來開門，嚇壞你們一家子的人，其實她自己毫無意識。第二，她有嚴重的思鄉症，已經被折磨得皮包骨，再這樣下去，真的會只剩下骨頭。所以你必須立刻救她，治療夢遊和嚴重的神經亢奮只有一種藥，那就是立刻送那孩子回故鄉，讓她呼吸山上新鮮的空氣。對思鄉症也只有一種藥，和剛剛一樣的藥。所以我開的藥方就是，明天就讓那孩子回家去。」

塞斯曼先生聽完大夫的話後，激動地站起來，在房間裡來回踱步，最後他終於開口說：「夢遊！生病！思鄉症！在我這裡瘦得不像話！全是在我這裡才這樣的，卻沒有人看見，沒有人知道！可是，大夫，你認為我應該把那原本活潑健康、到了我這裡才消瘦得不成人樣的孩子，送回她爺爺那裡？不行，大夫，你不能這樣要求我，我不會這麼做，絕對不會！現在麻煩你先照顧那孩子，盡你所能，讓她恢復健康，然後如果她真想回去，我再送她回去。但是拜託請你先治好她。」

「塞斯曼，」大夫用很嚴肅的口氣回答，「請你好好想想，她得的不是給藥粉或藥丸就可以治好的病。那孩子很堅強，如果你現在馬上把她送回山上，她習慣的山上的清新空氣會讓她很快完全恢復健康。要是不這樣做，那孩子很可能無法醫治，甚至再也回不到爺爺那裡，我想你也不希望這樣的事情發生吧？」

塞斯曼先生大吃一驚，停下腳步。「好吧，大夫，既然你這麼說，我也只好照辦，我立刻讓人送她回去。」

塞斯曼先生拉著大夫的手臂，兩人一邊來回走，一邊商量事情怎麼處理。最後大夫終於可以回家了，他在這裡待夠長時間了，這次大門是由主人親自打開，清晨的陽光已經透進來。

13 在夏天的傍晚上阿爾姆

塞斯曼先生非常激動地上樓，快步走到羅騰麥爾小姐的房間門口。他從來沒有這樣用力敲門過，讓女管家驚醒並尖叫了一聲。她聽到門外傳來主人的聲音：「請立刻到飯廳來，必須馬上做好一些出遠門的準備。」

羅騰麥爾小姐一看時鐘，才四點半，她這輩子還沒這麼早起床過。到底發生什麼事了？她很想知道，但是心裡又很害怕，手忙腳亂地一直拿錯東西，完全走不出房間，因為她還在房間裡四處慌張地找已經穿在身上的衣服。

這時候塞斯曼先生穿過走廊，用力扯著每個僕人房間的鈴。房間裡的僕人個個一聽到鈴聲，立刻嚇得從床上跳起來，慌慌張張地穿著衣服。大家都以為主人被幽靈抓住了，現在正在求救，於是一個一個走下來，臉色一個比一個驚恐。他們來到主人面前，卻驚訝地發現主人精神煥發，心情悠閒的在飯廳裡來回走動，一點也沒有被幽靈驚嚇到的樣子。塞斯曼先生派約翰去準備馬車，然後在門口等。他讓蒂娜德去把海蒂叫醒，要她準備出發旅行。賽巴斯提安被派去找海蒂的阿姨蒂德小姐過來。羅騰麥爾小姐終於穿戴整齊，只有頭巾戴反了，遠遠看去，像是臉長在背上。塞斯曼先生把這奇怪的景象歸因於她太早起床，然後他立刻安排該做的事，首先指示羅騰麥爾小姐去準備一個行李箱，把那瑞士小女孩的所有東西全部裝進去。塞斯曼先生叫不慣「海蒂」這個名字，所以經常這樣叫她「瑞士小女孩」。除此之外，再收拾一些克拉拉的東西讓她帶回去，動作要快，不要拖拉太久。

羅騰麥爾小姐大吃一驚，不知所措，愣在那裡像腳長了根似的，她呆呆地看著塞斯曼先生。她原先以為主人是要偷偷告訴她，夜裡遇到可怕幽靈的故事，現在天已經亮了，她不害怕了，其實也想聽聽。可是主人什麼也沒提，倒是派了很乏味而且還相當讓人不舒服的任務。她一下子沒辦法理解這些出乎意料之外的事，呆站在那裡等主人進一步的說明。

可是塞斯曼先生並不想多說，他不理會羅騰麥爾小姐，讓她繼續站在那裡，然後走到女兒的房間。他早猜到屋子裡不尋常的騷動已經把克拉拉吵醒，她正仔細傾聽四周，想知道到底發生什麼事了。塞斯曼先生坐在她的床邊，告訴她整件事的經過，而且根據大夫的診斷，海蒂的情況很嚴重，她的夜遊範圍有可能愈來愈大，甚至有可能爬上屋頂，那就有生命危險了。所以他決定讓那孩子立刻回去山上，因為他負不起這麼大的責任。克拉拉必須接受，除此沒有別的辦法。

克拉拉聽到這個消息，非常震驚和傷心，她說了很多辦法想讓海蒂留下來，可是沒有用，爸爸已經下定決心，不容改變。不過他答應克拉拉，如果她聽話不吵鬧，明年就帶她去瑞士。克拉拉無可奈何，只好同意，可是她要求把海蒂的行李箱送到她的房間裡，這樣她就可以把海蒂喜歡的東西放進去。爸爸當然非常贊成，他甚至鼓勵克拉拉送海蒂一件可以當做嫁妝的禮物。

這時海蒂的阿姨蒂德小姐也到了，她充滿期待地站在接待室，因為在這麼不尋常的時間叫她來，肯定有什麼特別的事。塞斯曼先生走出來見她，他說明了海蒂的狀況，還有他希望她能夠今天立刻把那孩子帶回家。蒂德小姐看起來很失望，她沒有想到事情會這樣。她還記得當年她把海蒂帶走時，大叔對她說的話，他要到她不要再出現在他面前。她不能先帶那孩子到老人那裡，又把她帶走，現在又把她送回去，她實在不能這麼做。她沒思索太久，立刻又鼓動她三寸不爛之舌，說她今天完全不可能出發，而且明天更不可能，接下來幾天因為工作的關係，她也絕對不可能出遠門，之後就更別提了。塞斯曼先生聽懂了她的意思，馬上讓她離開。隨後他把賽巴斯提安叫來，要他刻不容緩準備好出遠門，並說今天他必須把那孩子帶到巴塞爾，明天送她回到家，然後立刻回來。他什麼也不需要向老人解釋，塞斯曼先生自己會寫一封信解釋一切。

「還有一件事很重要，賽巴斯提安，你聽好，」塞斯曼先生繼續說，「你一定要確實做到。我這裡有一張卡片，上面寫的是巴塞爾一家我認識的旅館，到了那裡，你把我的名片拿出來，他們會給那孩子安排一間很好的房間，你可以打點你自己的。到旅館時，你先把那孩子帶到她的房間，然後你必須把所有的窗戶都關緊，除非很用力才能打開。等那孩子上床睡了，你就從外面把門鎖住，因為那孩子夜裡會起來亂走動，在陌生的房子裡，要是她也跑出來打開大門就危險了。你明白了嗎？」

「啊！原來是這樣？事情就是這樣嗎？」賽巴斯提安驚呼，現在他終於明白幽靈是怎麼一回事了。

「沒錯，就是這麼一回事。你真是個膽小鬼，等會兒你可以告訴約翰，他也是。你們這一群人太可笑了。」說完，塞斯曼先生就走回他的房間，坐在書桌前給海蒂的爺爺寫了一封信。

賽巴斯提安愣在那裡，心裡重複了幾次：「當時要是約翰那個膽小鬼沒把我扯進房間，讓我去追那個白色影子就好了。現在的話，我一定會這麼做！」那當然，現在明亮的陽光把房子的每個角落都照亮了。

這時候，海蒂還完全不知道發生什麼事，她穿上漂亮的衣服站在那裡，等著接下來要做什麼。因為蒂娜德只是把她搖醒，從櫃子裡拿出衣服並幫她穿上，什麼話也沒說。

蒂娜德從來就不跟海蒂說話，她一直認為海蒂沒有教養，所以根本就瞧不起她。

塞斯曼先生拿著信走進飯廳，早餐已經準備好了。「那孩子呢？」他大聲問。

於是海蒂被叫來。她走上前對著塞斯曼先生道了早安。

塞斯曼先生看著她的臉好奇地問：「妳現在感覺如何？」

海蒂吃驚地抬頭望著他。

「妳什麼都還不知道，」塞斯曼先生大笑說，「今天妳就可以回家了。」

「回家？」海蒂重複他的話，臉色慘白，一時幾乎沒辦法呼吸，她太感動了。

「妳不想回去嗎？」塞斯曼先生面帶微笑問。

「喔，我當然想回去。」海蒂終於開口，她的臉紅了。

「那就好。」塞斯曼先生坐了下來，而且招手要海蒂也坐下來。「好，那現在就好好吃早餐，然後就坐上馬車出發。」

儘管海蒂想強迫自己聽話，可是卻一口也吃不下，她太激動了，已經分不清是現實還是在作夢，也許等會兒醒來，又是穿著睡衣站在大門口。

「讓賽巴斯提安多帶一些吃的，那孩子現在吃不下，這也難怪——」塞斯曼先生對著剛走進來的羅騰麥爾小姐說。接著他轉頭親切地對海蒂說：「現在妳先去克拉拉那裡，等馬車準備好。」

這正是海蒂想要做的，她跑到克拉拉的房間，一進去她馬上看到房間中間地上放了一個很大的皮箱，蓋子還是敞開的。

「來，海蒂，快來看！看我放了些什麼，妳喜歡嗎？」克拉拉對著海蒂喊，她開始一一數著那些東西：「衣服、圍裙、手巾還有針線盒，還有，妳看這是什麼？」克拉拉一邊說一邊高高舉起一個籃子。

海蒂往籃子裡一看，高興得跳起來。她看到籃子裡放了十二個新鮮的白麵包，全部是要給婆婆的。兩個孩子在歡呼中，完全忘了她們馬上就要分開了，等到突然傳來一聲：「車子已經準備好了！」她們已經沒有時間悲傷了。海蒂跑回自己的房間，因為奶奶送給她的那一本美麗的大書還在房間裡，她時時刻刻都捨不得放下那本書，於是把書藏在枕頭底下，所以一定沒有人幫她放進皮箱裡。然後她打開櫃子，她要找一樣東西，那樣東西很可能也沒被放進皮箱裡。果然，那條破舊的紅圍巾還在那裡，羅騰麥爾小姐一定是覺得這東西沒有必要放進皮箱。海蒂用圍巾包住另一樣東西，然後把紅色的包裹放在籃子最上面。紅色的包裹於是特別顯眼。最後她戴上一頂漂亮的帽子才走出房間。

塞斯曼先生已經站在門口，等著把海蒂送上馬車，兩個孩子只好匆匆道別。羅騰麥爾小姐站在樓梯邊，準備在這裡和海蒂告別，當她一眼看到那奇怪的紅色包裹，馬上順手拿起那包東西，把東西扔地上。「這可不行，阿德爾海德，妳不能帶著這樣的東西離開這裡，妳根本不需要這些破爛東西。好了，再見！」

聽到命令海蒂不敢撿回她的包裹，但是她用懇求的眼光看著塞斯曼先生，那眼光似乎在說有人搶走她最珍貴的東西。

「不可以這樣做。那孩子可以把她喜歡的東西帶回家，就算是小貓或烏龜也沒有關係，羅騰麥爾小姐。」塞斯曼先生堅決地說。

海蒂急忙從地上撿起她的包裹，眼裡充滿感激和喜悅之情。到了樓下，塞斯曼先生和她握手道別，親切地告訴她，他和女兒都會想念她，祝她一路平安。海蒂也謝謝他為她所做的一切，最後她說：「請您替我向大夫問好，謝謝他幫我。」因為她還記得昨天夜裡大夫對她說的話：「明天一切就會好轉了。」大夫說的果然沒錯。海蒂想，這一切一定是大夫幫的忙。

海蒂終於被抱上馬車，接著籃子、裝食物的袋子，還有賽巴斯提安也坐上了馬車。塞斯曼先生再一次大喊：「旅途平安！」之後馬車出發了。

過不久，海蒂坐上火車，她把籃子放在大腿上一動也不動，一刻也不願放手。籃子裡是要給婆婆的寶貴麵包，她一定得顧好才行，她不時看看籃子裡的麵包，心裡好高興。就這樣，海蒂安安靜靜地坐在那裡過了好幾個小時。因為她現在終於真正意識到，她就要回到爺爺那裡了，回到高山上。婆婆和牧羊的彼得一個一個彷彿出現在眼前，她不久就會見到他們，不知道故鄉變得怎麼樣了？想著，想著，她突然擔心起來，於是她問賽巴斯提安：「賽巴斯提安，你確定山上的婆婆沒有死？」

「沒事，沒事，她一定還活得好好的。」賽巴斯提安安慰她。

之後海蒂又陷入沉思，她偶爾往籃子裡看一眼。她腦子裡想的是她把十二個麵包擺在桌子上的情景。過了很長一段時間，她再次問：「賽巴斯提安，你確定婆婆還活著吧。」

「當然！當然！一定還活著，不會有事的。」賽巴斯提安半睡半醒地回答。

又過了一段時間，海蒂也睏了，眼皮愈來愈重，昨天夜裡的折騰，加上又很早起，她累得睡著了，一直到賽巴斯提安用力搖她的手臂，對她大喊：「快醒醒！快醒醒！下車了，巴塞爾到了！」海蒂才睜開眼。

第二天早上，他們又繼續坐了好幾個小時的火車。海蒂依然把籃子抱在大腿上，她說什麼都不肯把籃子交給賽巴斯提安。但是今天海蒂什麼話也沒說，因為隨著每一個小時過去，她愈來愈緊張。在海蒂完全沒有心理準備的時候，突然傳來一聲呼叫聲：「邁恩費爾德！」她從座位上跳起來，賽巴斯提安也同樣嚇得跳起來。他們終於提著行李下了車。

火車鳴著汽笛繼續往山谷駛去，賽巴斯提安不捨地目送遠離的火車，他多麼希望能繼續坐火車，那比起現在必須走的一段路既安全又舒適多了。他最後還得走一段山路，在他眼中這麼一個半開發的國家可能有困難，而且危險重重。所以他非常謹慎地查看四周，想找人問問有沒有一條能安全到小村子的路。他看見有一匹瘦馬拉的運貨馬車停在離火車站不遠的地方，一個身體粗壯的男人正在把從火車上卸下來的幾大袋貨物搬上馬車。

賽巴斯提安走上前問他，到小村子裡最安全的路。

「這裡每一條路都很安全。」那人簡短地回答。

賽巴斯提安只好換個方式問，他問哪一條路比較好走，而且不會掉下山崖，還順便問了如何才能把行李箱運上去。那人看了一眼他們的皮箱，然後用眼睛稍微估計了一下，然後對賽巴斯提安說，如果行李不是太重，他可以順便載運，因為他也要到小村子裡。他們又商量了一會兒，最後終於達成協議，那人願意把海蒂和皮箱載到小村子裡，傍晚的時候再找個人帶海蒂上阿爾姆。

「我可以自己一個人走，我知道從小村子到阿爾姆的路。」海蒂突然插嘴，她站在旁邊一直注意聽他們談話。賽巴斯提安一聽到自己不必上山，心裡一塊大石頭落了地。他神祕地把海蒂叫到一旁，給了她一個沉甸甸的卷筒還有一封信，要她交給爺爺。他告訴她，那卷筒是塞斯曼先生給她的禮物，必須放在籃子的最下面，也就是麵包底下才行，而且她絕對不能弄丟，否則塞斯曼先生會很生氣，這輩子都會不高興，所以她一定要看好。

「我不會弄丟的。」海蒂滿懷自信地說，然後把卷筒和信一起塞進籃子的最底下。他們先把皮箱搬上了馬車，賽巴斯提安再把海蒂連同籃子抱上馬車的座位。他伸手和海蒂握手道別，再次打著各種手勢提醒海蒂要留意籃子裡的東西，因為趕車的人還在旁邊，賽巴斯提安這時很小心，特別是他意識到原本是他自己必須親自把海蒂送回家的。

車夫跳上馬車，坐在海蒂旁邊，馬車朝阿爾姆山的方向出發了。賽巴斯提安想到自己不必走可怕的山路，鬆了一口氣。他走回火車站，找到位子坐下，等著回去的火車。

那個車夫是小村子裡的麵包師傅，他正要把麵粉載回家。他從來沒看過海蒂，但是就像小村子裡的其他人一樣，他知道海蒂被帶到爺爺那裡。他也認識海蒂的爸爸和媽媽，他馬上就猜到他載的就是大家議論紛紛的那個孩子。他只是覺得奇怪，為什麼這孩子又跑回來了。於是他一邊趕路，一邊開始和海蒂搭話：「妳是之前住在阿爾姆大叔那裡的那個孩子，對不對？妳是他的孫女吧！」

「嗯。」

「是人家對妳不好，所以妳又從那麼遠的地方回來了？」

「不是，不是那樣，我在法蘭克福過得非常好。」

「那妳為什麼又跑回來了？」

「那是因為塞斯曼先生說我可以回家了，不然我也回不來。」

「既然過得非常好，為什麼妳不想留在那裡？」

「因為我覺得世界上沒有比山上爺爺家更好的地方了。」

「等妳到了上面，也許就不會這麼想了。」麵包師傅喃喃說。接著他又自言自語：「我還是真好奇，她會這樣想。」

不久之後，麵包師傅不再說什麼，逕自吹起口哨，駕著馬車。海蒂看著四周，心裡開始激動起來，她認出了路上的樹木，對面法克尼斯山鋸齒狀的山脊望著她，像老朋友在對她打招呼，海蒂也向山打招呼。就這樣，隨著馬車愈往前進，海蒂心情愈來愈緊張，她迫不及待想要跳下馬車，自己跑上山去。可是她還是乖乖的坐在馬車上，只是全身顫抖。

他們終於到小村子了，這時鐘剛敲過五點。一群小孩、女人圍了過來，聚集在馬車四周，還有一些鄰居也湊了上來，馬車上的皮箱和海蒂吸引了附近大家的注意力。每個人都想知道他們從哪裡來，要去哪裡，是誰家的孩子。

麵包師傅把海蒂從馬車上抱下來，她急忙說：「謝謝，爺爺會來拿皮箱。」然後就想跑走。但是四面八方的人擋住她的路，一堆人七嘴八舌地各自問著他們想知道的問題。海蒂臉上充滿驚慌，急著推開人群，人們不由自主地讓開，其中有人說：「你們看她害怕的樣子，也難怪！」接著他們開始議論紛紛，阿爾姆大叔一年來比以前更兇了，沒跟任何人說過話，路上碰到人時臉上的表情就好像要殺人似的。那孩子一定是無處可去了，不然不會到那個怪物住的地方去。這時候麵包師傅插嘴了，他說他知道的可比大家清楚。他神祕兮兮地告訴大家，是一位紳士把那孩子帶來邁恩費爾德，而且非常親切地和她道別。並且很大方的沒有講價就付給他車費，還有小費。他很確定那孩子在外地過得很好，是她自己要求要回到爺爺那裡的。他的話讓大家大吃一驚，當天晚上，小村子裡每戶人家都知道也都在談論，海蒂丟下好日子跑回爺爺家的事。

海蒂離開小村子之後，往山上一直奔去，有時她必須突然停下來喘口氣，因為她已經上氣不接下氣。她提在手臂上的籃子很重，而且路又愈來愈陡，但她腦子裡只有一件事：「婆婆是不是還坐在屋子角落紡車旁邊，她還活著吧？」海蒂終於看到在阿爾姆山壁凹處的木屋，她的心砰砰跳，愈跑愈快，終於來到木屋前面了，因為顫抖得太厲害，她幾乎打不開門。好不容易，她衝進小木屋，站在房間中央，喘著氣，一句話也說不出來。

「啊！我的天啊！我們的海蒂每次就是這個樣子進來的。啊！在我活著的時候，要是她能再回到我身邊，即使只有一次，那該多好！進門的是誰呀？」角落傳來老婆婆的聲音。

「是我，婆婆，是我啊！」海蒂大聲喊，然後往角落衝過去，跪在老婆婆面前，抓住她的手，依偎在她身上，高興得說不出話來。

婆婆剛開始也驚訝得說不出話來，後來才用手撫摸海蒂的卷髮，說：「沒錯，這是她的頭髮，是她的聲音。啊，仁慈的主，感謝主保佑！」從她看不見東西的眼睛流出了大顆大顆的歡喜淚珠，滴到了海蒂手上。「真的是妳，海蒂，妳真的回來了？」

「沒錯，是我，婆婆！」海蒂大聲說。「不要哭，我真的回來了，我一定會天天來看妳，我再也不走了。還有，妳也不必天天啃硬麵包了，妳看，妳看！」海蒂從籃子裡把麵包一個一個拿出來，把十二個麵包都堆放在婆婆的大腿上。

「啊，孩子！妳帶了什麼好東西回來？」婆婆大喊，這時海蒂還不停地把麵包拿出來。「可是我最高興的是妳回來了！孩子！」她再次用手撫摸海蒂的卷髮，還有她發熱的臉頰說：「再說些什麼，孩子，讓我再聽聽妳的聲音！」

於是海蒂告訴婆婆，她有多害怕婆婆萬一死了，就沒辦法吃到她帶回來的白麵包，而且她再也看不到婆婆了。

這時候彼得的媽媽走進來，一時之間她也目瞪口呆，然後才大喊：「真的是海蒂！怎麼可能！」

海蒂站起來和她握手問好。布莉姬特看著海蒂身上的衣服驚嘆不已，她繞著海蒂轉了一圈，上下打量她一身的裝扮，讚嘆說：「婆婆，要是妳能看得見就好了。海蒂身上的衣服好漂亮，她這一身打扮，我差點就認不出來是她了。桌上那頂帶羽毛的帽子也是妳的嗎？戴上，讓我看看妳戴上的模樣。」

「不要，我不想戴。」海蒂堅決地說。「我可以送給妳，我再也不需要了。我有自己的帽子。」海蒂打開她的紅色包裹，拿出她那頂破舊的帽子，因為長途旅行的緣故，帽子上原本就有的皺摺又多了好幾摺。海蒂不在乎，她沒忘記，阿姨帶她走的時候，爺爺在背後喊的話：他再也不要看到她戴插羽毛的帽子，所以海蒂才會一直小心翼翼保存著這頂舊帽子，她心底一直記著要回到爺爺身邊。布莉姬特說那是一頂很華麗的帽子，她不能要。如果海蒂不想要，也許可以把帽子賣給村子裡老師的女兒，一定可以賣不少錢。可是海蒂已經打定主意要送給布莉姬特，於是她偷偷把帽子放在婆婆身後沒人看得見的角落。她突然又脫掉身上漂亮的衣服，身上只剩下無袖的襯衣，然後綁上那條紅色的圍巾。最後她拉著婆婆的手說：「現在我必須先回去爺爺那裡，不過我明天會再來看妳。晚安，婆婆。」

「好，海蒂，明天再來！妳一定要來喔！」婆婆懇求的說，她緊緊握住海蒂的手捨不得放開。

「妳為什麼要脫掉身上漂亮的衣服？」布莉姬特問。

「因為我想這樣子回爺爺那裡，不然爺爺可能會認不出我，妳剛剛不是也差點認不出來？」

布莉姬特送海蒂到門口時，偷偷的對海蒂說：「妳其實可以穿著漂亮衣服上山的，他怎麼可能不認得妳。可是妳要小心，彼得說大叔脾氣很不好，常常一句話也不說。」

海蒂向彼得媽媽道了晚安，把籃子掛在手臂上就往山上走去。夕陽下，四周綠色的高山牧場閃爍金色的光彩。對面謝薩普拉納山的廣闊雪地也清楚可見，而且映照著夕陽的光彩。海蒂每走幾步就不得不停下腳步回頭看，因為當她往上走時，那些高山在她背後。突然紅色的光輝落在她腳前的草地上，她回頭一看，啊！她已經很久沒有想到這麼美的景象，在夢裡她也不曾夢見。法克尼斯山峰像天邊燃燒的火焰，廣闊的雪地也燒紅了。天上玫瑰色的雲飄過，高山的草原染成金色，在所有的山岩上閃爍著耀眼的夕陽餘暉。下面的整座山谷沉浸在芳香和金光中。海蒂站在壯麗的景色中，心裡感受到無比的歡喜，喜悅的眼流順著臉頰流下，她不由自主地合起雙手，仰望天空，大聲感謝主，讓她回到故鄉，一切還是那麼美，甚至比她期待得更美，而且她再次擁有了這一切。海蒂置身在這神奇的美景，心中感到幸福滿足，不知道該說什麼來感謝主的仁慈。直到四周的光漸漸熄滅，海蒂才繼續往前走。

現在她快步往山上跑，不久，她先看到上面的樅樹樹梢，然後是屋頂，接下來是整棟木屋。爺爺坐在木屋前面的長椅上，抽著他的煙斗。晚風把屋子後面的樅樹吹得窸窣響。海蒂加快腳步奔向爺爺，爺爺還沒有看清楚是誰來了，海蒂已經衝到爺爺面前，把籃子往地上一扔，她抱住爺爺，興奮不已激動得說不出話，只是不停地喊著：「爺爺！爺爺！爺爺！」

爺爺也說不出話來，這麼多年來他第一次流淚，他用手拭去淚水。一會兒之後，他把海蒂的手臂從自己的脖子上拿下來，再把海蒂抱到他的膝蓋上，仔細看著她。「妳真的回來了，海蒂！」他開口說。「妳看起來並沒有特別高貴，是他們趕妳回來的？」

「喔，不是的，爺爺。」海蒂趕緊解釋，「不是你想的那樣，他們都對我很好。克拉拉、老奶奶，還有塞斯曼先生。可是，爺爺，你看，我太想家了，我忍受不了，有的時候我覺得像有人掐住我的脖子，我快不能呼吸了。可是我沒有跟任何人說，因為我怕他們認為我忘恩負義。可是有一天一大早，塞斯曼先生突然叫人把我叫醒，我想應該是大夫的緣故，也許他信上都寫了。」海蒂忽然跳到地上，從籃子裡拿出那封信和卷筒，放到爺爺手上。

「這是給你的。」爺爺把卷筒放在長椅上，然後打開信。他把信看完時，什麼話也沒說，就把信塞在口袋裡。「海蒂，妳覺得妳還能跟著我喝羊奶嗎？」他拉起海蒂的手，邊走進屋子裡邊問。「可是，妳還是把卷筒裡的錢收好，妳可以用這些錢買一張床，而且還夠買好幾年的衣服。」

「爺爺，不用了。我已經有床了。克拉拉給了我好多衣服，我根本不需要再買衣服。」海蒂堅決地說。

「拿著吧！放在櫃子裡，將來總有一天妳會用得著的。」

海蒂照爺爺的話做，然後跟在爺爺後面蹦蹦跳跳地進了木屋。她高興地在屋子裡跑來跑去，走上梯子爬上閣樓，她突然站住，然後驚慌大喊：「喔，爺爺，我的床怎麼不見了？」

「馬上再做一個就是了，我不知道妳會回來。先下來喝羊奶。」爺爺的聲音從底下傳來。

海蒂的高椅子仍舊放在老位子，她開心地坐上去，端起碗，迫不及待地一口氣喝完羊奶，好像從來沒喝過這麼好喝的奶似地，然後放下碗，滿足地大嘆了一口氣說：「爺爺，世界上沒有比我們的羊奶更好喝的東西了。」

這時外面傳來尖銳的口哨聲，海蒂立刻像閃電般衝出門外。她看到一大群山羊又蹦又跳從山上下來，彼得在羊群中間。當他看到海蒂的瞬間，一下子呆住了，站在原地一動也不動。他呆呆地看著海蒂，一句話也說不出來。海蒂大喊：「你好，彼得！」然後跑進羊群裡。「小天鵝，小熊，你們還認得我嗎？」山羊們一定是認出她的聲音了，因為牠們用頭抵著海蒂，高興地咩咩叫。接著海蒂叫著一個一個名字，這下子山羊立刻亂跑亂跳都想要靠到海蒂身邊。沒有耐心的黃雀跳過兩隻山羊，直接想衝過來，甚至害羞的雪兒也硬是把土客擠到一邊，土客很驚訝雪兒竟然這麼大膽，為了示威，牠把鬍子翹得很高。

海蒂見到這些老朋友高興的不得了，她摟著嬌弱的雪兒，又摸摸衝動的黃雀。她被熟悉的羊群推過來擠過去，最後來到了彼得身邊，這時他仍舊呆呆站在原來的地方。

「下來啊，彼得！不過來跟我打招呼嗎？」海蒂對他大聲說。

「妳回來了？」他終於開口，同時走過來握了握海蒂已經伸出好久的手。他像從前傍晚要回家之前一樣，問了她同樣的問題：「妳明天會一起來嗎？」

「不行，明天不行，也許後天可以，因為我明天必須去看婆婆。」

「妳回來了，真好。」彼得說。因為太高興了，他做了幾個誇張的鬼臉，然後踏上回家的路，可是那些山羊從來沒有像今天這麼難纏，當他又是引誘又是威脅才好不容易把羊群集合好，但海蒂一手抱著小天鵝，一手放在小熊頭上要離開時，所有的羊突然又都轉身要跟著她走開。海蒂只好帶著兩隻羊進了羊棚，立刻把門關上，否則彼得恐怕就沒辦法把羊趕下山了。

當她回到木屋，爺爺已經把她的床鋪好了。高高的乾草床還飄著乾草香，因為乾草是不久前才拿進屋的。爺爺很細心地把一條乾淨的床單鋪在上面，海蒂歡喜地躺上去，睡了這一整年來最甜美的一覺。

夜裡爺爺起來了不下十次，他爬上梯子到閣樓仔細地聽海蒂是不是睡得安穩，他檢查用乾草堵好的窗子四周有沒有漏洞，從現在起絕對不能讓月光照進來。可是海蒂睡得很熟，一覺到天明，夜裡也不會再夢遊，因為她內心巨大的渴望已經滿足了。她再一次看到夕陽餘暉下所有的山和岩石，聽到風吹過樅樹的窸窣聲，她已經回到高山上的家了。

14 星期天，教堂鐘響起

海蒂站在迎風搖曳的樅樹下，等著爺爺和她一起下山。海蒂到婆婆家時，爺爺去小村子幫她把皮箱搬回家。海蒂幾乎等不及要到婆婆家，她很想知道婆婆覺得麵包好不好吃，可是她又好想多待在家一下，因為風吹過樹梢的窸窣聲響，她怎麼也聽不厭，也還沒聞夠清香的草地味，還有百看不厭的閃閃發亮的黃色小花。

過了一會兒，爺爺從屋子裡出來，檢查了一下四周，然後才滿意地說：「好，我們可以走了。」

星期六是爺爺打掃房屋的日子，他習慣把木屋和羊棚裡裡外外都收拾乾淨。今天為了和海蒂一起下山，他特地起了個大早把事情先做完，這樣下午就可以出門了。現在他很滿意地看著屋子的四周都很整齊。

爺爺和海蒂一直走到了彼得家口，他們才分開，海蒂跑進了小屋。

婆婆一聽到腳步聲，立刻高興地大喊：「妳來了嗎？孩子，妳真的又來了嗎？」她緊抓住海蒂的手不放，因為她一直擔心海蒂又會被帶走。婆婆告訴海蒂，她帶回來的麵包太好吃了，吃完之後她變得特別有力氣了。彼得的媽媽在一旁說，婆婆因為擔心太快把麵包吃完了，昨天和今天加起來只吃了一個麵包。如果婆婆這一星期每天都吃一個麵包的話，一定會更有精神。

海蒂專心的聽著布莉姬特說話，然後站著不動地想了好一會兒，最後她想到了辦法。「我知道該怎麼辦了，婆婆。」海蒂興奮地說，「我可以寫信給克拉拉，請她再送一樣多的麵包來，甚至兩倍。我之前在櫃子藏了好多同樣的麵包，最後被拿走的時候，克拉拉說她要給我一樣多的麵包，她會守信用的。」

「啊！天啊！這主意很好，可是麵包還是會變硬。其實要是有點錢，小村子裡的麵包師傅也會做這種麵包，只是我連黑麵包都快買不起了。」布莉姬特沮喪的說。

海蒂臉上突然綻放喜悅的光彩。「喔，我有很多錢，婆婆。」她在屋子裡手舞足蹈地蹦蹦跳跳，大聲喊道，「現在我知道我的錢可以做什麼了！婆婆，妳每天都可以吃到一個新鮮的麵包，星期天兩個。可以讓彼得去小村子裡買。」

「不行，孩子。」婆婆不贊成。「這樣子可不行，那些錢不是用來做這事的，妳應該把錢交給爺爺，他會告訴妳怎麼用那些錢。」

但是海蒂才不管這麼多，她高興的在屋子裡跳來跳去，一邊喊著：「從今天起，婆婆每天吃一個麵包，就會很有精神和力氣。喔！婆婆！」海蒂再一次歡呼，「只要妳的身體變好了，眼睛一定就看得見了！妳會看不見，很可能只是身體太虛弱了。」

婆婆沒有說話，看到海蒂這麼高興，她不想掃她的興。當海蒂在屋子裡蹦蹦跳跳時，無意間瞥見婆婆那本老舊的聖歌集，海蒂立刻又有了新的點子。「婆婆，我現在已經會識字讀書了，要不要我唸那本書裡的聖歌給妳聽？」

「啊！太好了！」婆婆又驚又喜。「妳真的識字了？妳真的會讀書了？」

海蒂爬上椅子，把舊書拿下來，然後抹去書上的灰塵，拉了一把小板凳坐在婆婆旁邊。海蒂問婆婆，想聽什麼。

「妳喜歡什麼就唸什麼吧。」婆婆把紡車輕輕推開，充滿期待的坐在那裡。

海蒂翻著書，有時低聲唸了幾句，「這裡有一首是寫太陽的，婆婆，我就唸這個給妳聽吧。」

海蒂開始朗讀，讀著讀著，愈來愈賣力，愈來愈熱切：

「金色的太陽
充滿歡喜和幸福
為我們的疆域帶來光輝燦爛

令人心靈喜悅的光芒
我的頭和身體
因失望受挫而癱瘓
可是現在我重新站起

我豁然開朗，內心喜樂
我抬頭仰望天空
雙眼所見是
主為了祂的榮耀
為了顯示祂的萬能和偉大
所造的一切
以及當虔誠的人們
安祥地離開
大地短暫懷抱之後的歸處

一切會消逝

唯有主屹立不搖
祂的想法
祂的話語
祂的意志
是永恆的基石
祂的恩寵和仁慈
療癒我心中的致命痛苦
讓我們永遠康健

十字架與苦難
從此結束
驚濤駭浪
狂風呼嘯平息之後
人們渴望的陽光閃耀
歡樂滿盈

安詳寧靜
是我對天堂中的期待
那裡正是我心所嚮往的地方。」

婆婆合著兩手，靜靜地坐在那裡。海蒂從來沒見過婆婆臉上這有樣的表情，雖然她臉頰掛著淚水，但樣子是喜悅的。海蒂停下來，婆婆懇求她：「啊，再唸一遍，海蒂，我想再聽一次。『十字架和苦難終於結束』這一段。」

海蒂很樂意再唸一遍：

「十字架和苦難
從此結束
驚濤駭浪
狂風呼嘯平息之後
人們渴望的陽光閃耀
歡樂滿盈
安詳寧靜

是我對天堂中的期待
那裡正是我心嚮往的地方。」

「喔，海蒂，這詩歌聽了真讓人心情開朗，我心裡好像看到光明了！海蒂，妳讓我好開心。」婆婆一直說她好高興。

海蒂也好歡喜的一直看著婆婆，她沒看過婆婆這麼高興的樣子。婆婆看起來不再蒼老憂鬱，她臉上充滿光彩，感激地望著上天，彷彿她現在就看到了美麗的天堂似地。

這時，有人敲窗戶，海蒂看到爺爺在外面對她招手，示意她一起回家了。海蒂和婆婆道別，她向婆婆保證明天一定會再來，即使她和彼得一起上山，下午就回來了。海蒂覺得能讓婆婆的心情開朗是很幸福的事，遠比在陽光閃爍的牧場上和花朵、山羊在一起，還要令她感到幸福。

布莉姬特拿著上次海蒂留下的帽子和衣服，追到門口請海蒂帶回家。海蒂只拿了克拉拉送的衣服，不願意拿帽子，她堅持要布莉姬特收下，因為她絕對不會再戴那頂帽子。海蒂滿腦子都是剛剛讓她感到感動的事，她等不及要告訴爺爺所有開心的事：小村子裡也有賣婆婆喜歡吃的白麵包，只要有錢就可以買到；婆婆吃了白麵包，身體好了眼睛就可以看得見。海蒂用堅定的口氣說：「爺爺，雖然婆婆不願意，可是你會把所有的錢給我，對不對？這樣我可以讓彼得每天去小村子裡給婆婆買一個白麵包，星期天買兩個。」

「那妳的床怎麼辦？」爺爺說，「如果能買一張像樣的床，對妳會好一些。剩下的錢，還是夠買很多麵包。」

但是海蒂不肯聽爺爺的話，她一再跟爺爺說，乾草床比起她在法蘭克福睡的床要舒服太多了。她一再的要求，最後爺爺只好說：「錢是妳的，妳愛怎麼花就怎麼花吧！那些錢夠妳給婆婆買好幾年的麵包。」

海蒂高興地歡呼：「太好了！婆婆再也不用啃又乾又硬的黑麵包了！而且，爺爺，我們現在的生活真是美好極了！」海蒂牽著爺爺的手，邊跳邊歡呼，彷彿天空中的快樂小鳥。過了一會兒，海蒂突然非常嚴肅地說：「喔，如果當初主馬上聽到我的禱告就讓我實現願望，就不會是今天這個樣子了。那我會立刻回到這裡來，婆婆也不會有那麼多麵包可以吃，我也不能唸書給她聽，讓她高興了。可是仁慈的主什麼都想好了，比我想的好太多了。那是奶奶告訴我的，果然現在都成真了。我真高興當初不管我祈禱或抱怨，主都沒有輕易讓步。從現在起，我要像奶奶告訴我的，天天祈禱，而且感謝主。要是祂沒有馬上實現我的願望，我就告訴自己，一定又是像在法蘭克福一樣，主一定是有更好的主意。但是我們必須天天禱告，對不對？爺爺，這樣仁慈的主才不會忘記我們。」

「如果有人忘了呢？」爺爺低聲說。

「喔，那個人會過得不好，因為主也會忘記他，任由他自己去。有一天如果那個人過得不好，然後抱怨沒有人同情他，那所有人只會說，是他自己先離開可以幫助他的主的。」

「海蒂，妳說的沒錯，妳從哪裡知道這些的？」

「是克拉拉的奶奶告訴我的，她跟我解釋了一切。」

爺爺什麼話也沒說，繼續走了一段路，最後低聲說：「如果是這樣，也只能是這樣了。沒有人可以回頭，被主遺忘的人註定被遺忘。」

「喔，爺爺，不是這樣的。人是可以回頭的，奶奶也這樣告訴過我。我的書裡面也有一個很感人故事，但是你還不知道，等我們回到家，你就會知道那故事有多感人了。」

最後這段上坡的路，海蒂愈走愈快，急著要趕快到家，才看到木屋，她已經掙脫爺爺的手飛快跑進屋裡。爺爺把背上的籃子卸下，他只用籃子裝了皮箱裡一半的東西帶上山，因為整個皮箱太重了，他沒辦法一次扛上山來。

爺爺若有所思地坐在長椅上，海蒂手臂下夾著她的書走出來。

「太好了，爺爺，你已經坐好了。」海蒂在爺爺身旁坐下，立刻翻到自己最喜歡的那個故事，她不知看了多少遍，很快就能找到故事開始的那一頁。海蒂開始讀起那個故事：那個兒子原本在家過得好好的，就像圖畫上畫的，在他父親的牧場上可愛的牛羊在吃草，他穿著一件漂亮的短外套，靠在牧羊的手杖上，望著美麗的夕陽。「可是有一天，他想要有自己的財產，做自己的主人，於是他要求父親給他錢，然後他帶著錢離開，後來他把錢都揮霍光了，變得一無所有，只好到一個農夫家當僕役。但是那農夫不像他父親有那麼多牲畜，只有一些豬，他必須幫忙養那些豬。他穿著破爛不堪的衣衫，只能吃一些豬吃剩下的東西，這時他才想到，在家的日子過得有多好，他父親有多疼愛他，而自己竟然不知感恩，他後悔地大哭。他實在太想念家鄉，於是他想，他要回家請求父親原諒他，對父親說『我沒有資格當你的兒子，可是請求你讓我留在這裡當長工』。當他父親遠遠看到兒子走近房子，爺爺你猜——」海蒂突然停下來，「他的父親會不會還在生氣而且對他說：『我不是早跟你說過了嗎？』現在聽我繼續唸下去：他父親看到他非常心疼，立刻跑上前擁抱他，親吻他。兒子說：『父親，我做了錯事，違背了主，我對不起你，我沒有資格再當你的兒子。』但是父親對僕人說：『把最華麗的衣服拿來幫他穿上，幫他戴上戒子，穿上鞋子，然後宰殺一頭最肥的小牛慶祝，因為我的兒子曾經死去，現在他又重生了。』就這樣，大家都非常高興。」

「爺爺，這故事很感人，對不對？」海蒂問。

海蒂原本期待爺爺會很高興，很感動的，但爺爺只是一言不發坐在那裡。

「是啊，海蒂，的確是很感人的故事。」爺爺的表情非常嚴肅，讓海蒂不敢再說話，只是看著書上的圖。她輕輕地把書推到爺爺面前，然後說：「你看，他有多高興。」她指著圖上回家的兒子，他穿著新衣服站在父親旁邊，年輕人重新成為父親的兒子。

幾個小時之後，海蒂已經熟睡，爺爺爬上樓梯，他把一盞小燈放在海蒂的床邊，燈光照在海蒂的身上，她雙手合在一起，睡前她沒有忘記禱告。她紅潤的臉頰上帶著安寧和對主的信任。爺爺被她的神情打動了，站在那裡一動也不動地凝視著睡得很甜的孩子，最後他也合起雙手，低頭小聲地禱告：「天上的父，我做錯了事，違背了上天，對不起祢，我沒有資格再當祢的兒子。」說著，老人臉上流下豆大的淚珠。

又過了幾個鐘頭，天才快亮起來，阿爾姆大叔已經清醒地站在木屋前面，他環顧著四周，星期天的清晨，山上和谷地閃爍著晨光。山下教堂的鐘聲傳來，樅樹上的鳥兒也唱著清晨之歌。

爺爺走回屋子裡，對著閣樓大聲喊：「海蒂！太陽出來了！穿上漂亮的衣服，我們要上教堂。」

海蒂第一次聽爺爺這樣叫醒她，她趕緊起床。不一會兒，她已經穿著她從法蘭克福帶回來的漂亮衣服從梯子上跳下來。當她看到爺爺的模樣，驚訝地說不出話，最後終於開口：「喔，爺爺，我從來沒看過你穿這樣子，你穿銀釦子的外套呢，你這樣穿真好看。」

爺爺笑咪咪地看著海蒂說：「妳也一樣好看。走吧！」他牽起海蒂的手，祖孫兩人一起走下山。

這時清澈的鐘聲從四面八方傳來，他們愈往前走，鐘聲愈響亮。海蒂聽得入迷，說：「爺爺，你聽見了嗎？好像是盛大的慶典。」

到了小村子所有人都到了教堂，當爺爺和海蒂踏進教堂，大家剛剛開始唱起聖歌。他們在教堂最後一排的位子坐下。

坐在他們旁邊正唱著歌的人用手肘撞了撞另一邊的人說：「你看到了嗎？阿爾姆大叔上教堂了！」被撞的人也用手撞了一下旁邊的人，一個接一個，不久之後，整個教堂竊竊私語：「阿爾姆大叔！阿爾姆大叔來了！」幾乎所有的女人都回頭瞄了大叔一眼。很多人唱歌走了音，領唱的人費了很大的勁才讓大家恢復整齊。可是當牧師開始佈道之後，大家又安靜下來，因為牧師出自內心對主的讚頌和感恩感動了所有聽眾，大家沉浸在莫大的喜悅當中。

禮拜結束之後，阿爾姆大叔牽著海蒂的手走出教堂，往牧師家走去。其他的人，站在教堂外面看著他們離去的背影，有很多人甚至跟在他們後面，想看看他們是不是真的去牧師家。大家三三兩兩聚在一起，激動地討論這前所未見的事情，阿爾姆大叔竟然上教堂。所有人看著牧師家的大門，等著看大叔是怒氣沖沖，或是和和氣氣得走出來。

大家都很想知道老人為什麼下山來，究竟想做什麼，不過很多人已經有了新的看法，當中有人說：「阿爾姆大叔不可能是那麼壞的人，你看他小心牽著那孩子的樣子。」

另一個說：「我不是常說嘛，如果他本質很壞，就不會去牧師那裡，否則他應該會提心吊膽，有些傳言就是太誇大。」

麵包師傅也說話了：「我不是說過了嗎？如果爺爺很凶惡令人害怕的話，一個想吃什麼就有什麼，想喝什麼就有什麼，過得很好的小孩，怎麼可能還大老遠跑回家要找爺爺？」

這時大家突然對阿爾姆大叔完全改觀，大部分的人認為他必定是個有愛心的人。這時女人們也湊過來，其中有些婆婆媽媽從彼得的媽媽，還有婆婆那裡，也聽說了阿爾姆大叔的一些事蹟，和傳言大不相同，她們現在突然也覺得這些是可信的，於是大家聚集在一起，愈來愈像是一群人在等待迎接一個很久沒見面的老朋友。

阿爾姆大叔走到牧師書房門口，敲了敲門。牧師打開門，面對敲門的人，他並沒有露出驚訝的表情，而是像已經等候多時，他誠摯地和大叔握手。剛剛在教堂裡，他一定也注意到這位稀客。阿爾姆大叔愣在那裡，一句話也說不出口，因為他完全沒有想到，牧師會用這麼誠摯的態度接待他。他恢復了鎮靜之後說：「我來是想要請求牧師忘記上次我在阿爾姆對您說的那些話，也希望您不會在意我上次拒絕您的好意。牧師，您是對的，我知道我錯了，現在我想接受您的建議，冬天的時候搬到小村子，小孩子受不了嚴冬，她還太柔弱。雖然小村子裡的人不理會我，不信任我，這都是我自己的錯，我認了，但是希望牧師不要這樣對待我。」

牧師親切的目光充滿喜悅的光彩，他再次緊握大叔的手，感動地說：「老鄰居，在您到我的教堂之前，您確實到過真正的教堂了。我很高興您再搬回來和我們一起住，您一定不會後悔的。我一直當您是好朋友、好鄰居，隨時歡迎您到我這裡。我想我們一定可以一起度過很多愉快的冬天夜晚，我非常喜歡和您在一起，我們也會給那孩子找到好朋友。」牧師非常友善地摸摸海蒂的頭，然後牽起海蒂的手，陪著爺爺一起走出去。到了門外，牧師才向他們道別。

這時站在外面那些人，都看到牧師和阿爾姆大叔像好朋友般依依不捨地握了手。牧師剛把門關上，大家已經朝著阿爾姆大叔走來，每個人都伸出手來爭先恐後要和他握手，大叔一時不知道該先握哪隻手才好，其中一個人大喊：「太好了！大叔，您總算又回到我們這裡了！」

另一個人說：「我也早就想跟大叔聊聊了！」

一個接一個，大家的招呼從四面八方傳來。爺爺回答了這些人熱忱的問候，他告訴大家，冬天的時候他想搬回他在小村子的老住處，和從前那些老鄰居一起生活。他一說完，人群大聲歡呼，彷彿阿爾姆大叔是小村子裡最受歡迎的人，沒有他是大家的損失似地。好多人還陪著爺爺和海蒂走到山上很高的地方，道別的時候，每個人都邀請阿爾姆大叔搬回小村子之後，一定要來家裡坐坐。村子裡的人離開之後，爺爺站在原地很久，目送著他們下山。他的臉上流露出溫暖的光彩，彷彿內心有個太陽。海蒂目不轉睛地看著爺爺，快活地說：「爺爺，你今天看起來愈來愈好看，我還沒看過你這個樣子呢！」

「是嗎？」爺爺面帶微笑說。「是啊，海蒂，不曉得為什麼，我今天覺得特別高興，和主及村裡的人和好，心裡真的很舒服。主對我太好了，把妳送到我身邊。」

當他們走到彼得家門口時，爺爺還開了門走進去。「您好，婆婆。」他對著屋裡大喊。「我想趁還沒刮秋風之前，得把屋子再補補才行。」

「天啊，是您，大叔！」婆婆又驚又喜地大喊，「真沒想到還能看到您！我終於可以親自謝謝您，幫了我們這麼多忙。太感謝您了！」婆婆激動地向爺爺伸出顫抖的手，爺爺真誠地回握住婆婆的手。婆婆繼續說：「我還有一件事請求您，大叔，在我躺到山下教堂的墓地之前，要是我曾經做過什麼傷害您的事，請您不要再把海蒂送走來懲罰我。喔，您不知道那孩子對我有多重要。」婆婆緊緊摟住依靠在她身旁的海蒂。

「不要擔心，婆婆，」大叔說，「我不會用這樣的方式懲罰您和我自己。主保佑，從現在起，我們會長長久久在一起。」

這時候布莉姬特神祕兮兮地把大叔拉到角落，讓他看那頂有羽毛的漂亮帽子，然後說海蒂要把帽子送給她的事，她當然覺得不能拿。

但是爺爺滿意地看著海蒂，然後說：「那是她的帽子，如果她不願意再戴，就隨她吧。既然她要送給妳，妳就收下吧。」

布莉姬特完全沒想到爺爺會這樣說，她高興極了。「你們看看，這帽子一定很貴的。」她歡喜地高高舉起帽子，「海蒂從法蘭克福帶回來這麼多好東西。我有時在想，是不是也該把彼得送到法蘭克福一趟，大叔，您說呢？」

大叔露出有趣的眼神，回答說這主意不錯，可是他最好等到好時機來了再說。

就在這時候，彼得一頭撞上大門，撞得門咯咯響才走進門來，他一定是跑得太急了。他上氣不接下氣站在房間中央，手上拿著一封信，那是給海蒂的信。這又是前所未有的事，小村子的郵局要他把信轉交給海蒂。大家圍坐在桌旁，海蒂拆開信，大聲流暢地唸完信。那是克拉拉．塞斯曼寫來的信，她告訴海蒂，自從她離開之後，家裡就變得好無聊，她實在是受不了了，所以纏著爸爸要求這個秋天就到拉加茲溫泉療養區，爸爸終於心軟答應了。奶奶也會一起去，因為她也想到阿爾姆看看海蒂和爺爺。奶奶還要她告訴海蒂，帶白麵包給婆婆是很好的禮物。為了不讓婆婆只啃乾麵包，她還寄了咖啡，不久就會到了。克拉拉還說，這次到阿爾姆，一定要帶她去看看婆婆。

聽到這些消息，大家非常驚喜，興高采烈地繼續聊了很久，就連爺爺也沒留意到天色已晚，大家都期待著秋天的到來。更令人開心的是，今天大家能聚在一起說笑。最後婆婆說：「最令人開心的是老朋友來，還能像從前一樣和你握手，心裡覺得好欣慰，好像找回了心愛的東西。大叔，您會再來吧？海蒂，妳明天會再來吧？」

海蒂握住婆婆的手，保證她明天會再來。

爺爺牽著海蒂的手一起走上山。早晨，他們下山時，遠處響亮的鐘聲在召喚他們，現在山谷傳來的和平鐘聲，伴隨他們回到夕陽下的家。木屋在星期天的夕陽餘暉中閃閃發亮，屋子反照的光迎面而來。

秋天，奶奶來的時候，她和海蒂一定會有很多新鮮好玩的事，而且放乾草的閣樓也會有一張真正的床，因為她知道奶奶所到之處，所有的一切都會變得整整齊齊，不管是表面還是內心。

15 準備好旅行

那位替海蒂做了診斷讓她回故鄉的克拉森大夫，正沿著大街往塞斯曼家走。九月的早晨，秋高氣爽，人人心情應該都很好才對，可是大夫卻低頭看著腳邊的石板路，根本沒留意頭頂上的藍天。他臉上流露從未出現過的哀傷，頭髮比年初又白了許多。克拉森大夫只有一個女兒，在妻子過世之後，父女倆相依為命，女兒是他生活中最大的安慰，但幾個月之前，年紀輕輕的女兒不幸過世，從此以後克拉森大夫再也無法像從前那樣開朗了。

克拉森大夫拉了門鈴之後，賽巴斯提安熱情的開了門，謙恭地請大夫進門。克拉森大夫是主人和小姐最要好的朋友，他為人和善，也很受僕人們的歡迎。

「賽巴斯提安，一切都沒問題吧？」大夫像往常一樣用和氣的語調問，然後走上樓梯。賽巴斯提安跟在他後面，不停地比劃表示敬意，其實醫生背對著他，根本看不見。

「太好了，大夫，你來了！」塞斯曼先生對著克拉森大夫說，「我們得再好好討論一下到瑞士旅行的事。我想知道你還是堅持你的意見嗎，儘管克拉拉的情況明顯好很多了？」

「塞斯曼先生，看看你的樣子，」克拉森大夫回答，在好朋友對面坐下來。「我真希望你母親在這裡，她一定會理解情況，立刻做出決定。可是你沒完沒了，今天已經是第三次把我叫來，要我說三次同樣的話。」

「好吧，你說的沒錯，這件事讓你很不耐煩，但是，老朋友，請你替我想想，」塞斯曼先生把手搭在克拉森大夫肩膀上，像在哀求他，「要我去拒絕那孩子我原本答應她的事，對我來說實在太困難了。這幾個月來，她日夜期盼，而且有耐心地熬過了這段痛苦的時間，就是因為滿心盼著到瑞士的旅行，能夠到阿爾卑斯山上拜訪好朋友海蒂，現在要我突然去拒絕那乖孩子長久以來的願望，她已經失去很多了，我怎麼忍心再讓她失望，我辦不到——」

「塞斯曼，這是沒辦法的事。」克拉森大夫語氣堅定地說，他看著老朋友垂頭喪氣的坐在那裡。過了一會兒，他又繼續說：「你仔細想想目前的情況，這幾年來，克拉拉的身體狀況就屬今年夏天最嚴重，這麼遠的路程，我們不得不考慮可能發生的任何事。再說現在已經進入九月，阿爾卑斯山的景色也許還很美，但氣溫可能已經相當寒冷了，白天也變短了，而克拉拉絕不能在山上過夜，那麼她頂多只能在山上待幾個小時。從拉加茲療養區到阿爾姆山也得花好幾個小時，克拉拉還得坐轎子讓人抬上去。總而言之，這是不可能的！如果必要，我可以跟你一起去對克拉拉說，她是個明理的孩子，我會跟她說明我的計畫。只要等到明年五月，她就可以到拉加茲的溫泉療養區療養，在那裡待到阿爾卑斯山的天氣轉暖，她就可以偶爾上山了。而且和現在衰弱的狀況比起來，她的身體好了之後更能享受山區的風景。塞斯曼，你也了解，如果我們還抱著你女兒病情好轉的一絲希望，那我們就得非常小心謹慎地照顧她。」

塞斯曼先生一臉無可奈何，安靜地聽著大夫說話，猛然站起來大聲問：「大夫，你老實告訴我：你對克拉拉真的還抱持希望嗎？」

大夫聳聳肩低聲說：「很難說。但是你暫且想想我的情況吧！老朋友，你有一個可愛的女兒，當你離開家的時候，她會想你，期待你回家。你不必像我現在這樣，回到冷清的家，沒人陪伴得孤單過日子。再說，克拉拉在家裡過得很好，她雖然少了很多其他小孩能體會的快樂，但是在其他方面她得到更多的寵愛呀。塞斯曼，說真的，你們沒有什麼好抱怨的，不管怎麼樣，你們能夠在一起就很幸福了，想想我那冷冷清清的家吧！」

塞斯曼先生大步在房間裡來回走，這是他平常思索事情的習慣。過了一會兒，他在克拉森大夫面前停下來，拍著他的肩膀。「大夫，我想到一個主意。你變了，我已經看不到從前開朗的你，我想，你應該去散散心，你代替我們去阿爾姆看看海蒂？」

大夫聽到這個建議嚇一大跳，他想要拒絕，但是塞斯曼先生不讓他有時間思考，他對自己這個新主意非常滿意，立刻拉著大夫的手往克拉拉的房間走去。

克拉拉每次看到大夫總是很高興，因為他一直對她很親切，而且每次他都會說有趣的故事給她聽，讓她心情愉快。克拉拉知道為什麼最近大夫沒有心情說故事，她希望大夫的心情能趕快好起來。克拉拉伸出手和大夫握了握，然後他坐到她身邊。塞斯曼先生也挪了一張椅子在克拉拉旁邊坐下，他握著女兒的手，開始說起瑞士旅行的事，說他自己有多期待，但是匆匆帶過沒辦法成行這個重點，因為他怕看到克拉拉的眼淚。他很快說到他的新主意想讓克拉拉轉移焦點，這個主意可以讓大夫好好休養，放鬆心情。

克拉拉的藍色眼睛裡還是充滿淚水，儘管她拚命壓抑，因為她知道爸爸不忍心看她哭。可是她實在很難接受，期待了整個夏天的事一下子落空了，期盼去看海蒂，是她整個夏天的快樂和安慰，她才有辦法忍受那漫長的孤單寂寞。可是克拉拉知道爸爸一定有他的理由。她忍住眼淚，轉向她唯一的希望，她拉起大夫的手，懇求說：「喔，拜託，請您去看看海蒂，然後回來告訴我，那裡的情形，告訴我，海蒂都在做些什麼，還有爺爺、彼得及那些羊的事，我知道他們。也請您把我準備給海蒂的東西帶去，我都已經想好了，還有給婆婆的東西。拜託，大夫，請您去一趟瑞士，我一定會乖乖喝魚肝油，您說多少我就喝多少。」

這樣的保證是不是起了決定性的作用，沒有人知道，但也許真的奏效了，因為大夫微笑說：「這麼說我是非走一趟不可了，克拉拉，這麼一來妳就會長得圓圓壯壯的，像妳爸爸和我希望的那樣健康。我什麼時候該出發，妳已經想好了嗎？」

「最好是明天早上就出發，大夫。」克拉拉回答。

「她說得沒錯，」塞斯曼先生說，「趁有陽光，有藍天，這樣的好天氣不趕緊好好享受太可惜了。」

大夫不由得微笑說：「接下來你大概要說我怎麼還在這裡，我最好現在立刻就走。」

但是克拉拉拉住他的手，她還有很多話要請大夫幫她帶給海蒂，除此之外，她還請大夫特別瞧瞧哪些事，回來的時候要仔細說給她聽。她給海蒂的包裹要晚一點才能送到大夫家，因為需要羅騰麥爾小姐幫忙打包，但她現在上街去了。

大夫答應克拉拉，一定會轉達她的話給海蒂。如果明天一早他沒辦法動身，也會在明天稍晚出發，等他回來一定把他看到的、經歷的事仔細說給她聽。

做僕人的常常具有一種奇怪的本事，在主人還沒宣布發生的事情之前，他們就已經知道風向了。賽巴斯提安和蒂娜德就有這種本事。

賽巴斯提安才剛送大夫下樓，克拉拉就搖鈴把蒂娜德叫進她的房間。「蒂娜德，請妳拿那個盒子去裝滿我們喝咖啡時吃的新鮮柔軟小點心。」克拉拉指著角落，她早準備好的盒子。蒂娜德抓起盒子的一角，一臉鄙視，故意讓手中的盒子搖晃了一下，她走到門口時才用傲慢的口氣說：「遵命。」

賽巴斯提安和往常一樣禮貌地對大夫鞠躬，然後說：「大夫，如果您看到海蒂小姐，請替我向她問好。」

「啊，瞧，賽巴斯提安，您已經知道我要去旅行的事？」大夫友善地說。

賽巴斯提安尷尬地說，「我——我——我也不是很清楚，啊，我想起來了，是這樣的，我碰巧從餐廳走過，聽見您們說到海蒂小姐的名字，就是這樣，我就猜想，大概就是這樣……」

「原來如此。猜想愈多的人，知道的也愈多。再見，賽巴斯提安，我會替你問候她。」大夫笑著說。

克拉森大夫正要踏出大門，卻撞到也正好要進門的羅騰麥爾小姐。因為風太大，讓羅騰麥爾小姐沒辦法繼續逛街，她只好回家。這時，大風把她身上的圍巾吹得鼓脹了起來，她看起來好像揚起了帆。大夫立刻往後退了幾步，羅騰麥爾小姐向來非常尊敬大夫，對他頗有好感，她也恭恭敬敬地退了幾步。兩個人客客氣氣地站在那裡，都想讓路給對方先過。突然一陣強風又吹來，把羅騰麥爾小姐吹往大夫，幸好他及時閃開，可是她必須往回走才能和大夫鄭重地打招呼。

這陣強風讓她心裡很惱火，可是大夫的舉止態度馬上讓她心情變開朗而且溫柔。大夫告訴她，他的旅行計畫，並且用討人喜歡的方式請她把要給海蒂的包裹打包好。他對女管家說，只有她懂得如何打包。

克拉拉原本以為得先和羅騰麥爾小姐幾番爭執之後，她才會答應打包那些她準備好要給海蒂的東西。但是這一次出乎意料，她沒看過羅騰麥爾小姐心情這麼好。羅騰麥爾小姐立刻把桌上的東西拿開，擺上克拉拉準備好的所有東西，在她面前開始打包。

這可不是簡單的事，因為要打包的東西種類很多，而且有大有小：首先是一件連帽厚大衣，這樣海蒂冬天時就隨時可去看婆婆，不用等爺爺用麻袋包住她，才帶她去。接著是一條很厚又暖和的圍巾，這是給婆婆的，風大的時候，就算屋子發出可怕的咯咯聲響，圍上圍巾，婆婆就不會冷了。再來是一大盒的點心，也是要給婆婆的，讓她喝咖啡的時候，除了麵包以外也可以嚐嚐別的東西。再接著是一條巨大的香腸，原本克拉拉想送給彼得，因為他除了乳酪和麵包，還沒吃過其他東西。但是她現在改變主意了，因為她怕彼得一高興一次就全部吃光了，所以她決定把它送給彼得的媽媽，讓她先留下她和婆婆的份，然後再分幾次給彼得。還有一小包菸草，是要給爺爺的，傍晚時分，他喜歡坐在木屋外的長椅上抽煙斗。最後是好幾袋神祕的小袋子、小包和小盒子，那是克拉拉特地為海蒂準備的驚喜。

打包工作終於結束，現在地板上放著一個非常可觀的大包裹。羅騰麥爾小姐低頭看著自己的成果在沉思。克拉拉以愉快又期待的眼光投向那個大包裹，因為她眼前已經浮現當海蒂看到這麼大的包裹時，驚喜得又叫又跳的樣子。賽巴斯提安走進來，一鼓作氣就把包裹扛到肩上，把它送到大夫家去了。

16 阿爾姆的訪客

山頂的朝霞彷彿在燃燒。清涼的晨風吹過樅樹，老樹枝來回搖得厲害，發出窸窣響。海蒂被風聲喚醒，她睜開眼睛，風吹過樹梢的沙沙聲總是緊緊抓住她的心，吸引她來到樹下。她從床上跳起來，急忙到幾乎沒時間打理好自己，但是她現在已經學會必須隨時讓自己看起來乾淨整齊。她快速穿好衣服之後才下樓。她看見爺爺的床是空的，立刻跑到外面。爺爺每天早晨都站在門外，觀望四面八方的天空，預測今天的天氣。天上飄過玫瑰色的雲，天空漸漸變得蔚藍，太陽剛剛從高聳的山岩後面升起，群山和田野浸潤在金色的光中。

「啊！好美啊！好美啊！」海蒂大聲呼喊。

「妳醒了？」爺爺伸出手和海蒂握手道早安。

海蒂跑到樅樹下，聽著樹梢上的風聲，高興地在搖擺的樹枝下跳來跳去，一陣陣大風吹來，樹枝搖曳的沙沙聲都讓她興奮地大叫，開心的跳得更高。

爺爺走到羊棚裡給小天鵝和小熊擠奶，把牠們洗得乾乾淨淨再帶到空地，準備上山。海蒂跳上前摟住兩頭羊的脖子，溫柔地打招呼。兩頭羊也很親熱歡喜地咩咩叫。小天鵝和小熊都搶著跟海蒂獻殷勤，一個勁兒把頭往海蒂的肩膀壓。海蒂在兩頭山羊中間，差點被壓扁。活躍的小熊拚命往她身上鑽，海蒂對牠說：「不要這樣，小熊，你這樣鑽簡直就像土客。」小熊馬上把頭縮回去，乖乖地站好。小天鵝把頭抬得高高的，一副高雅的樣子，牠心裡一定這麼想：沒有人可以在我背後說我像那頭魯莽的土客。雪白的小天鵝看起來確實比起棕色的小熊要高雅。

這時從下面傳來彼得的口哨聲，不久那些快樂的羊群就出現了，領頭的是身手矯健的黃雀，不一會兒，海蒂已經被羊群團團圍住，羊兒們都往她身上擠，想和她親近。她就這樣被推來擠去，最後她又往旁邊挪了一下才靠近害羞的雪兒，每次羊群想要靠近海蒂的時候，牠總是被其他大羊擠到旁邊去。

這時彼得走過來又吹了一聲尖銳的口哨，這是要嚇跑羊群，讓牠們繼續上路到山上的牧場。把羊趕開了，他才能靠近海蒂，和她說話。羊群聽到哨聲趕緊往四方散開，彼得終於站到海蒂面前。

「妳今天可以跟我上山了吧？」彼得沒好氣地說。

「不行，我不能跟你去，彼得。」海蒂回答。「他們隨時有可能從法蘭克福來，我必須在家等他們。」

「妳已經說過好幾遍。」彼得悶悶地說。

「事情就是這樣啊，就是要等到他們到了。」海蒂回答。「還是你認為，他們從法蘭克福來的時候，我不在家也沒關係？」

「大叔不是在家嗎？」彼得抗議地說。

爺爺威嚴的聲音從屋子裡傳來：「為什麼軍隊還不前進？是元帥的問題還是軍隊？」

彼得立刻掉頭，揮舞他手上的枝條，聽到枝條的嗖嗖聲，山羊立刻往上跑，彼得趕緊追在後頭，就這樣彼得和羊群飛快上山了。

自從海蒂回到爺爺這裡，她常常會注意到她以前不怎麼在意的事，譬如每天早上起床之後，她會把床鋪整理的很整齊，把床單的皺折都撫平。接著在木屋裡來回跑，把每張椅子放在定點，亂放亂掛的東西也全部收到櫃子裡。然後拿著抹布爬到椅子上，把桌子擦得乾乾淨淨。爺爺看到就會滿意地說：「我們家現在每天都像是星期天一樣整齊乾淨，看來海蒂沒有白去一趟外地。」

今天也是一樣，彼得走了之後，才和爺爺吃完早餐，海蒂馬上開始做事，可是事情幾乎做不完。今天早上的天氣太好，外面一直有吸引海蒂注意的事情發生，讓她分心，忘了手邊正在做的事。譬如現在陽光從窗口照進來，彷彿是在召喚海蒂：「出來玩吧！

海蒂，出來玩吧！」於是海蒂再也待不住，立刻往外跑。木屋的四周是耀眼的陽光，從高山上到很遠很遠的山谷一片燦爛，旁邊斜坡的乾燥土地也閃著金色的光，她不由得坐下來，欣賞眼前的風景。突然她又想到三腳椅還擺在木屋中間，吃完早餐，桌子也還沒清理；她急忙跳起來跑回屋裡。可是過不久，風在樅樹裡大聲呼嘯，讓她蠢蠢欲動，忍不住又往外面跑。樹上枝椏左搖右晃，海蒂也隨著蹦來跳去。爺爺在屋子後面的棚子裡做他的工作，偶爾走到門口，面帶微笑地看著海蒂開心的蹦蹦跳跳。他才剛走進棚子，就聽到海蒂突然大喊：「爺爺！快來！」

他嚇一大跳，趕緊又走出來，以為海蒂出了什麼事。他看到海蒂衝下山坡，大喊著：「他們來了！他們來了！大夫先到了！」

海蒂跑向她的老朋友，克拉森大夫也伸出手和她打招呼。海蒂跑到他面前時，立刻輕柔抱住他的手臂，然後發自內心喜悅的大聲喊著：「您好，大夫！我真的非常、非常感謝您！」

「妳好，海蒂！妳要謝我什麼？」克拉森大夫面帶笑容親切地問。

「謝謝您，因為您，我才能回到爺爺這裡來。」海蒂解釋。

克拉森大夫臉上露出喜悅的光彩，他沒有想到來到阿爾姆會受到如此熱情的歡迎。由於喪女的悲傷讓他常陷入沉思，一路上山他根本沒注意到四周愈來愈迷人的景色。他原本以為海蒂大概不認得他了，因為她見過自己不過一兩次，再說他覺得自己是個帶壞消息來的人，她一定不會想看到他。可是沒想到海蒂明亮的眼睛裡充滿了熱情和感激，還親熱地拉著自己的手臂。

克拉森大夫像慈祥的父親般拉起海蒂的手，親切地說：「來，海蒂，帶我到爺爺那裡，讓我看看妳住的地方。」

可是海蒂還是站在那裡一動也不動，驚訝地望著山下。「克拉拉和奶奶呢？」

「是的，抱歉，我必須告訴妳一件讓妳失望的事。」大夫回答。「海蒂，妳看，我是一個人來的。克拉拉身體很不好，不能再旅行，所以奶奶也沒來。可是明年春天，等天氣又暖和了，白天變長了，她就一定可以來了。」

海蒂非常失望，她沒辦法理解，原本那麼確定的事，為什麼突然就變卦了。她愣在那裡，對這突如其來的失望不知所措。大夫站在她面前一句話也沒說，四周一片寂靜，只聽到風從上面吹過樅樹的窸窣聲。過了一會兒，海蒂終於回過神，她想到自己為什麼跑下來，她是來迎接大夫的。她抬頭看著大夫，他的眼睛裡有她在法蘭克福遇見他時不曾看過的悲傷。這讓海蒂心裡很難受，她不願意見到別人悲傷，尤其是善良的大夫。克拉拉和奶奶不能來，一定有他們的理由。她很快找到安慰他的話：「喔，離春天不是很久，到時她們一定會來的。那時她們就可以住久一點，克拉拉一定也希望能待久一點。

現在我們就去爺爺那裡吧！」

他們手牽手往木屋的方向走去，海蒂衷心希望能讓大夫高興起來。她再一次要大夫相信在阿爾姆時間過得很快，溫暖的夏天轉眼就到了，說著，說著她也相信了自己的話。一到了山上，她高興地對爺爺大喊：「她們沒有來，可是過不久，她們也會來的。」

爺爺對克拉森大夫一點也不陌生，海蒂說了很多關於他的事。爺爺伸出手和客人握手，熱誠地歡迎他。隨後兩個男人在木屋前的長椅坐下來，他們讓了一個小小的位子給海蒂。大夫親切地招手要她過來，坐在他旁邊。他開始敘述塞斯曼先生如何勸他走這一趟旅行，他自己也發現這趟旅行對他很有幫助，他已經很久沒有這麼有精神，同時又感到寧靜了。然後他偷偷在海蒂的耳邊說，等會兒有從法蘭克福來的東西會送上來，她看到那些東西一定會比見到老大夫要高興多了。海蒂很好奇究竟是什麼東西。爺爺也極力勸大夫，秋高氣爽的日子在阿爾姆多待幾天，或者至少天氣好的日子就上山來，因為他沒辦法留客人住下，木屋裡沒地方睡了。但是他建議大夫，不必回到拉加茲，在小村子的旅館就能找到方便又乾淨的房間。這樣大夫每天都可以上來阿爾姆，心情一定會很好。除此之外，他也很樂意帶大夫到處走走，他們可以繼續往山上去，大夫一定會喜歡那裡。大夫十分贊成爺爺的建議，而且決定就這麼辦。

不知不覺太陽已經高掛在天空，風也停了，樅樹靜悄悄的。在這麼高的地方氣溫還算宜人，微風輕撫而過為陽光底下的長椅帶來清涼。

阿爾姆大叔站起來走進屋，不一會兒搬了一張桌子出來，放在長椅前面。

「海蒂，去把餐具拿出來吧！」爺爺吩咐海蒂。「今天中午，就請大夫將就跟我們簡單吃一頓，東西簡單，但是飯廳可要講究。」

「是啊，我也是這麼想，」大夫望著陽光閃耀的山谷說，「我很樂意接受邀請，在這裡用餐，東西一定特別好吃。」

於是海蒂來來回回走了好幾趟，把櫃子裡的東西全部都拿出來，她很高興能夠招待大夫。爺爺端出了一壺熱騰騰的羊奶，還有烤成金黃色的乳酪，他又把他在山上用新鮮空氣曬好的肉乾，切成一片片透明的薄肉乾。大夫已經一年沒吃過這樣好吃的一餐了。

「我們的克拉拉應該來這裡的，在這裡，她身體一定會好起來，要是她能吃這些東西吃上一段時間，過不了多久就會又圓又壯，恐怕讓人認不出來了。」

不久，有一個人背上揹了個大包裹走上山來，一到了木屋前，他立刻把包裹放在地上，吸了幾口新鮮空氣。

「啊，到了，我從法蘭克福帶來的東西到了。」大夫說。

大夫站起來，拉著海蒂來到包裹前面，開始解開它。他先把外面最厚重的一層拿開，然後對海蒂說：「來吧！孩子，妳自己來把寶貝拿出來。」

海蒂照著大夫的話做，她把所有東西一件一件拿出來，她驚訝得瞪大眼睛看著這些東西。直到大夫走上前，把盒子的蓋子打開，對海蒂說：「瞧，婆婆喝咖啡時的點心。」

海蒂才興奮地大叫：「哇，婆婆終於可以吃到好吃的點心了。」她圍著盒子蹦蹦跳跳，想要立刻把東西送到婆婆那裡。可是爺爺說等傍晚陪大夫一起下山時，再順道把東西送過去。然後海蒂發現了裝在漂亮小袋子裡的菸草，她立刻拿給爺爺。爺爺喜歡極了，馬上把菸草填入煙斗，一邊陪大夫聊天一邊大口大口地抽煙。爺爺和大夫天南地北地聊著，海蒂忙著看克拉拉為她準備的驚喜。最後她跑回長椅，站在客人面前，等他們話題中斷，她才說：「那些東西沒有比看到老大夫讓我更高興。」

兩個大人一起大笑，大夫說真是出乎他的意料。

當太陽緩緩落在山後時，客人站起來，準備下山到小村子裡找住的地方。爺爺抱著裝點心的盒子、巨大的香腸，還有圍巾，大夫牽著海蒂的手，三個人一同走下山。一直到了彼得家門口，海蒂在這裡和他們分手，爺爺要陪客人走到小村子，她到婆婆家等爺爺回頭來接她。大夫伸手和海蒂告別，海蒂問他，「您明天要不要和山羊一起上山，到牧場上看看？」因為海蒂認為這是她所知道最美好的事。

「就這麼決定，我們一起上去牧場。」大夫回答。

海蒂費力地把盒子拖進婆婆家，然後她又出來拿香腸——因為爺爺把所有東西都放在門前——等會兒她必須再出來一趟，把圍巾拿進去。她把所有的東西都儘量放在靠近婆婆的地方，好讓婆婆可以摸得到，知道那是什麼東西。她把圍巾放在婆婆的膝蓋上。彼得的媽媽驚訝地愣在那裡，張大眼睛看著海蒂費勁地把東西拖進來，擺在她們面前。

「這些都是法蘭克福的克拉拉和奶奶送的。」海蒂告訴驚喜萬分的婆婆和布莉姬特。「婆婆，妳一定很喜歡這些點心吧！妳看，多軟啊！」海蒂不斷地喊。

婆婆贊同地說：「是啊，是啊！海蒂，她們人真好。」她一邊說，一邊撫摸著溫暖的圍巾。「這麼好的圍巾正好用來過冬。我從來沒有想過，這輩子能夠擁有料子這麼好的圍巾。」

海蒂很驚訝那條灰色的圍巾竟然比點心更讓婆婆高興。布莉姬特仍然愣在桌子前面，幾乎是帶著崇敬的眼光看著那條巨大的香腸，她這輩子還沒看過這麼大條的香腸，現在她竟然擁有一整條，而且還可以自己動手切，實在太不可思議了。她搖搖頭輕聲說：「我還是得問問大叔，這是怎麼回事。」

海蒂毫不遲疑地說：「當然是要送給你們吃的。」

就在這時候，彼得又跌跌撞撞地衝進家門。「阿爾姆大叔在我後面，他說海蒂——」他話說到一半就愣住了，因為他的眼光落在桌上的香腸，驚訝地說不出話。

海蒂很快和婆婆握手道別。阿爾姆大叔現在經過這裡，總會進來和婆婆打招呼，說些安慰和鼓勵她的話，所以聽到爺爺的腳步聲婆婆也很高興。可是今天對一整天在外面的海蒂來說，已經太晚了。爺爺只站在外面說：「時候不早了，海蒂必須回去睡覺了。」他從敞開的大門對婆婆道了聲晚安，就牽起正好跑出來的海蒂的手，在繁星閃爍的夜空下，靜靜地往回家的路上走。

17 報答

第二天一大早，大夫就和彼得還有他的羊群一起上山。在路上，為人和善的大夫試了幾次要和彼得搭話，可是彼得不太想理會大夫，總是含糊一兩句就打發了大夫的問話。兩個人就這樣默不作聲一直走到阿爾姆的木屋，海蒂和兩頭羊已經站在那兒等了，她就像高山上的陽光一樣朝氣蓬勃，興高采烈。

「一起走？」彼得每天早上問同樣的話，聽不出來是詢問還是要求。

「當然，如果大夫也一起去的話。」海蒂回答。

彼得斜眼看了大夫一眼。這時候爺爺手上拿著裝午餐的袋子走過來，他先恭敬地跟大夫打了招呼，然後把袋子掛在彼得的身上。那袋子比平常重，因為大叔放了好大一塊肉乾，他想也許大夫會喜歡山上的牧場，也想待在那裡和孩子們一起午餐。彼得猜想袋子裡一定放了特別的好東西，他暗自樂得咧嘴一笑。

出發了！海蒂被羊群團團圍住，每頭羊都爭著想靠近海蒂，互相推擠，於是海蒂有一段時間是在羊群中被推著往前走，可是現在她站住，警告羊群：「現在你們乖乖地往前走，不要再來擠我撞我了！我要和大夫一起走。」然後她輕輕拍了拍最靠近自己的雪兒的背，又特別警告了一次，要牠好好聽話。她好不容易從羊群裡挪開出一條路走到大夫旁邊，大夫立刻拉起她的手緊緊握住。這次大夫不必像剛剛那樣費心找話題，海蒂有很多話說，她告訴大夫有關山羊的種種以及牠們的一些奇怪行為，還說到山上的花兒、岩石和大鳥。說著，說著，時間就這樣過去，他們不知不覺來到牧場了。一路上，彼得一直斜眼瞄看大夫，要是大夫發現肯定嚇一大跳，幸好他沒察覺。

到了山上，海蒂立刻帶大夫到最美的地點，那裡是她最喜歡的地方，她每次來，都會坐在地上欣賞四周的風景。她和往常一樣在陽光普照的草地上坐下，大夫也在她身旁坐下。秋天金色的陽光灑滿高山和遠處的綠色谷地。從阿爾卑斯山下傳來各處牲畜的鈴鐺聲響，多悅耳，多舒服，彷彿在昭告世界和平。對面的一大片雪地閃爍耀眼的金色光芒。灰色的法克尼斯山上那些高塔般的岩石，雄偉矗立在藍天下。早晨的風輕輕吹過阿爾卑斯山，溫柔地撫摸剩下的藍色吊鐘草。夏天曾經盛開的花朵，現在就只剩這些藍色吊鐘草在溫暖的陽光中快樂地隨風搖擺。頭頂上有一隻老鷹繞著大圈子盤旋，但是牠今天沒有叫，牠張開翅膀在藍天上翱翔。海蒂東看看西瞧瞧，隨風搖曳的花朵，藍天，宜人的陽光，悠遊自在的老鷹，所有一切是這麼美好，海蒂眼睛散發喜悅的光彩。她轉頭看大夫是不是也正看著這些迷人的景色。

大夫一直靜靜坐在那裡看著四周，似乎陷入沉思。當他看到海蒂快樂的眼神，他說：「是啊，海蒂，這裡的風景很美。只是一個心情悲傷的人到這裡，要怎麼樣才能快樂地欣賞美景？」

「啊！這裡沒有人會悲傷，只有在法蘭克福才會。」海蒂快樂地大喊。

大夫微笑，但是笑容很快又不見了。過了一會兒他才又說：「如果那個人把悲傷從法蘭克福帶到這裡來了呢？海蒂，妳知道該怎麼幫他嗎？」

「一個人如果再也不知道該怎麼辦，那就把一切告訴仁慈的上帝。」海蒂信心十足地說。

「是的，海蒂，這主意很好。可是如果是上帝讓這些令人傷心痛苦的事發生呢？那該和上帝說什麼呢？」

海蒂認真想一下該怎麼辦，但是她仍舊相信再傷心的事都可以從上帝那裡得到安慰和幫助。她在自己的經驗中尋找解答，她堅定地說：「那就必須等待，而且只要一直想，現在上帝已經知道什麼是對我好的，以後一定會好起來，我只要相信祂，再耐心等待一些時候，不要跑開。只要這樣做，有一天你就會突然看到所有的事情好轉，你就會明白，原來上帝早有打算，祂知道什麼是對我們好的。但是因為我們一開始不知道，只想著悲傷的事，才會以為事情永遠是這樣。」

「海蒂，這是多麼堅貞的信仰，妳一定要牢牢記住。」大夫默默地看著對面巨大山岩和陽光下的綠色山谷，過了一會兒他又說：「瞧，海蒂，也許這裡坐了一個眼睛被一大片陰影遮蔽而看不見四周美景的人，他或許是加倍的傷心，妳能懂嗎？」

海蒂突然覺得一陣心痛，眼睛被陰影遮蔽這句話讓她想到婆婆，她再也看不到燦爛的陽光和山上這些美景，每次只要想到這件事，她心裡就會非常難過。海蒂沉默了下來，因為痛苦在她正快樂的時候打擊她的心，最後她說：「是的，我懂。可是我知道還有個辦法，就是唸一唸婆婆的聖歌，心情就會開朗起來，有時甚至整個心會敞開。婆婆是這樣說的。」

「海蒂，什麼樣的聖歌呢？」大夫問。

「我只知道有陽光和美麗花園的那一首，還有比較長的，我只記得其中幾節，也就是婆婆喜歡的那幾段，她常常要我唸三遍給她聽。」海蒂回答。

「那就背那幾節給我聽聽好嗎？」大夫坐好，準備好認真地聽。

海蒂兩手合握，想了一下。「有一段婆婆說特別讓她感到有信心，我就從那裡開始好不好？」大夫點頭表示同意，於是海蒂開始背頌。

「一切交付給祂吧，信任祂的處置

祂是賢明之主
祂自有安排
順從祂
你將驚奇地發現
萬能的主
以祂神奇的辦法
驅除你心中的困頓

祂一時不給予我們慰藉
我們以為被遺忘、被拋棄
必須永遠在恐懼與匱乏中飄蕩
再也得不到祂眷顧

然而只要你一心虔誠
在你意想不到時
祂將卸下你心頭難以負荷的痛苦。」

海蒂突然停下來，她不確定大夫是不是還在聽。他用兩隻手摀住臉，靜靜坐在那裡。海蒂以為大夫睡著了，等他醒來，如果還想聽，他應該會告訴她。現在四周一片寂靜，大夫沒說話，但是也沒睡著，他想起很久以前的往事，那時他還是個小男孩，他站在媽媽的椅子旁邊，媽媽摟著他的脖子，唸著剛剛海蒂背誦的聖歌給他聽，這麼多年來他再也沒聽過這首聖歌，現在他彷彿聽見母親的聲音，看見她慈愛的眼神正注視著他，當朗誦詩歌的聲音消失後，他似乎還聽到媽媽溫柔的聲音對他說了些什麼，他沉浸在其中，很長一段時間，他沉默著一動也不動地坐在那裡。當他終於振作精神，一張開雙眼就看到海蒂好奇的看著他。他拉起海蒂的手說：「很好聽的聖歌。」他的聲音聽起來比之前愉快多了。「我們還會再上山來，到時妳再背誦一次給我聽。」

彼得在這段時間找了很多事做，好發洩心中的怒氣。因為海蒂已經很多天沒有跟他一起上山，今天好不容易上來，那個老先生卻一直在她旁邊，害他根本沒機會跟海蒂說話，這讓他很惱火。他故意遠遠地站在大夫後面，讓大夫看不到他，然後握起一個拳頭像要恐嚇他似地在空中揮舞，之後兩個拳頭都舉起來了。海蒂坐在大夫的旁邊愈久，彼得的手臂舉得愈高，拳頭揮舞得愈激烈。

不知不覺太陽已經走到了該吃午餐的位置，這是彼得最期待的時刻，他卯足了力氣大喊：「吃午餐囉！」

海蒂站了起來，她想把裝午餐的袋子拿過來，好讓大夫可以坐在原地吃。但是大夫說他不餓，他只想喝杯羊奶，然後再往阿爾姆山上走走。海蒂說她也不餓，也是只想喝羊奶。她領著大夫走到上面長滿青苔的大石頭那裡，那地方長了很多山羊愛吃的青草，上次黃雀差點兒就從那裡掉下去。海蒂跑到彼得面前，要他先從小天鵝那裡擠一碗奶給大夫，她也要一碗。彼得一聽先是大吃一驚，看著海蒂過好一會兒才說：「那袋子裡的東西給誰？」

「全給你，但是你必須先擠羊奶，快一點。」

彼得這輩子行動從來沒有這麼迅速過，雖然他還不知道袋子裡有什麼，但現在那裡面的東西都是他的了。當大夫和海蒂慢慢地喝著羊奶的時候，彼得急忙打開袋子，當他看到那一大塊寶貴的肉乾，高興地全身顫抖。他簡直不敢相信，又看一次，確定那是真的，才伸手要把那塊渴望已久的東西拿出來，突然又把手縮回，好像做了什麼不應該的事似的。彼得突然想到他剛剛站在大夫背後握拳揮舞的動作，現在大夫卻把這麼寶貴的午餐全給他。彼得為自己的舉動後悔，他覺得自己實在太不應該了。他跳了起來，跑到他剛才站的地方，兩手張開高高舉起，表示拳頭已經收回。他就這樣子站了好一會兒，直到他感覺彌補夠了才大步跳回袋子旁邊，現在他可以心安理得享用他的午餐了。

大夫和海蒂已經四處走了一段時間，他們聊得很高興。大夫覺得他該回去了，他以為海蒂也許想多待一會兒陪陪羊群，但是海蒂不想讓大夫一個人孤單地下山。她堅持至少要陪大夫走到爺爺的木屋，或者再一小段路。他們一路手牽手，海蒂又有說不完的話，她把山羊最喜歡逗留吃草的地方指給大夫看，還有夏天時哪裡有最多黃色的柳葉菜、紅色的矢車菊以及其他美麗花朵。這個夏天，爺爺把他知道的花的名字都教她了，她現在已經知道那些花的名字。最後到了大夫覺得該讓海蒂回去的地方，海蒂只好跟大夫說再見。大夫繼續走下山，他邊走邊不時回頭看，海蒂一直站在原地目送他下山，同時不停地對他揮手。他想起從前每次出門的時候，他女兒也是這樣和他道別。

一整個秋高氣爽的九月，大夫每天早上都到阿爾卑斯山上各處散步。他常常和阿爾姆大叔一起走到布滿岩石的高山那裡，老樅樹的樹幹低垂，大鳥的巢應該就在附近，有時大鳥大聲鳴叫著從他們的頭頂低空飛過。大夫非常喜歡和阿爾姆大叔聊天，他很清楚阿爾姆山上的藥草的名稱和效用，這讓大夫感到很佩服。而且每到一處，大叔就能發現珍貴的好東西，譬如含樹脂的樅樹、散發清香的松針、在老樹根中間長出的卷曲青苔、還有從肥沃的阿爾姆泥土裡長出的珍貴植物和不起眼的小花朵。除此之外，阿爾姆大叔對山上大大小小、各種不同的動物也都瞭如指掌，他告訴大夫那些住在岩洞、地洞和樅樹樹梢上動物的各種有趣生活習性，大夫聽得津津有味。

時間總是不知不覺在散步中就過了，大夫常常忘了時間，每次到了傍晚道別的時候，大夫總是會真誠地握著大叔的手說：「老朋友，跟你在一起我總是學到很多新的東西。」

不過大部分的時間，而且通常是天氣最好的日子，大夫喜歡和海蒂去散步。他們經常一起坐在山崖邊，也就是他們第一天坐的地方，海蒂會再次背誦那些聖歌給他聽，說一些她知道的事。彼得也經常坐在他們後面，但是他現在很老實，不再握拳揮舞。

美麗的九月就這樣過去了。有一天早上，大夫上山來，可是不再像平常那樣神情愉快，那是他留在這裡的最後一天，他必須回法蘭克福了。他很難過，他喜歡這裡就像喜歡他的故鄉一樣。阿爾姆大叔聽了也覺得非常遺憾，他和大夫非常投緣，這些日子來聊得相當愉快。海蒂也已經習慣每天看到她的好朋友，她完全不能理解這樣的好日子怎麼突然就結束了，她驚訝地看著大夫。但這是沒辦法改變的事實。大夫和爺爺告別之後，問海蒂願不願意陪他走一段路。於是海蒂牽著大夫的手走下山，她還是不能理解他就要離開了。

終於到了必須道別的時候，大夫停下腳步，叫海蒂不必再送他了，已經走得夠遠了。他輕輕地撫摸海蒂的卷髮說：「我必須走了，海蒂，真希望能夠把妳帶回法蘭克福，把妳留在我身邊。」

法蘭克福的景象突然浮現在海蒂眼前，一棟又一棟的房屋、石板路，還有羅騰麥爾小姐和蒂娜德，海蒂有點遲疑地回答：「我寧可您再到我們這裡來。」

「沒錯，這樣會好一些。再見了，海蒂。」大夫親切地說，同時伸出手來，海蒂也伸出手緊緊握住大夫的手，抬頭看著即將離去的大夫，她看到他那雙眼睛充滿淚水，大夫急忙轉身離去，海蒂不知道該如何是好的站在原地。那雙充滿慈愛和淚水的眼睛揪住她的心。她突然嚎啕大哭起來，急著追上正走下山的大夫，她一邊啜泣一邊用力大喊：

「大夫！大夫！」

克拉森大夫聽見呼喚聲音，他轉身然後停下腳步，海蒂終於追上他。眼淚簌簌從她臉龐流下來，啜泣著說：「我現在就跟您回法蘭克福，留在您身邊，您要我留多久我就留多久，可是我必須先跟爺爺說一聲。」

克拉森大夫用溫柔的語調安撫激動的海蒂說：「不！不行！海蒂，現在不行，妳必須留在樅樹下，否則妳可能又會生病。可是，我想問妳，萬一有一天我孤孤單單而且生病了，妳會來看我，留在我身邊嗎？我可以期待世界上有一個人會照顧我，喜歡我嗎？」

「會的，會的，我一定會立刻去看您，我喜歡您就跟喜歡爺爺一樣。」海蒂一邊啜泣一邊回答。

克拉森大夫再次緊握海蒂的手，然後才又繼續上路。海蒂站在原地看著大夫走下山，她不斷地揮著手，一直到趕路的大夫身影只剩一個小黑點。大夫最後一次轉身看著揮手道別的海蒂，還有陽光下的阿爾卑斯山，他輕聲自言自語地說：「上面真是療癒身心的好地方，會讓人對生命又充滿信心。」

18

在小村子裡的冬天

阿爾姆木屋四周的雪已經積得很高，雪已經堆積的和窗戶一樣高了，整棟木屋的下半部全埋在雪底下，連門也不見了。要是大叔現在還留在阿爾姆上，恐怕每天就得和彼得一樣，早上必須從窗戶跳出去。而且因為夜裡通常會下雪，但天氣又還不夠冷，所以夜裡的積雪還不會結凍，整個人就會陷在鬆軟的雪堆裡，彼得總是手腳並用，使勁地又扒又踢才能從雪堆裡爬出來。這時他媽媽會從窗口遞出一把很大的掃帚給他，然後他就用掃帚清開面前的雪，開出一條路到門口。到了門口，他還有重要的工作要做，必須要趕快把所有的雪都鏟開，否則門一開，鬆軟的雪就會一大坨一大坨地掉進廚房；如果雪結冰了，就會像一堵冰牆擋在門外，人出不來也進不去，也只有彼得可以從小窗戶跳出來。不過對彼得來說，結冰也有很多方便的地方。如果他必須到小村子，他只要打開窗戶，從窗口爬到外面結凍的平地，然後坐上媽媽從窗口遞給他的雪橇，隨便從哪裡出發，只要一滑，最後都會到小村子，因為整個阿爾姆就是一個巨大的滑雪道。

大叔今年沒有留在阿爾姆山上過冬。他履行諾言，在第一場大雪過後，他鎖上了木屋和羊棚，帶著海蒂和他的羊，搬到小村子裡。在教堂和牧師家附近有一棟寬敞的破舊屋子，很久以前那是一棟很大的莊院，雖然現在已經半倒塌，但是很多地方都還隱約看得出來以前的風貌。房子從前的主人是一個勇敢的士兵，他曾加入西班牙的軍隊，有過許多英勇的事蹟，搶來不少財富。有一天他回到故鄉，花了一筆錢蓋了這棟漂亮的房子，他原本想在這裡定居，但是他已經習慣外面的花花世界，無法忍受小村子單調寧靜的生活，所以沒過多久他又再次離開家鄉，從此再也沒有回來過。多年以後，傳來他過世的消息，住在山谷的一個遠房親戚繼承了房子，可是房子已經破損，新屋主不想花錢整修重建，因為房租便宜，窮苦的人家就搬進來了，要是房子有什麼地方坍落，也就放著沒人管。就這樣又經過了許多年。

當年大叔帶著兒子托比亞斯回到故鄉，就是在這棟破舊不堪的房子住了一段時間。從那以後，這棟房子大部分時間是空著的，因為不懂怎麼修補那些洞和隙縫的人是沒辦法住在這裡的。位於山中的小村子，冬天寒冷漫長，房子到處有隙縫，冷風會從四面八方鑽進房子，剛點著的燈火就會熄滅，那些窮苦人家也只能冷得發抖。可是大叔有辦法，當他決定要到小村子裡來過冬，就把舊房子租下了，一整個秋天，他常下山來按照自己的意思整修房子。十月中，他就帶著海蒂搬到這裡住了。

如果從後門走進屋子，首先看到的是寬闊的大廳，有一面牆已經完全倒塌，另一面牆只剩下一半。在這半面牆的上方有一個拱型的窗戶，但是玻璃早已經不見了，窗櫺四周繞滿常春藤，甚至已經爬上另半邊的牢固屋頂。那是個漂亮的圓形屋頂，這裡原本是祈禱室。從少了門的門口繼續走進去是另一個大廳，地上還看得見一些漂亮的石板，在石板之間長滿野草。這裡的牆也都只剩一半，有一大塊的屋頂也不見了。如果不是還有幾根粗壯的柱子支撐著殘留的屋頂，剩下的這塊屋頂恐怕隨時都可能掉落了。大叔在這裡的四周釘上木條，地上鋪了厚厚的乾草，準備做為山羊的居所。接著經過無數的通道，大部分殘缺不全，有的地方可以窺見天空，有的地方可以看到外面的草地和小路。

到了最前面，還有一道沉重緊閉的橡木門，進了門是一個很寬敞的房間，這裡四面牆都裝有護牆板，所以沒有裂縫。房間的角落有一個幾乎和屋頂一樣高的巨大爐子，外面鑲嵌的白色磁磚上有藍色的圖畫。其中一幅畫，有著被高大樹林圍繞的幾座古塔，樹林底下獵人帶著狗去打獵。另一幅是橡樹林旁有一個寧靜的湖，湖面上映著橡樹的蔥鬱倒影，有一個漁夫拿著釣竿在岸邊垂釣。爐子旁邊圍著長凳，坐在長凳上就可以欣賞那些畫。

海蒂一進到這個房間，立刻就喜歡上這裡，她跑到爐子旁邊的長凳坐下來，欣賞那些圖。可是當她繼續往爐子後面一探，新的景象完全吸引了她的注意力。原來爐子和牆之間還有很大的空間，那裡有四塊長條木板架起了一個像蘋果箱的東西，但是裡面沒有放蘋果，那是海蒂的床，和阿爾姆山上的床一模一樣，先是鋪上厚厚的乾草，再鋪上床單，還有當做被子的大麻袋。海蒂高興地歡呼：「哇，爺爺，這是我的房間，喔，好漂亮！可是你睡在哪裡呢？」

「妳的房間必須在爐子旁邊，妳才不會凍著。我帶妳去看我的房間。」爺爺說。

海蒂蹦蹦跳跳地跟著爺爺穿過房間，來到另一頭，爺爺打開一扇門，門後面是一個小房間，爺爺的床就在裡面。房間裡還有另一扇門，海蒂打開那一扇門，她呆住了，那是一個像廚房的地方，但是她從來沒看過這麼大的廚房。爺爺一定花了不少功夫整理房子，而且還有很多他必須整修的地方，因為牆上到處是洞和裂縫，冷風會從那裡鑽進來，儘管爺爺已經在牆上釘了不少木板，看上去就像到處都是小壁櫥。除此之外，爺爺也用了很多鐵絲和釘子固定那扇老舊的大門，才讓門可以關上，隔絕了外面雜草叢生的廢墟，有很多甲蟲和壁虎在那裡棲息。

海蒂很喜歡這個新家，她仔細檢查每個角落。隔天彼得來看她，她帶著他到處看，完全不讓他閒下來，非要他看完新家所有奇怪的東西。

在爐子旁邊，海蒂睡得好極了，可是每天早上她一醒來，總以為還在阿爾姆山上，聽不到樅樹發出的窸窣聲，她就想立刻打開門到外面看看，是不是積雪太重壓彎了樹枝。因此每天早上她一醒來，總是先左看右看，直到她想起自己在哪裡。每當她發現自己不在山上，就會覺得有什麼東西壓在心上，快要窒息。但只要她聽到外面傳來爺爺跟小天鵝和小熊說話的聲音，山羊大聲的咩咩叫，彷彿在對她喊：「來啊！海蒂快到這裡來！」她就會察覺她確實在家裡，接著立刻跳下床，跑到羊棚。到了第四天，海蒂說：「今天我一定要去看婆婆，太久沒去看她，她會很寂寞的。」

可是爺爺不同意。「今天和明天都不行。阿爾姆上面的積雪太深了，而且現在還在下雪，連結實的彼得都幾乎過不來。妳個子這麼小，馬上就會被埋進雪堆裡，找都找不到了。再等些時候吧，等雪結凍了，妳就可以輕鬆踏在雪地上走上山了。」

剛開始海蒂有點擔心，可是現在她要做的事很多，時間不知不覺就過去了。海蒂每天早上和下午都到學校上課，她非常用功學習。但是她幾乎看不到彼得，因為他都不來上課，老師脾氣很好，只會偶爾說：「彼得好像又沒來上課，上課對他有好處。大概是山上的雪下得太大，又下不來了。」可是到了傍晚下課之後，彼得通常會下山來看海蒂。

過了幾天，太陽又露臉了，陽光照在白色的大地上。可是很快又下山了，好像它不喜歡現在似的，因為這時候不像夏天有綠地和花朵。可是夜裡皎潔的月光映照在一望無際的雪地上，整座阿爾卑斯山閃亮耀眼的像顆水晶。

這天一大早，彼得像往常一樣想從窗子跳到雪堆裡，可是今天卻出乎他的意料，他一跳出去，不是落在鬆軟的雪堆裡，而是在堅硬的雪地摔了一跤，而且像個無人的雪橇往山下滑了一段距離。他嚇一大跳，最後好不容易才站起來，他用力踏著地面，要確定是不是真的結凍了！沒錯，不管他怎麼用力踩踏，用腳跟敲，都沒有雪塊飛出來。整個阿爾姆已經結冰，而且堅硬如石。這正合彼得的意，這樣一來，海蒂就可以上山了。他趕緊跑回家，喝了媽媽為他準備好的羊奶，把一小塊麵包塞進袋子裡，然後匆匆忙忙說：「我得去上學了！」

「是啊，那就去吧，好好乖乖地學習。」他媽媽贊同地說。

因為冰雪已經把門給堵住了，彼得又從窗子爬出去，他拖著雪橇，坐上去之後一路滑下山。雪橇的速度像閃電，到了小村子又繼續往邁恩費爾德的方向滑去，但從山上滑下來的衝力讓他過了邁恩費爾德好一段路，才有辦法停下來。不管怎麼樣，他上課是鐵定遲到了，那就慢慢來吧。他悠哉地走回小村子，他到的時候，海蒂也剛好從學校回到家，和爺爺一起吃午餐。彼得一走進門，馬上迫不及待大喊：「成了！」

「什麼成了？將軍，聽起來像要打仗。」爺爺說。

「雪已經結冰。」彼得回答。

「那我就可以上山去看婆婆了！」海蒂高興得不得了，她聽懂彼得的話。「可是你為什麼不來學校上課呢？你可以坐雪橇下來呀！」海蒂突然責問彼得，她覺得他明明可以來上課卻故意不來，實在很不應該。

「雪橇滑過頭了，就來不及去上課了。」彼得辯解說。

「那叫開溜。懲罰這種人的方法就是揪耳朵，知道嗎？」大叔說。

彼得嚇得趕緊把帽子往下拉，這世界上他最怕的人就是阿爾姆大叔。

「而且像你這樣的山羊將軍，開溜這種事加倍可恥。」爺爺繼續說，「你說說看，如果你的山羊不聽你的話，一隻往東，一隻往西，再也不想跟著你，你會怎麼辦？」

「打牠們呀！」彼得非常在行地回答。

「如果有個小子也像一隻不聽話的山羊，被打了，你覺得怎麼樣？」

「那他活該。」彼得回答。

「好了，山羊將軍，要是你下次在應該到學校上課的時間，還坐著雪橇滑過頭，那就到我這裡來，準備活該挨打！」

這時彼得終於聽懂了爺爺的話，爺爺說的那個像山羊一樣不聽話逃跑的小子就是他。他慌張地看看角落裡有沒有像他用來修理山羊的鞭子之類的東西。

大叔突然好意地對他說：「坐下來吃點東西吧，等一下讓海蒂跟著你回去，晚上你再帶她回到這裡，晚上你也在這裡吃吧。」

這出乎意料的轉變讓彼得喜出望外，他立刻坐到海蒂旁邊。海蒂已經吃飽了，知道可以去看婆婆，她高興得吃不下了。她把盤子裡剩下的一大塊馬鈴薯和烤乳酪都給了彼得。爺爺也幫他盛了一大盤，彼得面前的食物堆得像一座堡壘，他已經等不及要進攻了。海蒂跑到櫃子前面拿出克拉拉送給她的外套，她現在穿得暖呼呼的，罩上連在外套上的帽子就可以上路了。她站在彼得旁邊看著他吃下最後一口，然後迫不及待地說：「好了，走吧！」

他們出發了。海蒂告訴彼得，關於小天鵝和小熊第一天住進新的羊棚裡的事，牠們剛開始什麼也不吃，整天垂頭喪氣悶不吭聲。她問爺爺牠們為什麼會這樣，爺爺說牠們像海蒂當初在法蘭克福的時候一樣，因為牠們這一輩子還沒有離開過阿爾姆。海蒂加了一句：「彼得，你要親身經歷一次，才會知道那種感覺。」

一路上，一直到快到家了，彼得一句話也沒說，似乎在想什麼事情，根本不像往常一樣注意聽海蒂說話。到了家門口，彼得停下來，倔強地說：「好吧，那我寧可去上學，也不要去大叔那裡接受他的處罰。」

海蒂贊同他的想法，而且大力支持他的決定。進到屋裡，海蒂只看到彼得的媽媽在做針線活。彼得的媽媽說，因為天氣太冷了，婆婆必須待在床上，而且婆婆覺得身體不太舒服。海蒂立刻跑到房間裡，看到婆婆躺在床上，她全身裹著那條灰色的圍巾，上面蓋著一條單薄的被子。

「感謝上帝！」婆婆聽到海蒂的腳步聲，不禁這樣說。她一整個秋天都在擔心，尤其是海蒂有一陣子沒來看她，她聽彼得說有一個從法蘭克福來的大夫，天天和海蒂一起上阿爾姆，婆婆一心以為那位大夫是要來把海蒂帶回法蘭克福。儘管那位大夫最後自己一個人回去了，婆婆還是經常擔心有人會從法蘭克福來把海蒂帶走。

海蒂跑到婆婆的床邊關心地問：「婆婆，妳的病很嚴重嗎？」

「不，孩子，我只是覺得四肢冰冷。」婆婆輕輕撫摸海蒂說。

「只要天氣變暖和了，妳就會好起來嗎？」海蒂著急地問。

「是啊，主保佑，我很快就能再坐起來紡線了。我今天還在想要試試，明天一定就可以了。」婆婆信心十足的對海蒂說，因為她已經察覺海蒂受到驚嚇。

她的話讓海蒂稍微放心，她從來沒見過婆婆生病躺床上。她看著婆婆的樣子覺得有點奇怪，一會兒之後她說：「在法蘭克福人們出門散步的時候才圍圍巾，婆婆，妳是不是以為那圍巾是睡覺時候用的？」

「海蒂，我是因為太冷了，所以才拿來裹在身上，這條被子實在是太單薄了。」婆婆回答。

「還有妳的床傾斜了，頭的地方往下，腳的地方往上，床不應該是這樣子的。」海蒂繼續說。

「孩子，我知道，我也感覺得到。」婆婆試著調整頭的位置，她的頭底下是像塊薄木板的枕頭。「這枕頭原本就不高，我又已經在上面睡了這麼多年，早就被我壓扁了。」

「啊，早知道我就問克拉拉，可不可以把我的床也帶回來。我有三個又大又厚的枕頭，我總是睡不好，頭老是往下滑，然後我又得把頭挪上去，因為那裡的人必須這麼睡。婆婆，妳可以那樣睡嗎？」

「當然，這樣身體會暖和，頭墊高，呼吸也會順暢些。」婆婆一邊說，一邊努力抬起頭挪了挪，像要在枕頭上找到比較高的位置。「我們不要再說這些了，感謝主，我已經得到很多其他老人和病人沒有的東西，我總是有新鮮的白麵包可以吃，還有這一條漂亮暖和的圍巾，而且妳常常來看我，海蒂，妳今天能不能唸點什麼給我聽？」

海蒂立刻到外面把那本舊的聖歌拿進來，然後找出一首又一首好聽的聖歌，她已經很熟悉這些聖歌。她自己也很高興能再聽聽那些她喜歡的段落，她已經好些日子沒聽到了。婆婆雙手合握，躺在床上，原本憂愁的表情慢慢變成了愉快的笑容，彷彿莫大的幸福降臨。

海蒂突然停下來。「婆婆，妳的病已經好了嗎？」

「我感覺好多了，海蒂，把它唸完好不好？」

海蒂繼續把那首聖歌唸完，最後的一段是這樣的：

「倘若我的眼前變得黑暗
請照亮我的心靈
讓我滿心喜悅走過
彷如回故鄉。」

婆婆一遍又一遍重複唸著，臉上充滿喜樂和希望。海蒂感到很安心，她回家時那個晴朗的日子浮現心頭，她高興地大喊：「婆婆，我知道一個人回故鄉是什麼樣的心情。」婆婆聽見海蒂的話，但什麼話也沒回答，她臉上仍舊保持著那讓海蒂安心的表情。

「天快黑了，婆婆，我必須回家了。可是我好高興看到妳好多了。」

婆婆緊緊握住海蒂的手，說：「是啊，我也好高興，雖然我必須躺著，但是已經覺得好多了。妳看，一個人要親身經歷過才會知道那是什麼感覺：很多天孤孤單單躺在床上，沒有人可以說話，什麼也看不見，連一點光線都沒有，心情當然就會很沉重，有時甚至會想日子再也過不下去了。可是我只要聽到妳唸的那些句子，我就會覺得內心深處又看到光明，心情又好起來。」

海蒂和婆婆道了晚安之後，跑回外面的房間，趕快拉著彼得往外跑，因為天已經黑了。天上的月光照亮白色的雪地，彷彿黎明將至。彼得把雪橇拉好然後坐在前面，讓海蒂坐在他後面，兩人從阿爾姆飛快滑下山，就像兩隻在空中飛翔的鳥。

晚上海蒂躺在爐子後面又高又漂亮的乾草床上，她又想起了婆婆，想起她睡得多不舒服，沒有舒服的枕頭，也想起她說的話，她心中的亮光。她想，如果婆婆每天都能聽到那些聖歌，身體一定會舒服些。可是接下來一整個星期，甚至兩三個星期，她都沒辦法上山去看她。海蒂突然感到很難過，她非得想個辦法讓婆婆天天都能聽到那些聖歌，終於讓她想到一個好主意，她高興極了，等不及天亮好展開行動。

海蒂突然又坐起來，原來她為了想婆婆的事忘了晚禱，她可不能再忘記。她非常虔誠地為自己、爺爺，還有婆婆祈禱，之後才躺回她的乾草床上，安安穩穩地一覺睡到天亮。

19

漫長的冬天

第二天早上，彼得準時下山來到學校，他把午餐放在袋子裡。因為小村子裡的學校是這樣的：中午下課之後，住村子裡的孩子就回家吃飯。家住遠一點的人就留在學校，坐在桌子上，腳撐在板凳上，把帶來的午餐放在大腿上，和大家一起吃自己午餐。然後他們可以玩到一點鐘，下午再繼續上課。彼得如果乖乖來上課，下午放學之後就會到阿爾姆大叔那裡找海蒂玩。

這一天放學之後，他又到大叔家。他才一踏進門，海蒂就衝過來對著他說：「彼得，我有個好主意。」

「什麼好主意？」彼得回答。

「從現在開始你要學認字讀書。」

「我已經學過了。」

「我知道。彼得，我的意思是你要真的學會。」海蒂認真地說。

「我學不會。」

「沒有人會再相信你的話，我也不相信。」海蒂反駁。

聽海蒂這麼說，彼得嚇一大跳。

「我要教會你識字唸書，而且我知道怎麼做。」海蒂繼續說，「你現在一定得學會，然後你就可以每天唸一、兩首聖歌給婆婆聽了。」

「沒有用。」彼得嘴裡嘟噥。

彼得很固執，老是反對那些對他好或他該做的事，而且現在又是海蒂認為非常重要的大事，這下可讓海蒂生氣了。她兩眼冒火站在彼得面前狠狠地說：「好，那現在我就可以告訴你，如果你不學會有什麼後果！你媽媽已經跟我說過兩遍，要把你送到法蘭克福，讓你學點東西。我知道那裡的男孩都到哪裡去上學，有一天我和克拉拉坐馬車經過學校，克拉拉指著一棟很大很大的房子跟我說，在那裡不只小孩子，而且一直到他們長大，都還要上學，那可是我親眼看見的。而且你不要以為那裡像我們這裡一樣，只有一個脾氣好的老師，那裡有很多老師，每個老師都穿著一身像要去上教堂的黑衣服，頭上還戴著這麼高的帽子——」海蒂一邊說一邊比帽子放在地上有多高。彼得嚇得背脊都涼了。「想想看，你必須到學校讓那些大人給你上課，如果輪到你，你卻不會讀書，連拼字都一直出差錯，你就會知道那些先生怎麼嘲笑你了，一定比蒂娜德還要惡毒，你應該嚐嚐被蒂娜德嘲笑的滋味。」海蒂激動地說。

「好吧，我學就是了。」彼得心不甘情不願地說。

「很好，那我們馬上開始吧！」海蒂高興地說，立刻拉著彼得坐到桌子旁邊，動作迅速地拿出工具。克拉拉寄來的包裹裡有一本小書，那是一本學ＡＢＣ的書，還編了歌謠。昨天晚上她已經想到可以用來教彼得識字。現在兩個人坐在桌子旁邊，一起低頭看著那本小書，海蒂開始上課了。首先，彼得必須一個字母一個字母拼出句子，然後再一次又一次的練習，因為海蒂要求他要唸到順暢為止。最後她很失望地說：「你還是不會，現在我先唸給你聽，你就知道該怎麼唸了，就會容易多了。」

於是海蒂開始唸：「如果今天ＡＢＣ還學不會，明天叫你去法院罰跪。」

「我不去。」彼得倔強地說。

「去哪裡？」海蒂疑惑地問。

「法院。」彼得回答。

「那就好好學會這些字母，你就不用去了。」海蒂鼓勵他。

彼得只好再接再厲不斷重複這三個字母，直到海蒂說：「好了，這三個字母你已經會了。」她已經察覺到這些歌謠對彼得產生的作用，於是決定好好利用，好讓接下來的課容易一些。「好了，我再唸下面的歌謠給你聽。你就知道接下來要學些什麼。」海蒂說，然後開始唸：「DEFG必須要流利，否則老爺會發脾氣。HIJK別忘記，否則倒楣狗臭屁。L和M還結巴，等著被人看笑話。接下來還有NOPQ趕快要記好，免得去坐牢。RST傻傻分不清，接下來痛苦倒楣加不幸。」

彼得在一旁一聲不響，海蒂停下來想看看他究竟在做什麼。彼得被這一連串唬人的歌詞嚇壞了，正呆呆地看著海蒂。海蒂有點不忍心，於是安慰他說：「彼得，你不用害怕，從現在開始，你只要每天傍晚到這裡來，而且每次都像今天一樣用心，你一定會學會所有字母，就不會有事了。可是你得天天來，不能像去學校那樣溜掉，就算下雪，我知道你還是有辦法來的，不是嗎？」

彼得答應了海蒂的要求，因為那些嚇人的句子讓他願意乖乖學習。現在他終於可以回家了。接下來，彼得天天準時到海蒂這裡報到，而且非常用功學習接下來的字母，同時記住那些歌謠。爺爺通常坐在一旁愉快地抽著煙斗，一邊聽他們學習。他的嘴角有時上揚，像忍不住要大笑。在努力學習之後，爺爺會留彼得一起吃晚餐。豐盛的一餐立刻補償了他學習那些嚇人句子時所忍受的恐懼。

冬天就這樣過去了。彼得天天來報到，很認真的學習，也確實進步了。不過那些歌謠他還是天天背得很辛苦。現在終於學到U了。

「U和V要是再混淆，不願去的地方肯定讓你走一遭。」

彼得一聽嘀咕說：「我才不去！」可是他還是拼命地記住，好像是怕有人會揪住他的領子，把他拖到他不願意去的地方似地。

第二天傍晚，海蒂繼續唸：「要是對W還不知曉，瞧一瞧牆上掛鞭條。」

彼得趕緊看了看牆上，然後嘲弄地說：「牆上沒有鞭條。」

「沒錯，可是你知道爺爺的櫃子裡有什麼嗎？」海蒂回答，「有一根跟我的手臂一樣粗的棍子，如果拿出來你也可以說：瞧一瞧牆上的棍子。」

彼得知道那一根榛樹棍，於是趕快又趴到書上，努力把W記住。

隔天的歌謠是這樣的：「倘若X還是記不住，今天你就沒得填飽肚。」

彼得看著放麵包和乳酪的櫃子，然後生氣地說：「我又沒說我會忘記X。」

「那就對了，如果你不會忘記，我們就繼續再學一個，那明天就只剩最後一個字母了。」海蒂建議。

彼得不同意。可是海蒂已經繼續唸了：「Y常常記不牢，輕蔑譏笑躲不掉。」

這時彼得的腦海浮現法蘭克福那些戴著黑色高帽子的先生，臉上露出的輕蔑和譏笑。他立刻緊盯著Y，直到他連閉上眼睛都還知道Y長得什麼樣子。

第二天彼得來的時候精神抖擻，因為只剩下最後一個字母。海蒂馬上唸了最後的歌謠：「Z還遲遲背不好，一路送你到野人堡！」

彼得嗤之以鼻說：「什麼野人，沒有人知道他們在哪裡！」

「誰說的，爺爺就知道他們在哪裡。你等著，我現在就去問爺爺。他現在人在牧師那裡。」海蒂跳起來就要出門了。

「慢著！」彼得驚慌地大喊，他眼前已經浮現大叔和牧師兩個人走來準備把他抓起來送去野人堡的景象。因為他真的記不住Z。

「你又怎麼了？」海蒂驚訝地問。

「沒事！妳回來！我背好就是了。」彼得結巴地說。

海蒂自己也很想知道野人住哪裡，可是她聽到彼得的叫聲那麼可憐，只好又走回來。這下子彼得不能偷懶了，他不斷重複背Z，直到最後這個字母深深刻在他腦子裡為止。海蒂接著教他拼讀音節，這一天晚上彼得學了很多東西，一下子往前邁了一大步。

就這樣日子一天一天過去，雪又變鬆軟了，而且最近每天下雪，讓海蒂整整三個星期都沒辦法上山看婆婆。因此她下更多功夫教彼得認字，希望他很快就能代替她唸那些聖歌給婆婆聽。

終於有一天晚上，當彼得從海蒂那裡回到家，一進門就大喊：「我會了！」

「你會什麼了，彼得？」媽媽充滿期待地問。

「讀書啊。」彼得回答。

「真的嗎？婆婆，妳聽到了嗎？」布莉姬特大喊。

婆婆聽見了，只是很驚訝他是怎麼學會的。

「我現在得唸一首聖歌，這是海蒂說的。」彼得繼續說。

媽媽趕忙把那本聖歌拿來。婆婆顯得很高興，她已經很久沒聽到那些撫慰人心的字句了。彼得坐到桌子旁邊，然後開始朗讀。他媽媽也坐到他旁邊認真聽他朗讀。彼得每唸完一個段落，她總要驚嘆一句：「真是沒想到！」婆婆什麼也沒說，她專心聽著彼得一句一句地唸。

第二天，學校剛好也上練習朗讀的課。輪到彼得的時候，老師說：「彼得，要像平常一樣把你跳過去，還是你要試試唸個一、二行？我不勉強你。」

彼得一連流利地唸了三行。老師聽了立刻放下書，驚訝地看著彼得，他似乎從來沒碰過這樣的事，最後他才開口說：「彼得，奇蹟在你身上發生了！以前不管我費盡多少心思教你，你連字母怎麼拼都不會。我實在不願意，但還是不得不放棄，可是你卻突然學會了拼讀，而且還可以流利清楚地朗讀。彼得，這奇蹟是怎麼發生的？」

「因為海蒂。」彼得回答。

老師非常驚訝地看著海蒂，她和平常並沒什麼兩樣，規矩地坐在她的位子上。老師繼續說：「彼得，我已經注意到你的改變，以前你常常整個星期不來上課，有時候還連續幾個星期都不來，可是最近你天天來上課，又是什麼改變你的？」

「因為大叔。」彼得回答。

老師愈來愈驚訝，看看海蒂，再看看彼得。「我們再試一次。」老師想確定彼得是不是真的學會了。彼得再次準確流暢地唸了三行，他果然學會認字讀書了。放學後，老師立刻去找牧師，告訴他這件事。大叔和海蒂到村子裡住之後，做了一件令人驚喜的事。

現在每天晚上，彼得都會唸一首聖歌給婆婆聽。這是海蒂要求他的，不過僅僅就這麼一首，沒有第二首，婆婆也從來不多要求。布莉姬特還是不太敢相信，彼得竟然能達到這個目標。有時等彼得唸完聖歌上床之後，她總會忍不住對婆婆說：「我實在太高興了，彼得學會唸書，還唸得這麼好，真不知道他將來能做什麼大事呢。」

婆婆有一次就這麼回答：「是啊，他能學點東西是好事。可是我還是真心期盼春天快點來，讓海蒂能再上來，她唸的聖歌就是不一樣，彼得唸的時候，一個段落有時會漏了什麼，我想著想著就跟不上了，不像海蒂讀的那麼感動我。」

這全是因為彼得常常偷懶，他遇到太長或太難的字就跳過去，他心想，一個章節少了三、四個字沒什麼大不了的，婆婆一定不會在意，反正字那麼多，結果他唸的聖歌幾乎都沒有名詞。

20

遠方的朋友捎來消息

終於到了五月。山上的冰雪融化了，小溪漲滿了水潺潺地流向山谷。阿爾姆又浸潤在溫暖燦爛的陽光中，高山牧場一片新綠，最後的雪也融化不見了。聽見陽光的召喚，早春的小花在嫩綠的小草之間張開眼探出頭。春風快活地穿過樅樹，搖落那些乾枯的針葉，好讓嫩綠的新葉長出來妝點樹木，增添春天的氣息。山頂上的老鷹又展開翅膀在藍天上翱翔，溫暖的金色陽光照在阿爾姆木屋的四周土地上，地面也已經乾了，可以隨地愛坐哪裡就坐哪裡。

海蒂又回到阿爾姆，她到處蹦蹦跳跳，覺得每個地方都好漂亮，說不出哪裡最美。現在她停下來聆聽風聲，風從高山上吹下來，低沉而且神祕，愈來愈近，愈來愈強，穿進樅樹猛力地搖撼，彷彿在大聲歡呼，海蒂不由得也跟著歡呼，同時也被風吹得像一片小葉子一樣搖晃。接下來她跑到木屋前面被陽光照到的地方，坐在地上仔細檢查短短的草地有多少小花快開了，多少已經開了。草地上還有許多蚊子和小甲蟲在陽光底下快樂地飛舞。海蒂心情很快活，深深呼吸著春天從大地甦醒的新鮮氣息，覺得阿爾姆從來沒這麼美麗過。那些成千的小蟲子一定像她一樣快活，牠們雜亂無章嗡嗡嗡彷彿唱著：「在阿爾姆！在阿爾姆！在阿爾姆！」

從屋子後面的棚子傳來敲打釘子和鋸木頭的聲音，那熟悉的聲音吸引了海蒂，她側耳傾聽那熟悉懷念的聲音，來到阿爾姆之後那聲響成了生活的一部分。海蒂急忙跳起來，她想看看爺爺在做什麼。在棚子前面擺了一張剛做好的漂亮椅子，爺爺的巧手正在做第二張椅子。

「我知道，這是做什麼用的。」海蒂高興地說。「這是給法蘭克福來的客人準備的椅子，那一張是給奶奶的，你現在做的是給克拉拉的，然後——然後你還得再做一張。」海蒂猶豫了一下繼續說：「爺爺，你覺得羅騰麥爾小姐會不會來？」

「這我可不知道，」爺爺回答，「不過最好還是再做一張，要是她來了，客人總要有地方坐。」

海蒂若有所思地看著那張沒有靠背的小椅子，她想像著羅騰麥爾小姐和小椅子搭不搭，然後她充滿疑慮地搖搖頭說：「爺爺，我覺得她一定不肯坐這樣的椅子。」

「那我們就請她坐鋪綠草墊的美麗長沙發椅吧！」爺爺泰然自若地回答。

海蒂還在想著哪來的鋪綠草的長沙發椅？山上突然傳來口哨聲和喊叫聲，還有枝條畫過空氣的聲音，海蒂立刻就知道是誰來了。她飛奔出去，一下子就被下山的羊群團團圍住了。牠們和海蒂一樣高興，因為又能回到阿爾姆來了。牠們跳得好高，興奮地咩咩叫，把海蒂推過來擠過去，每隻羊爭先恐後要到海蒂身邊分享快樂。可是彼得把牠們左右推開，他有一封信要交給海蒂。他好不容易才靠近海蒂，把信交給她。「給妳的。」

海蒂很驚訝，好奇地問：「你在草地上收到給我的信嗎？」

「不是。」

「那你是在哪裡拿到這封信的？」

「在裝麵包的袋子裡。」他說的沒錯，昨天傍晚小村子裡的郵差要他把信轉交給海蒂，他順手就把信放在空袋子裡。今天早上他把麵包和乳酪塞進袋子就出門了，上山時順道來領了大叔的羊，當然也看到大叔和海蒂，可是他一直到中午吃完了麵包和乳酪，又翻找袋子看看有沒有剩下的麵包屑時，才又看到這封信。

海蒂看了看上面寄信人的地址，馬上跑到爺爺身邊，高興的舉起信給他看。「法蘭克福來的信，是克拉拉寫來的！爺爺，你要不要馬上聽？」

爺爺當然想聽，跟在海蒂後面的彼得也想聽一聽，他把背靠在門柱上，找個舒服的姿勢，仔細聽著海蒂唸那封信。

「親愛的海蒂：我們都已經打包好了，再過兩、三天，等爸爸出發，我們也會出發。不過爸爸不是要和我們一起去，他要先去巴黎一趟。克拉森大夫天天來，只要一進門就大喊：『走吧！走吧！上阿爾姆！』他已經等不及我們出發了。妳一定知道他有多喜歡阿爾姆。整個冬天，他幾乎天天到家裡來，他總是到我身邊，一再說山上的事給我聽。在我旁邊一坐下，他就會開始講述他在阿爾姆上和妳，還有爺爺，在一起的那些日子。他提到那些山，還有山上美麗的花朵，還說到村子和街道的寧靜，說那裡的空氣清新無比。他總是說：『不管誰到了山上都會變得很健康。』自從他在那裡住了一陣子之後，也變得完全不一樣了，他看起來比以前年輕有活力。想到我馬上就可以看到這一切，而且可以和妳在一起，也能和彼得及那些山羊做朋友，我好高興。可是我必須先到拉加茲療養六個星期，那是大夫的命令，之後我們就會去小村子裡住。如果天氣好，我可以坐轎子讓人抬上山，整天和妳在一起。奶奶也會一起去，陪在我身邊。她也很高興能到山上拜訪妳住的地方。不過，羅騰麥爾小姐不去。奶奶幾乎每天都會問她：『羅騰麥爾，真的不想跟我們一起去瑞士嗎？』她總是很客氣地推辭，說她不想太不知足之類的。不過我知道她在想什麼，自從賽巴斯提安送妳回家，他從瑞士回來之後就把阿爾姆說得很可怕，他說那裡到處是懸崖峭壁，一不小心就會掉下去，而且山路很陡，每走一步都得擔心會不會往下滑，那種地方只有山羊可以上得去，人要上去就得冒生命危險了。她聽了之後嚇壞了，從那之後她再也不像以前一樣嚮往瑞士了。蒂娜德也同樣嚇到了，羅騰麥爾小姐也不想去。因此只有奶奶和我一起去。賽巴斯提安必須送我們到拉加茲，然後他就可以回家了。我真希望能立刻見到妳。親愛的海蒂，再見，奶奶要我向妳問好。妳的好朋友克拉拉。」

彼得聽完最後一句，立刻跳了起來站直身子，拿起他趕羊的枝條，粗暴地左右亂揮，羊群驚嚇過度急忙四處往山下逃命，牠們很少這個樣子。彼得揮舞著枝條在後面追趕，就像在對一個可怕的敵人發洩怒火，這個敵人就是法蘭克福的客人不久之後即將到來的消息，這個消息激怒了彼得。

相反的，海蒂高興得不得了。她打算第二天就去看婆婆，告訴她哪些人要從法蘭克福來，哪些人不來。婆婆一定會很在意，因為她知道所有人，海蒂常常說起她們，婆婆總是特別關心海蒂的生活。

第二天下午，海蒂準時出門，因為這季節她又可以自己一個人下山了，天氣晴朗而且太陽不會那麼早下山，地面是乾的，她可以快樂地跑下山，五月的風在她背後呼嘯，追著她跑。婆婆已經不躺床上了，她像往常一樣坐在角落紡線，可是從她的臉上看得出來她心事重重。從昨天晚上彼得回來之後，她就開始擔心得整夜睡不著覺。彼得回家的時候怒氣沖沖，她從他斷斷續續的話裡知道有一群人不久就會從法蘭克福來，到阿爾姆的木屋去看海蒂，以後會發生什麼事他也不知道。

海蒂一進門立刻跑到婆婆面前，像往常一樣坐在小板凳上，迫不及待要告訴婆婆所有的事，愈說愈起勁，講到一半她突然停下來，擔心地問：「婆婆，妳怎麼了？妳一點也不高興的樣子。」

「怎麼會，海蒂，我替妳高興，看到妳開心我就高興了。」婆婆回答，同時試著擠出笑臉。

「可是婆婆我可以看得出來，妳有心事。妳是不是怕羅騰麥爾小姐也會來？」海蒂問，其實她自己也有點害怕。

「不，不，沒有這回事！沒有這回事！」婆婆安慰海蒂。「把妳的手給我，海蒂，讓我感覺妳還在這裡，只要妳過得好，就算我來日不多了。」

「婆婆，如果我見不到妳了，我不會過得好的。」海蒂堅決地說。聽她這麼一說，婆婆心裡再一次感到不安，她認為法蘭克福來的人是要把海蒂帶回去，因為海蒂的身體已經恢復健康，他們一定是要來把海蒂帶回去的。這就是婆婆最擔心的事，可是她覺得不能讓海蒂察覺，她一定會跟著難過，也許還會抗拒不肯走，這可不行。於是婆婆想到讓自己分心的辦法。「海蒂，我知道有個好辦法可以讓我心情變好，唸那首開頭是『仁慈的主自有安排』的聖歌給我聽吧！」

海蒂已經非常熟悉那本聖歌集，她馬上找到婆婆想聽的那一首，大聲朗讀：

「仁慈的主自有安排
萬事萬物皆得拯救
任由世間驚濤駭浪
堅信眾人終將平安。」

「這就是我想聽的。」婆婆得到安慰，心裡感覺舒暢多了，臉上的愁容也消失了。

海蒂若有所思地看著婆婆，說：「婆婆，皆得拯救，就是說一切又恢復完好的意思對不對？」

「對，對，就是這樣。」婆婆點頭說。「因為仁慈的主自有祂的安排，所以不管發生什麼事，我們都可以安心接受。再唸一遍，我們都要牢牢記住，別再忘記。」

海蒂立刻又朗讀了一遍，接著又重複了好幾遍，因為她也喜歡這樣的安心。

傍晚海蒂踏上回家的路，頭頂上的小星星一顆一顆出現，在天空閃耀光芒，彷彿每顆星星都想把幸福快樂照進她的心裡。她不時停下來仰望滿天的繁星，愈來愈明亮的小星星也一閃一閃俯視著她。

海蒂不由得對著天上大喊：「是的，我知道，仁慈的主會讓所有的人都平安幸福，所以我可以很快樂很放心。」滿天的小星星對著海蒂眨眼睛，陪伴著她回到家。她看見爺爺站在門口，也望著天上的星星。他們已經很久沒見到這麼美麗的星空。

今年的五月不只是夜晚，白天也是晴空朗朗，已經好些年沒這樣的好天氣了。爺爺經常一大早看著燦爛的太陽在萬里無雲的藍天升起，驚嘆說：「今年真是特別的一年，陽光格外充足，草一定長得好。將軍，當心你那些蹦蹦跳跳的部下吃太好，不聽話。」

彼得勇猛地揮動手裡的枝條，臉上清楚地寫著：「我有辦法對付牠們！」

青綠的五月就這樣消逝。六月帶來更溫暖的陽光，白晝愈來愈長，阿爾姆到處開滿燦爛的花朵，空氣中瀰漫著甜美的花香。六月也慢慢走到盡頭，有一天早晨，海蒂打點好自己之後，從木屋跑出來，她想先到樅樹下，然後再往上走一小段路，看看一簇簇的龍膽花開了沒，那些小花在陽光底下實在太好看了。可是當海蒂繞著木屋跑的時候，突然間拚命地大喊大叫，爺爺不得不從棚子走出來，看看到底發生了什麼不尋常的事。海蒂激動地喊：「快來看呀！爺爺，快來看！」

爺爺走過來，順著海蒂指的方向看去，他從未見過的奇怪隊伍正蜿蜒往山上前進，走在最前面的是兩個男人抬著沒有頂的轎子，上面坐著一個小女孩，全身裹著毯子，接著一位莊重高雅的婦人騎著馬，她正好奇地環顧四週，同時熱烈地和走在旁邊的年輕嚮導交談。後面有一個小伙子推著一張空的輪椅，因為山路太陡了，為了安全起見，所以原本該坐在輪椅上的病人，現在坐在轎子上。最後是一個挑夫，他背上揹了一個籃子，裡面放了一堆毯子、圍巾和皮衣，層層疊疊，比挑夫的腦袋還高一截。

「是她們！她們來了！」海蒂又叫又跳，高興得不得了。真的是她們，她們愈來愈近了，最後終於到達。轎夫把轎子放下，海蒂跑上前，兩個小孩興奮熱情地互相問候。

接著奶奶也到了，她一下馬，海蒂立刻跑向她。奶奶溫柔地和她打招呼。之後奶奶轉身對著正走過來阿爾姆大叔打招呼，他們就像認識多年的好朋友一樣一點也不拘謹。

打完招呼之後，奶奶很熱情地說：「大叔，您這地方實在太美了！真沒想到，可能連國王都會羨慕您呢！還有我的海蒂，看起來就像朵小薔薇呀。」她把海蒂拉近，輕輕撫摸她的小臉頰。「這裡的風景實在是太美麗了！克拉拉，妳說呢？」

克拉拉完全被四周美麗的風景給吸引住了。她這一輩子還沒見過這麼壯麗的景色，連想都沒想過。「哇，這裡好美，好美啊！」克拉拉不住地讚嘆。「我從來沒想過，奶奶，我要永遠留在這裡。」

就在這時候，大叔已經把輪椅推過來了，又從籃子裡拿了一些圍巾鋪在椅子上。他走到轎子旁邊。「我們的小姐坐到平常的椅子上會舒服些，這轎子的座位太硬了。」他也不等人幫忙，用結實的手臂把瘦弱的克拉拉從轎子裡抱出來，然後小心翼翼地放在柔軟的輪椅上。他把幾條圍巾蓋在她的大腿上，把墊子墊在她的腳下，讓她更舒服些。爺爺熟練的動作，好像他一直在照顧手腳不便的病人似地。

奶奶驚訝地看著爺爺的動作，忍不住說：「大叔，要是我知道您在哪裡學會這些護理，今天我就把我認識的那些護士都送去那裡受訓，真是太不可思議了。」

大叔微微一笑說：「這些多半是來自嘗試，不是學來的。」在他的微笑中藏著一絲的感傷。在他的腦海中浮現了一張痛苦的臉，那是很久很久以前的事了。那是他部隊的隊長，在西西里島的一場激戰之後，他發現倒在地上的隊長，於是把隊長背回隊上。之後隊長的四肢再也不能動，只能坐在輪椅上。大叔從此不離不棄地照顧他，直到他痛苦地走到生命的終點。隊長癱瘓的模樣浮現在爺爺眼前，他覺得照顧好克拉拉，盡他所能讓她舒服一些是他應該做的。

木屋、樅樹和高聳矗立的灰色山岩，萬里無雲蔚藍的天空，克拉拉被四周的景物深深吸引，怎麼也看不厭。「喔，海蒂，要是我能跟妳一起繞著木屋、繞著樅樹跑就好了！」克拉拉羨慕地說。「我多麼希望可以和妳到處去看看，那些我早已經知道，可是從來沒見過的東西。」

海蒂費了好大力氣終於把輪椅推過乾燥的草地，好不容易到了樅樹下。她們停在樅樹下，克拉拉從來沒見過這麼高大的老樅樹，又長又寬的樹枝幾乎垂到地面，而且愈長愈高大粗壯。奶奶跟在她們後面，這時她也站在樹下仰望著大樹驚嘆不已。這些巍然矗立的老樹，鬱鬱蔥蔥，樹梢只要風一吹過，就會窸窸窣窣地響，像是演奏樂章。挺拔的樹幹像柱子支撐繁茂的枝葉，多年來俯視山谷的人來人往，世事變化，只有這些老樹依舊是老樣子。

海蒂又把輪椅推到了羊棚，她把小門打開，好讓克拉拉看清楚裡頭。現在裡面當然沒有什麼可看的，因為羊兒都不在家。克拉拉失望地回頭大聲喊：「喔，奶奶，要是我能等小天鵝、小熊，還有其他山羊和彼得下山該多好！如果像妳說的，必須那麼早下山，我就看不到他們了，多可惜啊！」

「好孩子，現在讓我們好好享受眼前的美景，不要想可能的缺憾。」奶奶跟在輪椅後面邊走邊說。

「啊，花！」克拉拉又一次驚呼，「一整簇的小紅花，還有藍色吊鐘花，它們正在點頭呢！要是我能走過去摘花就好了！」

海蒂立刻跑了過去，帶了一大把回來。「克拉拉，這不算什麼。」海蒂說，「要是妳跟我們到山上的牧場，那裡更好看。有一個地方長了好多好多的紅色龍膽花，還有滿山遍野的藍色吊鐘花，數不清的黃色水丁香在草地上像黃金一樣閃爍。還有一種葉子很大的花，爺爺說那叫太陽的眼睛。還有一種棕色、長得圓圓的花，味道很香。那裡真的好美，只要坐在那裡，妳就不想再站起來了，就是那麼美！」

海蒂眼裡閃著光彩，她也好想再上去看看那些花。克拉拉也感染了海蒂的熱切，在她溫柔的藍色眼珠裡也閃爍著和海蒂一樣的渴望。「啊，奶奶，我可不可以到那裡去？我可以到那麼高的地方嗎？」克拉拉熱切地問。「海蒂，真希望我能跟妳一起上阿爾姆，到處走走。」

「我可以推妳上去呀！」海蒂安慰她說。為了證明這很容易，她推著輪椅加速急轉了個彎，卻因為速度太快，輪椅差點滾下山，幸好爺爺在附近及時擋住輪椅。

當大家在樅樹下聊天的時候，爺爺已經在木屋前的長椅旁擺好了桌子、椅子，午餐也差不多準備好了。屋子裡吊在炭火上的鍋子熱氣騰騰。不久爺爺就把所有東西都端上桌了，現在所有人高高興興的一起享受午餐。奶奶非常喜歡這個偌大的餐廳，從這裡可以俯視遼闊的山谷，遠眺群山和蔚藍的天空。微風徐徐送來清涼，樅樹枝葉沙沙作響彷彿是為餐宴特別點的舞曲。

「我這一輩子從來沒有吃過這樣的午餐，真的太美妙了！」奶奶一而再的讚嘆。突然，她非常驚訝地說：「克拉拉，這是怎麼回事？這是妳的第二塊烤乳酪？」

果真，在她的麵包上面鋪了第二塊金黃色的乳酪。「喔，實在是太好吃了，奶奶，比在拉加茲的所有東西還好吃。」克拉拉又咬了一大口的乳酪和麵包。

「那就多吃點。」阿爾姆大叔高興地說。「因為山上空氣好，胃口就會好，就算廚子不怎麼行。」

大家享受了愉快的一餐。奶奶和阿爾姆大叔非常投緣，愈聊愈起勁。他們對人對事的很多看法都不謀而合，彷彿是相交多年的好友。

快樂的時光總是過得很快，突然奶奶察覺時候已經不早了，已近傍晚，她趕緊說：「克拉拉，我們必須準備回去了，太陽快下山了。轎夫和馬應該很快就到了。」克拉拉高興的臉立刻變得很沮喪，她央求奶奶：「奶奶，拜託，再多待一、兩個小時好不好，我們還沒看屋裡是什麼樣子，海蒂的床，還有屋裡的擺設。喔，真希望還有十個鐘頭天是亮的。」

「那是不太可能的事。」奶奶說，但是她自己也很想看看屋裡。於是大家起身離開桌子，大叔強壯的手穩穩地推著輪椅到了門口，可是輪椅太寬，進不去屋子。爺爺想了想，把克拉拉從椅子抱起來走進屋裡。奶奶仔細打量屋裡所有的家具擺設，屋子整理得乾乾淨淨，井然有序，讓奶奶讚嘆不已。「海蒂，妳的床在上面對不對？」她一邊問，同時毫不害怕地爬上狹窄的梯子，來到放乾草的閣樓上。「好香啊！在這裡睡一定可以睡得很好。」奶奶走到圓窗往外看時，爺爺已經抱著克拉拉上來了，海蒂也蹦蹦跳跳跟在後面。

現在大家圍站在海蒂的大床旁邊，奶奶看著乾草床沉思，不時滿足地深吸幾口乾草的清香。克拉拉對海蒂這張大床著迷了。

「喔，海蒂，妳的床好有趣！躺在床上就可以看見天空，還有好聞的乾草香，還可以聽見外面風吹樅樹搖擺的窸窣聲。喔，我從來沒見過這麼好玩有趣的臥室呢！」

爺爺看著奶奶說：「我有一個主意，如果奶奶您信得過我，不反對的話，我想我們可以試著讓克拉拉留在山上一段時間，這對她的健康會有幫助。妳們帶了那麼多的毯子、圍巾，我們可以給克拉拉再鋪另一個乾草床，至於照顧克拉拉的事，請您大可以放心，有我在。」

克拉拉和海蒂高興地歡呼，就像重獲自由的小鳥。奶奶的臉上也露出開心的笑容。「大叔，您真是個了不起的人！」奶奶笑著說。「您知道我剛剛在想什麼嗎？我對自己說，要是讓這孩子待在山上一段時間，她應該會長得更健康強壯吧！可是照顧她會給主人添很多麻煩，而您竟然當它是小事一樁，我由衷地感激您。」奶奶一再地握爺爺的手，爺爺臉上也盡是歡喜。

爺爺馬上展開行動，他先把克拉拉抱回門前的輪椅。海蒂也雀躍得一直跟在後面。接著爺爺抱起所有的毯子、圍巾，他笑著說：「奶奶，您準備這麼周到，簡直像冬天要上戰場一樣，不過現在正好派上用場。」

奶奶回答：「大叔，小心謹慎是美德，而且可以避免災難。到山上來沒遇上風雨真要謝天謝地，多虧有了這些預防萬一的東西，現在正好派上用場，這點我們想法是一樣的。」

他們邊說邊爬上閣樓，然後開始把那些毯子一條一條攤開，鋪到床上，最後那張床看起來就像座小碉堡。

「現在一根乾草也不會刺穿了。」奶奶說著，還是用手四處按了按，柔軟的床果然緊密，再也沒有乾草能穿透。他們終於放心走下樓梯，來到外面孩子的身邊，兩個小女孩正高高興興地計畫著，克拉拉留在阿爾姆的每一天，從早上到晚上她們可以做哪些事。至於克拉拉能待多久，她們連忙問了奶奶這個重要的問題，但是她認為她們應該問問爺爺。爺爺一聽便回答說，四個星期應該就可以看得出來阿爾姆的空氣是不是對克拉拉的健康有幫助。兩個孩子拍手歡呼，她們沒想到可以在一起這麼長的時間。

這時轎夫抬著轎子，嚮導牽著馬上山來了。轎夫馬上就可以掉頭下山了。奶奶準備上馬的時候，克拉拉高興地說：「奶奶，雖然妳現在就下山，但我們還不用道別。因為妳偶爾還是會上山來看我們做些什麼，一定會很好玩，海蒂，妳說對不對？」

今天讓海蒂高興的事一樁又一樁，海蒂已經開心到說不出話來了，只能高興地往上一跳做為回答。

奶奶騎上馬，大叔抓住韁繩熟練地領著馬走下陡峭的山路。儘管奶奶熱切地要爺爺不必送了，爺爺還是堅持要送她到小村子裡，這一段山路太陡太危險了。到了小村子裡，奶奶不想一個人待在冷清的小村子裡，於是決定回拉加茲，從那裡她還是可以偶爾再上阿爾姆。

在爺爺還沒回到木屋之前，彼得已經帶著他的羊群下山了。當羊群察覺海蒂在那裡，便全圍攏過來了，坐在輪椅上的克拉拉和海蒂一下子就被羊群團團圍住。山羊們互相擠撞，爭著探頭張望，海蒂逐一叫牠們的名字，介紹給克拉拉認識。克拉拉在最短的時間內認得了她早就想認識的可愛雪兒、伶俐的黃雀還有爺爺那對乾淨的寶貝山羊，以及其他所有的山羊，她也終於看到強壯魯莽的土客了。可是彼得卻站在一旁繃著臉，用惡狠狠的眼光看著克拉拉。

最後兩個女孩友善地對著彼得喊：「晚安了，彼得！」彼得完全不理不睬，舉起他的枝條怒氣沖沖地往空中用力一揮，彷彿想把天空劈成兩半。之後他跑下山，他的隨從也只好成群跟上去。

克拉拉今天在阿爾姆已經看到很多有趣和美麗的景物，最後她在閣樓上躺在柔軟的大床上，海蒂也跟著爬上床。克拉拉從圓窗看見滿天一閃一閃的星星，她欣喜若狂地大喊：「喔，海蒂，快看！我們現在就像是坐著馬車要飛上天！」

「是啊，妳知道那些星星為什麼那麼快樂地用眼睛和我們打招呼嗎？」海蒂問。

「我不知道，妳說呢？」

「因為它們在天上看到主已經為人們安排好一切，不管發生什麼事，他們都不需要害怕，而且可以確信最後一切都會恢復完好。所以它們很快樂，妳看它們一閃一閃，我們也應該像它們一樣快樂。不過克拉拉我們也不可以忘記禱告，我們必須祈求主也要想到我們，但願祂把一切都安排得好好的，讓我們平平安安不必害怕。」

於是兩個孩子再次坐好，做了晚禱。然後海蒂的頭枕著自己圓圓的臂膀立刻就睡著了。可是克拉拉卻久久沒辦法入睡，因為這個房間對她來說太神奇了，竟然可以躺在床上看到美麗的星空。事實上克拉拉幾乎沒見過星星，因為她從來不曾在晚上出門過，房子裡的窗簾在星星出來前早早就拉上了。現在她一閉上眼睛就忍不住又張開，想再看看那又大又明亮的星星是不是還在閃爍，或像海蒂說的在奇怪地打招呼。它們一直在那裡，克拉拉一再張開眼睛看著美麗閃爍的星空，看著看著，她終於不知不覺地閉上眼睛，然而在夢中，她依舊看到那閃爍發亮的星星。

21 阿爾姆山上的生活

太陽正從山崖後面升上來，金色的晨光灑在木屋上，灑在山谷裡。阿爾姆大叔一如每天清晨，靜靜地看著四周高山上和山谷中的薄霧慢慢消散，大地慢慢從晨光中甦醒。新的一天開始，清晨的雲彩在天際漸漸明亮，直到太陽完全出來，山岩、森林和山丘都沐浴在金色的陽光中。

爺爺回到屋裡，他輕手輕腳爬上樓梯到閣樓，克拉拉剛剛睜開眼睛，正驚奇地看著從圓窗照進來的陽光在床上閃爍。她不知道自己看到什麼，也忘記自己在哪裡。她看到睡在旁邊的海蒂，聽到爺爺的慈祥的聲音：「睡得好嗎？不累了？」克拉拉回答說她一點也不累，而且她睡著之後就一覺到天亮。爺爺聽了很高興，然後幫克拉拉穿衣服，他動作細心，讓人以為照顧病童是他的本行。

海蒂睜開眼睛，驚訝地看著爺爺抱起穿戴整齊的克拉拉正要下樓梯。她當然也得跟著，於是她迅速穿好衣服，爬下樓梯，跑到屋外。她驚訝地看著爺爺又做了什麼。原來昨天晚上等孩子都上床了之後，他想著要怎麼把那麼寬的輪椅搬進屋子，木屋的門太窄了，輪椅沒辦法推進去，他突然想到一個主意，他把屋子後面棚子上的兩塊木板拆下來，這樣就有了一個很大的出入口，把輪椅推進去之後，他又把木板裝上但是不釘死，這樣就隨時可以再拆下來。爺爺剛剛把克拉拉放在輪椅上，海蒂就跑來了。爺爺把木板拆下來，把輪椅從棚子推到外面的早晨陽光下。他把輪椅停在空地中央，然後到走進羊棚。海蒂跑到克拉拉身邊。

清新的晨風吹拂過孩子的臉頰，樅樹濃郁的香味隨著風一陣陣襲來，滲透到充滿陽光的早晨空氣中。克拉拉深深地吸了幾口清新的空氣，她靠在輪椅的椅背上，感覺身心舒暢，她從來沒有過這樣愉快的心情。這也是她生平第一次在大自然中呼吸著早晨的新鮮空氣。阿爾姆清涼的新鮮空氣，讓呼吸變成一種享受。而且明媚的陽光在高山上一點也不炎熱，而是溫暖地照在她的手上，還有她腳前的草地上。克拉拉完全沒有想到在阿爾姆上是這麼的奇妙。

「喔，海蒂，要是我能永遠、永遠留在山上和妳在一起，該有多好！」她一邊說，一邊舒服地坐在輪椅上，左右搖晃著盡情地享受清新的空氣和溫暖的日光。

「妳看，現在妳知道我說的沒錯了吧！山上爺爺這裡是世界上最美麗的地方。」海蒂開心地回答。

爺爺從棚子裡走過來，他端了兩碗新鮮雪白的羊奶，一碗給克拉拉，一碗給海蒂。「小姐，這對妳的健康很有幫助。」他對克拉拉說。克拉拉點點頭。「這是從小天鵝身上擠的奶，可以補身體。來，快喝吧！」

克拉拉從來沒喝過羊奶，她先聞了一下。海蒂一口氣就把羊奶喝光了，她覺得今天的羊奶特別好喝。看海蒂這樣，克拉拉也開始一口又一口地喝，沒想到羊奶味道甘美就好像加了糖和肉桂，她也把羊奶喝光了。

「明天喝兩碗。」爺爺看著克拉拉學海蒂把羊奶喝光很滿意地說。

這時彼得趕著他的羊群出現了，羊兒們立刻從四面八方擠來要向海蒂道早安，海蒂一下子又被擠到羊群中間了。爺爺把彼得拉到一邊說話，這樣他才聽得清楚，因為羊群為了表示友好總是圍著海蒂興奮地不停咩咩叫，蓋過其他的聲音。

「你聽好，從今天起，你讓小天鵝自由來去，牠知道哪裡的草肥美。也就是說，如果牠往上爬，你就跟上去，這對其他的羊也有好處。要是牠想上更高的地方，就算你平常不讓牠們上去，現在起你也不要攔住牠，聽到了嗎？你就跟著也上去，不會有害的，你只要跟在後面，因為這方面牠可比你聰明，牠必須吃最好的草，才能擠出最好的羊奶。你看你那什麼樣子？好像要把人吞下去似的！又沒人擋著你的路，好了，現在上路吧！記住我剛剛說的話。」

彼得向來很聽從爺爺的話。他立刻快步上路，但可以看得出來，他似乎還有什麼事，因為他不時回頭而且轉著眼珠子。羊群跟在他後面，連同海蒂也被往前推擠了一小段路。彼得看了很高興。「妳也得跟著一起去。如果要我跟在小天鵝後面的話。」彼得用威脅的口氣對著海蒂喊。

「不行，我不能跟你去。」海蒂回答。「只要克拉拉在這裡，我就不能跟你上山去。不過爺爺答應我們，找一天我們可以一起上山。」

海蒂從羊群跳出來，回到克拉拉身邊。這時彼得握起雙拳，怒氣沖天地往輪椅的方向揮了一揮，羊兒嚇得往一旁跳，他趕緊也跟著羊群往上衝，不敢稍作停留，一直跑到爺爺看不見的地方，因為他害怕爺爺剛剛也許有看到他揮拳頭的樣子，他可不想被叫回去教訓。

克拉拉和海蒂已經想了太多今天可以做的事，她們簡直不知道要從哪一件先開始。海蒂提議可以先寫信給奶奶，她們答應奶奶要每天寫一封信。奶奶放心不下克拉拉，擔心她在山上待那麼久會不會不適應，對她的健康有沒有幫助，所以奶奶要孩子每天寫一封信，報告她們的每日生活。這樣萬一有什麼事，奶奶可以馬上知道然後動身上山，沒事她就可以放心休養。

「我們必須到屋子裡寫信嗎？」克拉拉問。她雖然贊成給奶奶寫信，但是她覺得外面很舒服，實在不想進去屋裡。海蒂想到好辦法，她跑進屋裡拿了她的課本、筆記本和三腳椅出來。她把課本、筆記本放在克拉拉的大腿上，讓她墊著寫信。她自己坐在三腳椅上，然後兩個人開始給奶奶寫信。可是每寫完一個句子，克拉拉就放下鉛筆，東張西望，四周風景實在太美了。風已經不再像早上那麼清涼，只是輕輕地撫摸她的臉頰，在對面的樹林裡輕聲低吟。快樂的小蟲在清新的空氣中嗡嗡飛舞，四周的原野沐浴在陽光中，巨大的山崖靜靜矗立，遠處的山谷斜坡也籠罩在一片寧靜和平中。只偶爾可以聽見牧童愉快的吆喝聲在山崖間迴盪。

不知不覺已經到了中午。爺爺端著熱騰騰的羊奶走來，他說只要天氣晴朗，克拉拉就待在外面曬太陽。所以他們就像昨天中午，在木屋前面愉快地享受了午餐。之後海蒂推著克拉拉到樅樹下，因為她們說好下午就坐在樹蔭下，說說海蒂從法蘭克福回來之後，自己身邊發生的各種事。雖然法蘭克福的日子一成不變，克拉拉還是說了很多關於家裡僕人們的趣事，那些人都是海蒂認識的。

她們兩個人就這樣坐在樅樹下，愈聊愈開心，樹上的小鳥也愈叫愈大聲。大概是底下的人聊得太開心，牠們也想加入插上幾句。時間又悄悄流逝，已經到了傍晚。羊群下山了，彼得在後面皺著眉頭，一臉不高興。

「晚安，彼得！」海蒂看他不打算停下來，便對著他大喊。

「晚安，彼得！」克拉拉也親切地喊。但是彼得什麼也沒說，只是氣呼呼地趕著羊繼續下山。

克拉拉看著爺爺把小天鵝帶進羊棚去擠奶，她立刻想到那甜美的羊奶滋味，幾乎等不及爺爺把奶端過來。她自己也很驚訝。「海蒂，真的好奇怪。我以前吃東西是因為不得不吃，我總覺得所有吃的東西都有魚肝油的味道。我心裡總是想，要是不用吃東西就好了！可是現在我竟然等不及爺爺端羊奶過來。」

「我知道那種感覺。」海蒂同情地說。她想到在法蘭克福那一段不管吃什麼都嚥不下去的日子。克拉拉雖然不能理解，但是打出生到現在，她從來沒有一天像今天一樣整天呼吸新鮮的空氣，而且還是令人心曠神怡的高山空氣。

當爺爺端著羊奶過來，克拉拉馬上道謝，然後拿了自己的那一碗一口氣喝完，這次她比海蒂還先喝光。「我可不可以再要一些？」克拉拉把碗遞給爺爺。

爺爺高興地點點頭，也拿了海蒂的碗，再走進羊棚。當他從羊棚裡端著碗出來時，碗上面多了一個厚厚的蓋子，那可不是普通的蓋子。

原來下午爺爺穿過綠色的邁恩費爾德，特地到專門做奶油的農舍去買了香甜的黃奶油。他從那裡帶回一大球上好的奶油。剛剛他切了兩片結實的麵包，塗上厚厚的一層奶油，這是給孩子們的晚餐。海蒂和克拉拉大口咬著好吃的麵包。爺爺在一旁看著兩個孩子吃得津津有味，心裡也很高興。

晚上，克拉拉躺在床上又想看看天上的星星，可是她和身旁的海蒂一樣，眼簾一閉上就沉沉地睡著了，一覺到天亮，這是她從來未有過的。

快樂的日子就這樣又過了兩天，第三天發生了讓兩個孩子都非常驚訝的事。兩個強壯的搬運工各揹了一張床上山。兩張床上都鋪好了嶄新潔白的床單，上面還有枕頭和被單。他們還帶來一封奶奶的信。

信上寫著，這兩張床是給克拉拉和海蒂的，乾草床可以換掉了，從現在起，海蒂應該要睡真正的床。冬天的時候，一張床搬到小村子裡，一張留在山上，預備克拉拉再來的時候可以睡。奶奶還誇讚她們的長信寫得很好，而且鼓勵她們繼續寫，她就可以知道她們每天做了什麼事，就像她一直在她們身邊一樣。

爺爺走進屋裡，把海蒂的乾草床扔到大乾草堆上，把被子拿開，然後走出來，讓兩個工人能把床搬到閣樓上。他再把兩張床緊緊推靠在一起，好讓她們一躺在床上就能透過圓窗看到同樣的景物，因為他知道兩個孩子都喜歡從圓窗看早晨的陽光和夕陽的餘暉。

在這同時，在拉加茲溫泉療養區的奶奶，每天收到從阿爾姆來的信總是非常高興。克拉拉告訴奶奶，她對山上的生活愈來愈著迷，她不斷提到爺爺的慈祥和體貼入微的看顧，海蒂也比在法蘭克福的時候還要有趣，她們在一起總是有很多好玩的事。每天早上一醒來，她最先想到總是，「喔，感謝主，我還在阿爾姆山上！」

這些格外令人欣喜的報告，每天都會讓奶奶高興一次。她想既然一切平安無事，她正好樂得可以把上阿爾姆的計畫稍稍延後，因為她一想到騎馬上那麼陡峭的山，然後再下山真的挺累人。

爺爺對他的病人特別盡心盡力，每天都會想出一些新方法來讓克拉拉增強體力。他現在每天下午都會到山崖上，而且愈爬愈高。每次都會帶回一束花草，遠遠就可以聞到花草束中濃郁的石竹和百里香的香味。傍晚熟悉那香味的羊群從山上一下來，就會開始一起咩咩叫，蹦蹦跳跳地想鑽進放著花草的羊棚裡。可是阿爾姆大叔早就把門牢牢關上，他可不是為了讓所有的羊可以輕鬆吃到這些珍貴的藥草，才辛苦爬到那麼高的地方。那些藥草是特地給小天鵝吃的，這樣牠才能分泌更營養的乳汁。從外表也可以清楚看出來這些特別的待遇的確讓牠長得愈來愈壯，牠走起路來頭總是抬得高高的，雙眼也更加明亮有神。

轉眼，克拉拉來阿爾姆已經第三個星期了。這幾天早上，每次爺爺把她抱到輪椅上的時候總是會問一句：「小姐，想不想試著站起來看看？」克拉拉為了不讓他失望，就會試試，可是她只要腳一踩地就馬上喊著：「啊呀，好痛！」然後緊緊地抱住爺爺。可是爺爺還是堅持要她練習，而且要她嘗試的時間，每天加長一點點。

阿爾姆已經好些年沒有這麼美麗的夏天了。每天都是萬里無雲的晴空，太陽高照，百花綻放，散發繽紛的色彩和迷人的香味。到了傍晚，紫紅的霞光映照在山岩尖峰，還有草地上，最後太陽沉入一片金色的大海中。

海蒂一再把只有在山上牧場才看得到的景物，說給克拉拉聽。尤其是講到斜坡上的景色，她特別激動，那裡現在到處是一大片一大片金閃閃的柳葉菜和藍色的吊鐘花，數量之多就像草原染成藍色，當中還有一簇一簇棕色的花朵散發迷人香味，讓人一坐下就不想離開。

這時她們坐在樅樹下，海蒂興奮地一再說到山上的花朵、夕陽和光彩奪目的山崖。說著，說著，她心中燃起想到山上的慾望。她突然跳起來跑到棚子裡找爺爺。「爺爺，爺爺。」海蒂遠遠的就開始喊了，「你明天能不能和我們一起上牧場？現在上面一定好美。」

「可以。」爺爺同意了。「不過小姐也得先答應我一件事，她今天得再練習一次站起來。」

海蒂興高采烈地回來告訴克拉拉這個消息，克拉拉立刻答應，爺爺要她練習幾次都行。因為她實在太想上山去看看那裡美麗的風景。海蒂樂不可支，傍晚，她一看到彼得下山，大老遠就對著彼得大喊：「彼得，彼得，明天我們也跟你到山上待一整天。」

但彼得的反應像是頭發怒的熊發出吼聲，怒氣沖沖地揮著枝條往身旁無辜的黃雀打，幸好黃雀機靈的奮力一跳，從雪兒身上跳過去，枝條落空沒打著牠。

克拉拉和海蒂這一天晚上滿心期待地鑽進舒服的新床，她們滿腦子是明天的計畫，原本打算不睡覺要聊到天亮，可是沒想到頭才碰到枕頭沒不久，兩個人的交談就突然沒聲音了。克拉拉在夢裡看見一片一望無際的原野，那是一片開滿藍色吊鐘花的草原。而海蒂的夢裡，是山頂老鷹對她喊：「來啊！來啊！來啊！」

22

發生意想不到的事

第二天一大早，爺爺便走到屋外觀察四周，看看今天一天天氣如何。在高山的頂峰閃耀著帶淺紅的金色光芒，清涼的晨風吹動樅樹的枝葉。爺爺又專注地看了一會兒，他看著高山山頂上開始閃著金光，之後綠色的山丘也浸潤在金光中，金色的陽光流向山谷把陰影一點一點地逼退，最後高山上和山谷裡都在晨光中閃爍，太陽終於出來了！爺爺從棚子裡把輪椅推出來放在木屋前面，準備好上山。

他走進屋裡，要告訴孩子們日出有多美，讓她們也出來看看。

就在這個時候彼得上山來，他的羊不像往常一樣馴良地聚集在他身旁，或在前或在後，牠們全離彼得遠遠的，因為彼得最近常常無緣無故就亂發脾氣，他一甩起枝條亂抽打可是很痛的，所以羊兒們都躲得遠遠的。彼得現在已經憤怒到極點了，幾個星期來，海蒂不像平常一樣跟他上山。每天早上他上山的時候，那個外地來的女孩就已經坐在輪椅上了，海蒂根本沒把他放在眼裡。傍晚他下山的時候，女孩總是坐在輪椅上和海蒂一同在樅樹下有說有笑。整個夏天海蒂還沒有跟他一起上山過，今天好不容易她要一起上山，那個外地來的女孩也要跟，海蒂當然只會陪她。想到這裡，彼得當然是氣瘋了。他一看到那張輪椅威風地立在那裡，像一個敵人一樣的看著他。彼得左右張望，四周靜悄悄的，一個人影也沒有。這下子他發瘋似地衝向輪椅，抓住輪椅狠命地往山崖下一推，只見輪椅飛了出去，一轉眼不見了。

彼得轉身就往山上衝，一路飛奔到上面一大叢黑莓樹叢後面才停下腳步。他躲在那裡，他很怕萬一被爺爺發現，他就完了。但是他又想看看輪椅的下場，這株位在山崖邊的樹叢位置很好，彼得可以探身往山下看，一旦發現爺爺的蹤影可以很快躲藏起來。就這樣，他探頭往下一望，不得了！他痛恨的敵人正愈來愈猛烈地往下翻滾，最後被彈到半空中，然後落地，撞得支離破碎，椅背、椅腳、椅墊散落四處。

彼得看得樂歪了，忍不住手舞足蹈，開懷大笑。他興奮地跺腳，繞著圈子又跳又叫。他又回到剛剛的地方，再次往山下看，他忍不住又是一陣狂笑，興奮地蹦跳。消滅了敵人，讓彼得欣喜若狂，因為他只想到那外地的客人沒有輪椅，她也沒辦法行動，就必須離開了。這麼一來，海蒂又是孤單一個人，就會和他到山上的牧場，一切就會恢復老樣子。可是彼得只顧著高興，完全沒想到做了虧心事的後果。

海蒂從屋子裡走出來，往棚子跑。爺爺抱著克拉拉跟在後面。棚子的門敞開，兩塊木板已被爺爺拆下來放在旁邊。棚子最裡面的角落都是空的，海蒂東看西看，還跑到轉角，再跑回來，她一臉驚訝，這時爺爺也走過來了。「怎麼回事？妳把輪椅推到哪裡去了？」爺爺問。

「我也正在找啊，爺爺，你不是說在棚子前面？」海蒂一邊說，一邊四處張望。就在這時候一陣強風吹來，吹得棚子的門喀噠響，猛然碰一聲撞上了牆壁。

「爺爺，是風把輪椅吹跑了。」海蒂大喊，眼睛瞪得好大。「喔，如果風把輪椅吹到小村子裡，把它找回來要花很多時間，那我們就不能上山了。」

「如果真的被風吹到那裡，根本也不用找了，早就粉碎了。」爺爺說。他繞過轉角，往山下看了看。「事情還是很詭異。」他懷疑地說，回頭看著路線，疑惑著輪椅怎麼可能自己繞過轉角。

「喔，真可惜，我們今天不能上山，也許再也不能上山了。沒有了輪椅，我就必須回法蘭克福去了。真可惜！」克拉拉難過地說。

可是海蒂十分有信心地看著爺爺說：「爺爺，你一定有辦法對不對？你一定可以發明什麼，讓事情不會發生的，對吧！」

「我們現在還是按照計畫先上山，再看看怎麼辦。」爺爺說。

兩個孩子高興的歡呼起來。

爺爺又回到屋裡拿了一些圍巾，把圍巾鋪在有陽光的地方，暫時讓克拉拉坐在上面。然後又給兩個孩子擠了新鮮的羊奶，再把小天鵝和小熊帶出羊欄。「這小子今天怎麼這麼晚了還沒上來？」爺爺自言自語，因為今天早上還沒聽到彼得的口哨聲。爺爺一手抱起克拉拉，一手拿那些圍巾。「出發了！羊兒就跟我們一起走。」爺爺領頭走在前面。

海蒂很高興聽爺爺這麼說，她一手牽著小天鵝，一手牽著小熊走在爺爺後面。兩隻山羊很久沒跟著海蒂上山，也高興得不得了，緊緊的依靠著海蒂。到了山上，他們才發現羊群早就上山了，已經成群在山坡上悠閒地吃著草，而彼得躺在草地上曬太陽。

「下次經過我那裡如果不打招呼，看我怎麼修理你。小子，你今天到底怎麼回事？」爺爺對著彼得大喊。

彼得聽到爺爺的聲音嚇得跳起來。「我……我……經過的時候，你們都還沒醒。」彼得心虛地回答。

「你有沒有看到輪椅？」爺爺問。

「什麼輪椅？」彼得頑強地反問。

爺爺不再說什麼。他把圍巾鋪在陽光充足的山坡上，再抱克拉拉坐上去。他問克拉拉坐得舒不舒服。「和坐在輪椅上一樣舒服。」克拉拉說，然後謝謝爺爺。「這位置好極了！這地方好美。海蒂，這裡真的好美。」她環顧四周，愉快地大喊。

爺爺準備先下山，他要她們好好在一起玩，午餐他放在樹蔭下的袋子裡，時間到了海蒂就可以去拿過來。他叫彼得給她們擠新鮮的羊奶，她們要喝多少都可以，但是爺爺要海蒂注意，讓彼得只擠小天鵝的奶。傍晚爺爺再來接她們。他要利用時間去找輪椅，看看究竟是怎麼回事。

蔚藍的天空，看不到一片雲。遠處遼闊的雪地上閃爍著金光，彷彿撒滿了金色和銀色的星星。灰色的岩峰巍巍矗立在高處，從古至今威嚴俯視山谷。老鷹在藍天上翱翔，山風吹拂過陽光下的阿爾姆帶來陣陣清涼。兩個孩子感到無比的快活。偶爾會有一隻小羊走過來在旁邊趴臥下，最常走過來的是溫柔的雪兒，牠總是把頭靠在海蒂身上，要不是另一隻羊來把牠趕走，牠根本不願離開。克拉拉就這樣認得了一隻又一隻的羊，再也不會把牠們搞混了。因為每一隻羊的長相真的都不一樣，習性也不同。羊兒也慢慢熟悉克拉拉，牠們敢靠近她，用頭摩擦她的肩膀。這向來是羊兒表示親密友好的方式。

幾個小時就這樣過去了。這時候海蒂突然很想到對面花朵盛開的地方看看，花是不是開得像去年一樣美。如果等到傍晚爺爺來了，就可以和克拉拉一同過去，但是花也許就枯萎了。海蒂愈來愈想去瞧一瞧，她再也忍不住了。她膽怯地問克拉拉：「克拉拉，如果我把妳自己一個人留在這裡一會兒，妳不會生氣吧？我好想去看看花開的樣子，我去一下子就回來了。等等——」海蒂突然想到一個主意。她跑到一旁，拔起了一簇綠色的嫩草，然後把雪兒引誘到克拉拉身邊。「現在妳有伴了。」海蒂把雪兒輕輕推到克拉拉旁邊，雪兒馬上就明白她的意思，於是乖乖的蹲坐下來。海蒂把那些嫩草放在克拉拉的圍裙上。克拉拉很高興，她要海蒂趕快去看花，她很樂意和雪兒待在一起，這是她從來沒有過的體驗。

海蒂跑開了。克拉拉把葉子一片一片地拿到雪兒面前，雪兒不再膽怯，牠靠近新朋友慢慢吃她指間的葉子。牠顯得很自在，在克拉拉的保護下牠很安全，在羊群裡牠往往必須忍受其他比牠強、比牠壯的羊對牠的推擠。克拉拉覺得自己一個人坐在山上，而且和一隻溫馴需要保護的小羊在一起，實在太美妙了。她突然強烈地希望，要是她能夠做自己的主人，也能夠去幫助別人，而不用像過去一樣凡事必須依賴別人，該有多好。克拉拉突然有了許多從前沒有的想法，她想要在陽光下快樂的活下去，她想要做一些讓別人也感到幸福的事，就像現在她讓雪兒感到快活一樣。她內心有了新的領悟，彷彿她以前所知道、所認識的一切突然間變得更美。她欣喜地抱著雪兒的脖子，不由自主地大喊：「喔，雪兒，山上實在太美了，要是我能永遠跟你們一起住在這裡就好了！」

這時海蒂已經到了花朵盛開的地方，她發出一聲歡呼。山坡上一片金黃，那是燦爛奪目的岩薔薇，上面還有一簇簇深藍色的吊鐘花不停地隨風搖擺，濃郁的花香瀰漫在暖和的空氣中，彷彿有人灑了一碗珍貴的香油。散發這迷人香味的是那些棕色的小花，它們在金色的小花中間小心地探出頭來。海蒂看著美麗的花海，深深地吸了一口氣。突然，她轉身急著要回到克拉拉身邊，跑得上氣不接下氣地大老遠就對著克拉拉喊，「妳一定要跟我去看看，花兒真的好美，一切都好美。到了傍晚也許就看不到，我可以背妳，妳說呢？」

克拉拉驚訝地看著興奮激動的海蒂，可是她搖搖頭說：「不行的！海蒂，妳想得太容易了，妳的個子比我小很多，要是我能走路就好了！」

海蒂左右張望，似乎又有什麼主意。原本彼得躺在山坡高處，現在他坐在那裡看著海蒂和克拉拉，盯著她們好幾個小時了，他還是不能理解他眼前看到的。他明明已經把輪椅毀了，好讓那外地人沒辦法行動，必須立刻離開，一切就結束了。可是才一會兒的功夫，她竟然出現在這裡，和海蒂就坐在自己的眼前。這是不可能的事，可是不管他看多久，事實就是事實。

這時候海蒂望著他，口氣堅定地對他大喊：「彼得，你快下來！」

「我不要。」彼得回答。

「你一定要下來。我自己一個人沒辦法，你得幫我，快下來。」海蒂要求他。

「我不要！」彼得大聲回答。

海蒂只好朝彼得的方向往上跑了一小段，她停下來站在那裡怒氣沖沖地對著彼得大喊：「彼得，你如果不立刻給我下來，別怪我也做讓你難過的事。我是說真的，別當我是嚇唬你。」

彼得聽海蒂這麼說，心被刺痛一下，他做了不可告人的壞事，內心覺得非常不安。到現在為止他還暗自高興，可是剛剛聽海蒂說話的語氣，好像她全知道，她知道的事都會告訴爺爺，而彼得最怕的人就是阿爾姆大叔。大叔要是知道他對輪椅做了什麼事，他就完了！彼得愈想愈害怕，他站起來走向海蒂，一邊膽怯地說：「我來了，妳不要對付我。」海蒂看他害怕的樣子，反倒有點同情他。

「好，我不會對你怎麼樣了。快過來幫我，你放心吧，要你做的事很簡單。」海蒂安撫他。

等彼得走到克拉拉前面，海蒂要他站在克拉拉的旁邊，她自己站在另一邊。然後海蒂撐著克拉拉的手臂扶她站起來，這很順利，可是接下來難題來了，克拉拉怎麼也站不住。要怎麼樣才能撐住她，讓她往前走？海蒂個子太小，手臂沒辦法支撐克拉拉。「妳必須摟著我的脖子，摟緊——對，就是這樣，然後妳抓住彼得的手臂，對，用力搭著。這樣我們就可以撐著妳了。」

彼得從來沒讓人搭過手臂，克拉拉緊緊抓牢了，彼得卻僵硬地把手臂貼在身體上，像根長棍。

「彼得，你這樣子不行啦！你必須把手臂彎成一個圈，然後克拉拉的手臂才可以穿過去，然後你必須牢牢地把她撐著，絕對不能放手，這樣我們就可以扶著她往前走了。」海蒂解釋給彼得聽。

他們開始試，可是還是很困難。克拉拉的體重並不輕，而且一邊高一邊低，兩邊的高低差距，讓克拉拉很難保持平衡，一直站不穩。克拉拉試著輪流踏出自己的左右腳，可是每次踏出一點點很快又縮回來。

「妳穩穩地踏下去，接下來就不會那麼痛了。」海蒂建議她再試試。

「妳真的這麼認為？」克拉拉膽怯地問，她還是照海蒂的話做了，她踏出了一步，然後又一步，每次都痛得大叫，然後她又繼續抬起腳，小心翼翼地往前踏了一步。

「喔，已經沒有那麼痛了。」她鬆了一口氣，高興地說。

「再一次！」海蒂激勵她。

克拉拉再次提起腳又跨出了一步，然後一步，又一步。她突然興奮地大叫：「海蒂，我可以走了！妳看，我可以走路了，一步又一步。」

海蒂喊得比她大聲：「哇！哇！妳能走了！真的，妳能走了！不久妳一定可以自己走了！要是爺爺現在也在這裡就好了！現在妳可以走了！克拉拉，妳可以走了！」海蒂一遍又一遍地歡呼。

克拉拉還是緊緊的抓住海蒂和彼得，但是一步比一步穩，他們三個人同時都可以感覺到。海蒂高興極了！

「從現在開始我們可以一起到牧場上，愛到哪裡就到哪裡。而且妳這一輩子可以像我一樣走路，再也不需要輪椅了。沒有比這個更令人高興的事了！」

克拉拉心裡更是無比快活，對她而言，能夠恢復健康像其他人一樣用雙腳走路，不必再整天被綁在輪椅上，無非是世上最幸福的事。

到開滿花朵的山坡並不遠，不久她們已經看到陽光下閃爍的岩薔薇，現在她們已經到了長滿藍色吊鐘花的地方，撒滿陽光的草地，吸引人想坐下來。「我們可不可以在這裡坐下來？」克拉拉問。

這正是海蒂希望的，於是他們在花叢中坐下。這是克拉拉第一次坐在阿爾姆乾暖的土地上，這是無法形容的舒服。在她周圍是隨風搖擺的藍色吊鐘花，金光閃耀的小黃花，紅色的龍膽花，散發甜美香味的棕色小圓球花，還有香味濃郁的夏枯草。這一切實在太美了！她身旁的海蒂也認為今天阿爾姆的景色特別美，她也不知道為什麼心裡特別舒暢，忍不住就是想大聲歡呼。除了眼前的美景，克拉拉的病好了，這當然是讓她欣喜到極點的原因。克拉拉沉默下來，她為眼前的一切感到滿足喜悅，想到自己能夠走路，她對未來更是充滿期待。她心裡感到莫大的幸福，燦爛的陽光加上花朵的芬芳讓她歡喜得說不出話來。彼得也安靜地躺在草地上動也不動，原來他已經睡著了。

溫柔的風從巨大的岩石後面吹來，輕撫過樹叢。海蒂不時忍不住站起來，東跑跑西跑跑，因為這裡景色好看，那裡的花多，香味更濃，風這會兒往這吹，過一會兒往哪吹，她到處都想要坐一會兒。

幾個小時就這樣過去了。看看太陽，早就過了正午。一小群山羊跑上長滿花朵的山坡。這裡不是牠們平常吃草的地方，牠們不喜歡在野花當中吃草，像是黃雀帶頭來的，顯然山羊是來找放著牠們不管也不知跑哪去的同伴，因為羊群可知道時間，當黃雀發現草地上失蹤半天的那三個人，立刻高聲咩咩叫，其他的羊立刻一起跟著叫，同時也往這邊跑來。彼得驚醒過來，他用力揉揉眼睛，因為他剛剛夢見那張輪椅上放著紅色坐墊，完好如初放在木屋前面。他一張開眼睛還看到紅墊子周圍的釘子閃閃發亮，現在他才看清楚那是地上的小黃花，剛剛夢中的恐懼又回來了。

儘管海蒂已經保證不會對他怎麼樣，彼得還是很害怕紙包不住火。他現在變得非常老實，海蒂要他做什麼他就做什麼。

他們三個人又回到牧場，海蒂立刻去把裝午餐的袋子拿過來，開始要履行自己的諾言，因為她嚇唬彼得的話，其實是指袋子裡的午餐。早上出門的時候，她注意到爺爺放了很多好吃的東西進去，她很高興其中一大部分可以分給彼得。但是當他頑固不肯幫忙的時候，她只是想讓他知道他什麼食物也分不到，沒想到他誤會了。海蒂把東西一樣一樣從袋子裡拿出來，分成三小堆，看到堆得高高的食物，她滿意地自言自語說：「這麼多，等一下我們吃不完的可以全給他。」

海蒂把東西拿給彼得和克拉拉，然後拿起自己的那一份坐到克拉拉旁邊。經過之前的一番勞累，他們的胃口很好，吃得津津有味。果然不出海蒂所料，她和克拉拉都吃飽了之後，還剩下很多的東西，加起來就和彼得原先拿到的那一堆一樣多。彼得毫不客氣，一個勁兒統統吃完，連碎屑都不放過。可是他沒辦法像平常一樣滿足，他覺得胃裡有什麼東西在折騰他，每吞一口都覺得有東西卡住喉嚨。

他們吃完午餐，時間已經不早了，不久就看到爺爺上山來接她們了。海蒂迫不及待衝向爺爺，想要告訴他這件不得了的大事，結果她太激動，話都不知道該怎麼說了。可是爺爺馬上明白她要說什麼，他臉上立刻露出喜悅的笑容，加快腳步走向克拉拉，微笑著說：「妳大膽嘗試了，我們辦到了！」

他扶著克拉拉從地上站起來，用左手臂摟住她，右手讓她做有力的支撐，現在克拉拉有了牢固的支柱，走得比之前更放心更穩了。海蒂在一旁高興得又叫又跳，爺爺的臉上也洋溢幸福的神情。可是不一會兒，爺爺就一把抱起克拉拉，說：「好了，今天就到這裡，別走太累了，我們該回家了。」然後他就往山下走，他知道克拉拉今天已經夠努力，她需要休息了。

傍晚，彼得帶著羊群下山回到小村子時，看到一群人圍在一起，互相推擠爭著要看中間地上的東西。彼得忍不住也想看看究竟，他左推右擠，鑽進人群。他終於看到了。草地上是那張輪椅中間的部分，還有一塊椅背連在上面。從紅色的椅墊還有閃亮的釘子可以看出來，它原本完整的時候有多華美。

「這張輪椅被扛上山的時候，我有看到。」站在彼得旁邊的麵包師傅說，「我敢打賭，它至少值五百法郎。可是我很驚訝，到底怎麼回事？」

「聽大叔說可能是被風吹下來的。」對紅椅墊不停讚嘆的芭貝爾說。

「最好不是有人幹了蠢事。否則就好看了！法蘭克福的那位先生要是知道了，一定會叫人調查。幸好我已經兩年沒上阿爾姆了，那時候在阿爾姆的人都免不了有嫌疑。」麵包師傅說。

大家又七嘴八舌議論了半天，彼得不想再聽下去，他摸摸鼻子又鑽出人群，立刻往家的方向飛奔，彷彿後面有人追趕要抓他似的。麵包師傅的話讓他很害怕。他心裡想著法蘭克福的警察隨時會來到，警察一調查就會知道是他做的，這麼一來他就會被關進法蘭克福的監牢。想到這裡，彼得不由得膽戰心驚，毛髮都豎起來了。他心神不寧地回到家，家人問他話，他也不回答，他的馬鈴薯也沒吃，就沮喪地鑽進被子，不斷嘆氣。

「彼得又吃了酸模，那東西傷胃。」布莉姬特說。

「妳應該讓他多帶一點麵包，明天就把我的那一小塊也讓他帶去。」婆婆同情地說。

晚上海蒂和克拉拉躺在床上看著外面的星光，海蒂說：「妳今天終於明白了吧，有時不管我們怎麼祈禱，主不會馬上讓它實現是有道理的，因為祂有更好的安排。」

「海蒂，妳為什麼突然這麼說？」克拉拉問。

「因為我在法蘭克福的時候，每天都懇求主讓我立刻回家，可是一直沒辦法回家，那時我就想，主根本沒聽到我的禱告。可是妳知道，要是那時候我立刻回家了，妳就不會來這裡，也不會在阿爾姆把病養好了。」

克拉拉沉思了一會兒繼續說：「可是海蒂，如果是這樣，我們根本也不必祈禱了呀，既然主已經知道得比我們清楚，反正會做更好的安排。」

「啊，克拉拉妳真的這樣認為？」海蒂有些著急地說，「不管怎麼說，我們都應該每天祈禱，讓祂知道我們沒有忘記祂給我們的一切。如果我們忘記了仁慈的主，祂也會忘記我們。這是奶奶說的。萬一我們不能如願，也不可以認為主沒有聽到我們的禱告，因此就停止禱告。我們應該這樣禱告：仁慈的主啊，我知道祢有更好的安排，我很高興祢為我做的一切。」

「海蒂，妳怎麼會想到這麼多？」克拉拉問。

「是奶奶告訴我的，而且事情真的就是這樣，所以我很相信。」海蒂坐起來，繼續說：「我覺得我們今天一定要感謝主，祂送來最大的幸福，祂讓妳能夠走路。」

「海蒂，妳說的沒錯。真謝謝妳提醒我，我差點兒就忘了。」

於是她們兩個人各自以自己的方式禱告，感謝仁慈的主，讓久病的克拉拉終於好起來。第二天早上，爺爺認為孩子們應該給奶奶寫封信，告訴她有好消息，問她要不要上阿爾姆來看看。可是孩子們有她們的計畫，她們想要給奶奶一個大大的驚喜。克拉拉必須先繼續練習走穩，直到她能扶著海蒂走上一小段路，可是這不能讓奶奶知道。她們問爺爺這需要多長時間，爺爺認為大概一個星期左右，於是她們在下一封信，請奶奶一個星期後一定要上阿爾姆，但是對於好消息隻字未提。

接下來的幾天，是克拉拉在阿爾姆最美好的時光。每天早上一醒來，她心裡就會歡呼：「我的病好了！我的病好了！我不用坐輪椅了，我可以像其他人一樣到處走了！」

然後就是練習走路，她一天比一天走得輕鬆，而且愈走愈遠。這樣的練習讓克拉拉胃口大好，爺爺每天給她的麵包切片愈來愈厚，他很高興看著克拉拉把東西都吃完。他還會端來一大鍋帶著泡沫的新鮮羊奶，讓克拉拉一碗接一碗地喝。一星期就這樣過去了，終於到了奶奶上山的日子。

23 珍重再見

奶奶在出發前一天還寫了一封信寄到阿爾姆，好讓他們確定知道她要來了。這封信第二天早上由彼得順便帶上山。爺爺和兩個孩子已經在屋子外面，小天鵝和小熊兩隻羊也在早晨新鮮空氣中高興地搖著頭。海蒂和克拉拉輕輕地撫摸牠們後，祝牠們到山上有愉快的一天。爺爺站在一旁看著兩個孩子健康的小臉，再看看他乾淨的山羊，露出滿意的微笑。

彼得上山來了，一看到他們，他走路就變得慢吞吞，然後把信交給爺爺。爺爺才拿起信，他立刻膽怯地往後退，彷彿受到什麼驚嚇，慌張地看看背後，好像背後也有什麼可怕的東西似的，接著他連跑帶跳的往山上狂奔。

海蒂看著他的樣子感到很驚訝地問：「爺爺，為什麼彼得最近老是像土客？土客每次要是察覺到背後有枝條就會縮腦袋，然後拚命搖頭晃腦，突然亂蹦亂跳。」

「也許彼得也察覺背後有枝條，他知道自己做錯事了。」

彼得一口氣跑上第一道山坡，直到從山下看不到他的地方，他才停下來。他戰戰兢兢地看看四周，突然跳起來往後看，驚慌失措的樣子就好像有人抓住他的脖子似地。彼得提心吊膽，懷疑從每一株灌木或樹叢後面會有法蘭克福來的警察跳出來撲向他。他愈擔心害怕，愈是容易受驚嚇，再也得不到片刻安寧。

海蒂忙著把屋子收拾整齊，因為奶奶是個愛乾淨的人。克拉拉看著海蒂忙裡忙外覺得非常有趣。上午的時間就這樣不知不覺過去了，奶奶就快到了。

孩子們已經收拾好房子，準備迎接奶奶。她們走到屋外，並肩坐在長椅上，興奮地等待著即將發生的事。爺爺也走到她們身邊，他已經四處走了一圈，還帶回一大把深藍色的龍膽花。孩子們一見到那在晨光中更加美麗的花朵，高興得叫起來了。爺爺笑著把花拿進屋裡。海蒂不時從長椅跳下來張望，期待可以看到奶奶的身影。

終於，她看到了奶奶一行人正朝山上走來，走在最前面的是嚮導，接著是騎在白馬上的奶奶，墊後的是背著高高籃子的腳夫。奶奶上阿爾姆絕對是準備周到。他們愈來愈接近，終於到了上面，奶奶從馬背上望見兩個孩子。

「這是怎麼回事？怎麼了？克拉拉，妳沒坐在輪椅上！怎麼可能？」她驚訝地大喊，很快地跳下馬。她還沒走到兩個孩子面前，已經激動地拍手大叫：「克拉拉，真的是妳嗎？妳的臉頰紅通通，而且圓滾滾的，孩子！我快認不出妳了！」

奶奶正要跑向克拉拉，海蒂忽然從長椅溜下來，克拉拉很快搭住她的肩膀，兩個孩子輕鬆地邁開步伐。奶奶突然停下來，她先是嚇了一大跳，以為海蒂要做什麼糊塗的事，可是她看到了不可思議的事！克拉拉挺直身子穩當地走在海蒂旁邊，她們現在轉身走回來，兩人紅潤的臉頰笑容洋溢。奶奶跑向她們，笑中帶淚地緊緊抱住克拉拉，然後又抱抱海蒂，再抱抱克拉拉。奶奶高興得說不出話。

奶奶突然看到站在長椅旁邊的爺爺，他正微笑地看著她們三個人。於是奶奶牽起克拉拉的手走向爺爺，她還按捺不住內心的驚喜，一遍又一遍地喊著：「妳真的能走路了！」一直走到爺爺面前，她才放開克拉拉，握住爺爺的雙手說：「親愛的大叔！我們要怎麼感謝您才好！這都是您的功勞！多虧您細心的照料和看顧——」

「還有主賜給阿爾姆的陽光和空氣。」爺爺微笑著說。

「沒錯，還有小天鵝營養美味的奶。」克拉拉插嘴說，「奶奶，妳應該看看我喝羊奶的樣子，而且也嚐嚐那奶有多好喝。」

「是啊，克拉拉，我從妳的臉蛋就可以看出來了。」奶奶笑著說，「我真的差點認不出妳來了，妳長胖長圓了，我真沒想到，妳還長高了，克拉拉，這是真的嗎？我還不太敢相信我的眼睛，我現在得立刻打電報到巴黎給妳爸爸，要他立刻趕來，我當然不會告訴他為什麼，這會是他這輩子最大的快樂。大叔，我該怎麼做？您已經讓嚮導和腳夫下山了吧？」

「他們已經走了。可是如果您著急的話，我可以讓放羊的彼得跑一趟，他有的是時間。」

奶奶堅持要立刻給兒子打電報，她要他一天也不要延誤，立刻趕過來。於是爺爺走到一旁，把手指放到嘴上吹出尖銳的哨聲，那哨聲在高處的山崖引起了回聲，不久彼得就跑下來了。他知道那是爺爺叫他的信號。他嚇得臉色慘白，他以為爺爺叫他下來是要懲罰他了，可是爺爺只是交給他一張紙條，那是奶奶剛剛寫好的。爺爺要他立刻把紙條送到小村子裡的郵局，晚一點爺爺再去付費用。彼得拿著紙條立刻下山，他再次鬆了一口氣，原來爺爺不是要懲罰他，也不是要把他交給法蘭克福來的警察。

大家終於又在木屋前的桌子前面坐下，他們把這些日子來發生的事一件不漏地告訴奶奶。首先是爺爺每天讓克拉拉練習站立，試著走小小一步，然後是要上牧場那天，輪椅突然被風刮到山下。後來克拉拉為了想去看花，勇敢的走出第一步，從此以後，她慢慢練習，一天比一天進步。她們花了大半天的時間才把故事講完，因為奶奶又是誇獎又是感謝不時打斷她們。她一直說：「這是真的嗎？我不是在作夢吧？我們現在是清醒地坐在木屋前，我眼前臉蛋圓潤的孩子真的是原先那個蒼白虛弱的克拉拉嗎？」

海蒂和克拉拉很高興計畫成功，她們帶給奶奶天大的驚喜，而且她沉浸在喜悅當中。

再說到塞斯曼先生，這一天他在巴黎已經辦完所有事，準備要給大家一個驚喜。他沒有事先寫信告知母親，在一個晴朗的夏日早晨，他坐上到巴塞爾的火車，第二天一大早繼續上路。他已經一個夏天沒看到女兒了，迫不及待想要看到她。在奶奶離開之後的幾個小時，他到達拉加茲溫泉區。他聽到奶奶已經出發到阿爾姆的消息很高興，他立刻坐上馬車趕往邁恩費爾德。當他聽到馬車也能繼續到小村子裡，於是決定繼續坐到那裡，因為從那裡上阿爾姆還有很長的一段路要走。

正如他料想的，上阿爾姆的山路又陡峭又漫長，塞斯曼先生有些吃不消。走了大半天，仍然不見木屋的影子，好幾個人告訴他，走上去半山腰會先看到彼得家的小屋。他看到路上到處有人走過的足跡，但是那些小路似乎通向四面八方。塞斯曼先生愈來愈不確定自己是不是走錯路，或者小屋根本就在阿爾姆的另一邊。他左右張望，看看有沒有可以問路的人，可是四周一片寂靜，遠近都看不到人影，連聲音都聽不到，只有山風偶爾吹過，晴空下小蟲子的嗡嗡聲，一隻小鳥在一棵孤單的松樹上唱著歌。塞斯曼先生靜靜地站在那裡好一會兒，讓阿爾卑斯的山風吹涼他發熱的額頭。

這時候有一個人從山上跑下來，那是握著電報的彼得，他沒走在塞斯曼先生走的山路上，他從斜坡直衝下山。塞斯曼先生向他招手要他過來。彼得害羞猶豫不敢向前，他側著身子前進，一隻腳往前走，另一隻腳彷彿是被拖著走似地。

「小伙子，你過來一下。」塞斯曼先生鼓勵他。「你可不可以告訴我，這條路是不是可以到一個木屋？有個老爺爺和一個叫海蒂的小女孩住在那裡，他們還有法蘭克福來的客人。」

彼得驚慌失措含糊不清地回答了一聲，拔腿就跑，突然他一個重心不穩便倒栽蔥地滾下山坡，和那張滾下山的輪椅差不多，不斷地翻滾下山，幸運的是他沒有像輪椅粉身碎骨。可是他手上的電報變成碎片飛走了。

「山裡的人還真奇怪。」塞斯曼先生自言自語說，他心想可能是他這個陌生人把這單純的山裡孩子嚇壞了。他站在原地望著彼得滾下山好一會兒，然後又繼續上路。

彼得沒辦法自己停下，他繼續以奇特的方式往下滾。儘管如此，對他來說這還不是最糟的事，更糟的是他心裡充滿的恐懼。現在他知道法蘭克福的警察真的來了。他認為剛剛那個問路的人一定就是警察，因為他問了住在爺爺那裡的法蘭克福人。現在彼得滾到了小村子上面最後的一個斜坡，他終於抓住了樹枝停了下來。他又躺了一會兒，他必須先想一想。

「太好了，又滾了一個下來！」彼得聽到旁邊一個聲音說。「不知道明天誰會被推下來，簡直就像沒縫好的馬鈴薯袋一樣。」開玩笑的人原來是麵包師傅。他剛烤完了麵包，正想散步休息一下，剛好就看到彼得從山上滾下來，而且就像那天那張輪椅一樣。

彼得很快站起來，他又被嚇了一大跳，新的恐懼襲來，聽起來麵包師傅好像也知道輪椅是被推下來的。彼得頭也不回就拚命又往山上跑。他恨不得立刻跑回家，鑽進被子裡躲起來，讓人找不到他，被窩是他覺得最安全的地方。可是他的羊還在山上，爺爺要他立刻回到山上，不能讓羊群太久沒人看管。彼得最敬畏的人是爺爺，他可不敢不聽爺爺的話。彼得唉聲嘆氣，跛著腳一拐一拐地走上山，他已經沒辦法跑了。他的恐懼，再加上剛剛滾下山撞得全身是傷，他只能一邊呻吟一步一步拐著走上山。

塞斯曼先生在遇到彼得之後不久，總算看到第一間小木屋，他確定自己走對了路。他再次打起精神往上走，經過漫長累人的路程，他終於看到木屋了，還有木屋上方老樅樹的茂密枝葉。

塞斯曼先生愉快地登上最後一段斜坡，他馬上就可以給女兒一個驚喜。可是在木屋前的一群人早就看見他，他們也準備好要讓他大吃一驚了。當他踏上最後的一步，立刻有兩個人影從木屋朝他走來。個子高的那個有一頭金髮和一張紅通通的臉，扶著她的是黑眼睛裡閃爍快樂光彩的海蒂。塞斯曼先生呆住了，他停下來，目瞪口呆地看著她們，忽然大滴的眼淚從他臉龐落下，美好的記憶湧上心頭。克拉拉像極了她媽媽年輕時的樣子，紅潤的臉頰，還有那一頭的金髮。塞斯曼先生不知道自己是不是在作夢。

「爸爸，你不認得我了嗎？」克拉拉開心地大聲喊。「我變很多了嗎？」

塞斯曼先生跑向女兒，緊緊抱著她。「是啊，妳變了！怎麼可能？這是真的嗎？」喜出望外的父親又退後了一步，他想再仔細看清楚，眼前是不是幻影。「是妳嗎？克拉拉，真的是妳嗎？」他一次又一次地叫喊，然後再次緊緊抱著克拉拉，緊接著又再次確認站在眼前的真的是他的克拉拉。

這時奶奶也走過來了，她迫不及待想看看兒子驚喜的表情。「親愛的兒子，你現在感覺如何？」奶奶問。「你的出現的確給我們帶來驚喜，不過我們為你準備的驚喜，是不是更不可思議？」奶奶高興地和自己的兒子打招呼，然後說：「來吧！跟我去和大叔打個招呼，他可是我們的大恩人。」

「當然，還有我們的海蒂，我也得和她打招呼呢。」塞斯曼先生握著海蒂的手說：「怎麼樣？在阿爾姆一直都這麼有活力，身體健康？喔，那還用問。妳的氣色比任何一朵阿爾卑斯山玫瑰還好看。孩子，真高興再看到妳，真是太高興了。」

海蒂也是滿心歡喜地抬頭看著和藹的塞斯曼先生，他向來對她那麼好。現在能在這裡看到他這麼幸福的樣子，海蒂心裡也好滿足。

奶奶把兒子帶到阿爾姆大叔面前，兩人誠摯地握手打招呼。塞斯曼先生表達他由衷的感激，又說自己完全沒有想到會有這樣的奇蹟。

奶奶走到一旁，然後又走到樅樹下想看看那幾棵樅樹。在那裡又有一件意想不到的東西在等她，在樅樹下，長長的樹枝留下空間的空地上，放著一大束深藍色的龍膽花，鮮豔無比，散發香氣，彷彿原本就長在那裡似的。奶奶驚訝地雙手一拍，讚嘆不已：「太美了！真是好看極了！多麼動人的花朵啊！海蒂，可愛的海蒂，快過來，是妳為我準備的嗎？實在是太迷人了！」

兩個孩子走過來。「不是，不是我。可是我知道是誰。」海蒂說。

「奶奶，牧場上有好多這種花，而且比這些漂亮多了。」克拉拉說。「不過奶奶妳猜猜看，是誰為了妳一大早上牧場去採了這些花的？」克拉拉臉上露出調皮的笑容，奶奶突然想到會不會是克拉拉，可是又覺得不可能。

這時候從樅樹後面傳來窸窣聲，原來是彼得，他好不容易上到這裡，可是看到木屋前的爺爺和他旁邊站的人，他趕緊繞了一大圈，想從樅樹後面偷偷繼續往上走。可是被奶奶看到了，奶奶想採花的人該不會是他吧？他太害羞了，所以才會想偷偷溜走。那怎麼可以，應該給他一點獎賞才對。

「過來，小伙子，出來吧！不要不好意思。」奶奶大聲說，然後探頭到樹林間。

彼得嚇呆了，今天碰到這麼多事，他已經沒有力氣抵抗了。他現在只有一個念頭，現在一切都完了！他嚇得毛髮豎立，面無血色地從樅樹後面走出來。

「快過來，不要繞路了！」奶奶鼓勵他。「好了，告訴我，小伙子，是不是你的傑作？」

彼得嚇得不敢抬頭，根本沒看到奶奶手指的方向。他只看見站在屋角的阿爾姆大叔，那雙灰色銳利的眼睛正盯著他，他身邊站的正是最可怕的法蘭克福警察，彼得嚇得全身顫抖，最後好不容易擠出一聲：「是的。」

「那就好了，你為什麼要怕成這個樣子？」奶奶覺得奇怪。

「因為——因為——因為它摔碎了，再也湊不回去了。」彼得吞吞吐吐地回答，他的膝蓋不停抖著，都快站不穩了。

奶奶走回到阿爾姆大叔旁邊，同情地問：「大叔，這可憐孩子腦子是不是有毛病？」

「沒事，他一點毛病也沒有。他就是那陣把輪椅吹下山的怪風，現在他正等著受懲罰。」

奶奶幾乎無法相信，她認為彼得看起來完全不像是個壞孩子，再說他也沒有理由把輪椅毀掉。可是彼得那模樣證實了阿爾姆大叔的懷疑，事情一發生的時候，他就起疑心了。從一開始彼得看克拉拉時憤怒的眼神，還有其他種種跡象，他都看在眼裡，他把這些事情聯想在一起，事情的來龍去脈就清清楚楚了。他把事情經過詳細地解釋給奶奶聽。奶奶聽了之後恍然大悟，但卻哈哈大笑起來。

「不，大叔，我們不能懲罰那可憐的孩子。他這麼做是有道理的，突然從法蘭克福來了一些陌生人，把他的好朋友海蒂搶走了好幾個星期，那是他寶貴的東西，真正的寶貝。他每天只能孤孤單單坐在那裡等，真是怪可憐的，情有可原。憤怒讓他想報復，是有點蠢，可是我們在憤怒的時候，每個人都可能幹出蠢事來的。」

說完，奶奶又走回到彼得身邊，他這時還仍舊顫抖個不停。奶奶在樅樹下的長椅坐下來，和藹地說：「你過來，孩子，到我面前來，我有話要跟你說。不要再發抖了，我要你仔細聽我說。你把輪椅推下山，想毀了它，這是件壞事，你一定知道。而且你也知道你應該受到懲罰。為了不受懲罰，你想盡辦法要隱瞞這件事。可是你現在看到了，做了違背良心的事，還以為別人不會知道，那就大錯特錯了。仁慈的主，什麼都看得見，聽得見。只要祂一發現有人想要隱瞞自己做的壞事，就會叫醒那人心中的小小守衛。人一出生，主就會在人的心裡放一個小小的守衛，那守衛平時可以睡覺，可是一個人如果做了不對的事，小小守衛就會醒來，手裡拿著針不斷地刺他，讓他不再有安寧的時刻。而且他還會不停地喊：事情馬上就要爆發了！你會受到懲罰的！從此這個人陷入恐懼不安之中，再也快樂不起來。彼得，你一直到剛才是不是就有這樣的感覺？」

彼得後悔地點頭，他太清楚那種感覺了。

奶奶繼續說：「而且還有一點你算錯了。你做的壞事，正好讓你想要陷害的人，得到最好的結果。克拉拉沒了輪椅，可是因為她一心想去看那些美麗的花朵，只好拚命開始練習走路，而且愈來愈好，她留下來了，最後她可以天天到牧場上，這是她坐輪椅辦不到的。你看，一個人做壞事，仁慈的主可以立刻伸出援手，讓原本受害的人得到好處。做壞事的人什麼也得不到。彼得，你明白我的意思了嗎？所以記住，下次你如果又打算做壞事的時候，想想你心裡那個拿針的小小守衛，還有他折磨人的聲音。可以嗎？」

「好。」彼得回答，可是心裡還是非常不安，因為那個警察還站在大叔旁邊。

「好了，這事就到此為止。」奶奶結束了這個話題。「現在我想送你一點禮物，讓你看到就想到法蘭克福，現在告訴我，孩子，你有什麼願望，最想要什麼東西？」

彼得一聽，抬起頭瞪大眼睛看著奶奶，他一直在擔心害怕自己完了，可是現在他竟然還可以得到他想要的東西，彼得完全糊塗了。

「沒錯，我是認真的。你快告訴我，你喜歡什麼東西，就當作是我們從法蘭克福帶來的紀念品，同時也表示我們不會再計較你做的錯事了，你懂了嗎，孩子？」

彼得慢慢明白，他不用再害怕會被懲罰，他面前的好心奶奶已經把他從警察手裡救出來了，他總算大大鬆了一口氣，彷彿重壓在心頭的一座山已經被挪開。同時他也明白了坦白承認自己的過錯會比較好過。想到這裡他突然又說：「我把紙條也給弄丟了。」

奶奶一時沒聽懂，一會兒才明白過來，她和善地說：「很好，好孩子，能夠馬上認錯，事情就好辦了。好了，告訴我，你想要什麼東西？」

彼得想到可以要自己喜歡的東西，他高興得幾乎要暈眩了。他眼前浮現的是邁恩費爾德的市集，整個市集到處是好東西，他常常一看就是好幾個小時，可是全是他買不起的東西，因為他的私人財產從來沒有超過五分，那些誘人的東西至少都是這數目的兩倍。譬如那漂亮的紅色哨子，他可以用來指揮他的羊；還有一種叫蛤蟆刀的圓柄小刀，可以用來削出最棒的枝條。彼得陷入沉思，因為他拿不定主意，不知道應該選哪個好。忽然他靈機一動，他可以等下次到市集再決定，於是他果斷地說：「一個十分的銅板。」

奶奶不由得笑出來。「你不貪心，好吧，你過來。」她從錢包裡拿出一個大硬幣，再加上兩個小的十分銅板。「我們來算算看。這些錢如果換成十分的銅板，數目就是剛好一年中有幾個星期，換句話說，一整年，你每個星期天都可以拿一個十分的銅板當零用錢花。」

「一輩子嗎？」彼得天真地問。

奶奶一聽大笑不已，阿爾姆大叔和塞斯曼先生不得不中斷談話，想聽聽發生什麼事了。奶奶卻還笑個不停。

「沒問題，孩子，我會把它寫入我的遺囑裡。你聽見了嗎，兒子？以後你的遺囑也寫上這一條，每個星期給放羊的彼得十分錢，讓他終生享有這份零用錢。」

塞斯曼先生點頭同意，也不由得跟著大笑。彼得又看了一遍手上奶奶給的禮物，確定這不是作夢，他大叫起來：「感謝主！」然後用不尋常的跳躍跑開，不過這次他沒跌倒，追著他的不再是驚嚇，而是至今未曾體驗過的幸福。恐懼和驚嚇已經成為過去，而且從現在起，這一輩子每星期還可以得到十分錢。

稍後，大家愉快地用過午餐之後，仍舊圍坐在桌子旁邊熱烈地閒話家常，塞斯曼先生喜悅地看著女兒的模樣，每看一眼他內心就多一點幸福的感覺。克拉拉握住爸爸的手，充滿活力的說話語調再也聽不出是以前那個弱不禁風的克拉拉。

「爸爸，你知道爺爺為我做了多少事嗎？幾天幾夜我都說不完，我一輩子都不會忘記他的恩情，我一直在想我能送爺爺什麼東西讓他高興，就算只能償還他給我恩惠的一半。」

「這也是我的心願啊，乖女兒。我已經想半天我們該怎麼報答我們的大恩人了。」爸爸回答。

塞斯曼先生站起來走向阿爾姆大叔，他和奶奶聊得正起勁。他也站起來，塞斯曼先生握住他的手，用十分感激的語氣說：「啊，大叔，我有話要對您說，如果我告訴您，我已經很多年沒有真正快樂過了，您一定能明白我的感受。如果花再多錢都沒辦法讓我的女兒恢復健康和快樂，那麼那些錢和財富對我來說就沒有什麼意義。可是現在除了天上的主，還有您，讓我的女兒恢復了健康，您讓我和女兒有了新的人生。請您告訴我，我要如何才能表示我對您的感激？您的恩情是我們沒辦法報答的，只要我能力所及，能為您做些什麼，我一定盡力辦到。請您儘管說，我能做什麼？」

大叔靜靜地聽著，面帶微笑地看著這位幸福的父親。「塞斯曼先生，我也非常高興能讓克拉拉在阿爾姆恢復健康，這已經是我辛勞的補償了。」阿爾姆大叔堅定地說。「我非常感謝您的好意，塞斯曼先生，我什麼也不缺。只要我活著，海蒂和我都不愁吃穿。不過我還有一個心願，要是能夠實現，我這一生就沒有好擔憂的了。」

「大叔，您說吧。」塞斯曼先生催促他說。

大叔繼續說：「我年紀大了，也許沒有多少年好過了，如果我走了，我沒有什麼可以留給海蒂的。除了還有一個想從她身上貪圖利益的親戚，她無親無故。如果塞斯曼先生能答應我，保證她不至於流落街頭，那就是對我的報答了。」

「大叔，這不用您說。」塞斯曼先生急著說。「我們早就當那孩子是一家人了。您可以問問我母親和女兒，她們這一輩子絕不會把海蒂交給別人！如果您不放心，我可以向您發誓，這孩子絕對不會流落街頭，即使我死後也絕對不會。我還有幾句話想說，不管怎麼說，這孩子不適合到陌生的地方生活，這個我們都知道了，但是她交了很多朋友。我就認識一個，他現在還在法蘭克福，正在處理最後的工作，然後他打算找一個他喜歡，而且安靜的地方住下來。這個人也是我的朋友克拉森大夫，他接受您的建議，今年秋天就會搬到這裡來住。因為這裡有您和海蒂作伴，他找不到比這裡更幸福的地方了。所以您看，海蒂今後身邊就有兩個監護人了。但願這你們兩個人長命百歲。」

「仁慈的主會保佑！」聽兒子說完，奶奶也緊緊握住爺爺的手久久不放，她極力贊成兒子的想法。然後她突然摟住站在一旁的海蒂，拉著她問：「還有妳，海蒂，告訴我，妳有什麼願望？有什麼想要的東西嗎？」

「喔，當然有。」海蒂回答，她高興地抬頭望著奶奶。

「很好，孩子，那說說看，妳想要什麼東西？」奶奶鼓勵她說。

「我想要我在法蘭克福那張床，就是那張有三個高高枕頭和厚厚被子的那張床，如果婆婆有那張床，睡覺時就不會頭低腳高，喘不過氣來了。在厚厚的被子底下她就會暖和了，也不必因為怕冷再圍著圍巾睡覺了。」海蒂想要趕快實現願望，急切地一口氣把話都說完。

「啊，我的海蒂多虧妳現在告訴我！」奶奶感動地說。「太好了，妳提醒了我，人要是太高興就容易忘記重要的事。仁慈的主既然給了我們這麼多的幸運，我們也應該立刻想到那些匱乏的人。我馬上打電報到法蘭克福，要羅騰麥爾把床打點好，立刻派人送過來，兩天之後床就會送到，婆婆就可以睡得舒舒服服了。」

海蒂高興地繞著奶奶蹦蹦跳跳，她突然停下來，急急忙忙說：「我現在必須趕快到婆婆那裡，那麼久沒去看她，她一定很擔心。」海蒂等不及要把好消息告訴婆婆，而且她又想起來上次婆婆憂傷的樣子。

「不行，海蒂，家裡有客人在，妳不可以跑掉。」爺爺提醒她。

可是奶奶支持海蒂，「大叔，這孩子說的沒錯。可憐的婆婆已經因為我們的關係，很久沒見到海蒂了。我們現在就一起去探望她吧！我想我就在那裡等我的馬，再從那裡出發回去，經過小村子時可以順便發電報到法蘭克福。兒子，你認為呢？」

塞斯曼先生一直還找不到機會說出他的旅行計畫，他請他的母親先坐下來聽聽他的計畫。塞斯曼先生原本打算和母親做一趟小小的瑞士之旅，也想試試克拉拉是不是可以一起旅行。現在看來，克拉拉的狀況毫無問題，所以他想利用最後的美麗夏日時光，帶著克拉拉進行一次愉快的旅行。今天晚上他會住在小村子裡過夜，明天早上來阿爾姆接克拉拉，然後再到拉加茲溫泉區和母親會合。一家人從那裡出發繼續旅行。突然聽到明天就得離開阿爾姆，克拉拉有點吃驚，可是和爸爸、奶奶一起旅行也是件有趣的事，也沒有時間難過了。

奶奶站起來，拉起海蒂的手準備上路了，她突然回頭問：「喔，克拉拉怎麼辦？」她想到這段路對克拉拉來說太遠了。

可是爺爺已經像平常一樣抱起來克拉拉，踏著穩穩的步伐跟在奶奶後面。奶奶高興的望著他猛點頭。走在最後面的是塞斯曼先生。一行人就這樣走下山。海蒂一路興高采烈，在奶奶旁邊蹦來跳去的。奶奶想知道婆婆的一切，她怎麼過日子，還有她的身體狀況，特別是山上嚴寒的冬天，她是怎麼熬過的。海蒂仔細地說著婆婆的所有情況：她怎麼坐在房間的小角落發抖，她能吃什麼不能吃什麼。奶奶一路上聽著海蒂的敘述，心裡非常同情婆婆。

布莉姬特正在把彼得的第二件上衣晾出來曬太陽，好讓彼得穿髒了一件衣服後，還有其他的衣服可以換。她一看到下山的一群人立刻跑進屋裡。「媽媽，所有人都要走了。好多人，大叔陪著他們，他還抱著那個生病的孩子。」布莉姬特告訴婆婆。

「啊，他們真的要帶走海蒂了嗎？妳看見海蒂了嗎？」婆婆嘆氣說。「真希望我能再握握她的小手，聽聽她的聲音。」

這時候，門猛然被推開，海蒂一進門就跑到角落抱住婆婆。「婆婆！我的床再過兩天就會送來了，還有三個枕頭和一床厚厚的被子，奶奶已經答應送我了。」海蒂迫不及待要把好消息告訴婆婆，她等不及看到婆婆高興的樣子。

婆婆微笑著，但是帶著些許的悲傷說：「啊，這位夫人人真好，這麼好的人要帶妳走，我應該為妳高興才對，可是我恐怕再也見不到妳了！」

「您說什麼？誰說我要帶她走了？」這時傳來一個和藹的聲音，同時婆婆的雙手被緊緊握住。原來是奶奶已經走進來，她聽見了婆婆說的話。「不會的，沒有那回事，海蒂會留在您身邊，陪您的。我們也希望再見到這孩子，但是我們來這裡看她。每年我們都會來阿爾姆，因為我們要感謝仁慈的主，讓我們的孫女在這裡奇蹟似地康復。」

聽完奶奶這一番話，婆婆臉上露出真正的笑容，她內心充滿感激，無言地一直緊握住塞斯曼老夫人的手，滿是皺紋的臉頰落下了幾滴豆大的淚水。

海蒂看到婆婆臉上的喜悅，自己也感到同樣的幸福。她依偎在婆婆身上說：「婆婆，妳看，就像我上次跟妳說的。法蘭克福那張大床一定可以讓妳復原的，對不對？」

「是啊，主已經賜給我太多恩惠了！」婆婆深受感動地說。「真沒想到世上竟然有這麼多好心的人關心我這個窮苦的老太婆，知道有這麼好心的人存在，我真心感謝主，沒有忘記像我這樣卑微的人啊！」

塞斯曼老夫人接著說，「婆婆，在天上的主面前，我們都一樣是卑微的人。我們同樣需要祂的眷顧。現在我們必須向您告別了，再見了，明年我們再上阿爾姆，也一定會再來看您的。」塞斯曼老夫人再次握了握婆婆的手。可是塞斯曼老夫人沒有辦法很快離開，因為婆婆不停地向她道謝，她祈禱主就像對待她一樣，也賜福給這位好心的夫人還有她全家人。

塞斯曼先生和母親終於上路了，而阿爾姆大叔再次抱著克拉拉回家，海蒂就跟在旁邊蹦蹦跳跳，她想到婆婆以後就有舒服的床可以睡，開心的走一步蹦一步。

第二天早上，即將離開的克拉拉熱淚盈眶，在阿爾姆有她至今為止最美好的回憶，現在她必須離開了。

海蒂安慰她說：「明年夏天一下子就到了，妳就可以再來了。而且下次一定會更好玩的，到時妳可以自己走路，我們就可以每天和羊兒們上牧場，又可以上去看野花，一定還有很多好玩的事可以做。」

塞斯曼先生也按照約定時間上山來接女兒了。他和爺爺正在商討一些事。

海蒂的話起了一點安慰的作用，克拉拉擦乾眼淚，說：「代我跟彼得問候，還有所有的羊，特別是小天鵝，喔，要是我也能送點什麼東西給小天鵝就好了！多謝牠我才能健康起來。」

「這很簡單啊，妳可以送些鹽給牠，妳也知道的，每天傍晚牠喜歡舔爺爺手上的鹽。」

克拉拉覺得這主意太好了。「那我回法蘭克福一定寄幾百磅的鹽過來。」她興奮地說。

這時塞斯曼先生對孩子們招手，他打算出發了。克拉拉不再需要轎子了，她騎上奶奶騎過的白馬。海蒂站在斜坡最外邊突出的地方，對克拉拉揮手道別，直到他們的身影消失不見。

床終於運到了，現在婆婆每天晚上都睡得很安穩，身體也漸漸硬朗起來。仁慈的奶奶也沒有忘記阿爾姆的嚴冬，她寄了一個大包裹到彼得家，裡面是很多保暖的衣物，婆婆可以用來禦寒，再也不用坐在角落冷得發抖了。

在小村子裡也開始進行一個大規模的修建工程。克拉森大夫來了，他暫時住在以前住過的旅館。大夫聽從他朋友的建議，買下了爺爺和海蒂過冬住的那棟老房子。從挑高的房間，漂亮的壁爐，還有精緻的壁飾，都可以看出從前這是一座富麗堂皇的大宅。大夫整修了一部分作為他自己的住處，另一邊做為爺爺和海蒂冬天住的地方。大夫知道爺爺的個性，他要有獨立的生活，住自己的房子。屋子的最後面是牢固溫暖的羊棚，用來給小天鵝和小熊過冬的。

克拉森大夫和爺爺的交情愈來愈好，他們經常一起到處查看工程的進度。他們最常聊到的話題是海蒂，因為他們現在最大的快樂就是房子趕快改建好，他們就可以帶著那活潑可愛的孩子住進去了。

不久之前，兩人站在高牆前，大夫對爺爺說：「您一定和我有一樣的想法，我和您同樣疼愛那個孩子，我覺得我是除了您之外和這孩子最親的人，我也想分擔所有責任盡力照顧這孩子。我把海蒂當女兒看，我要讓她繼承我所有的財產，這樣我就能期望將來老的時候，她能在我身邊照顧我。這是我最大的期望。這樣子我們也可以無後顧之憂離開人世。」

爺爺握住大夫的手，他什麼話也沒說，但是他的好朋友看出他眼中的感激。

這時候海蒂和彼得坐在婆婆旁邊，海蒂一直在說話，彼得和婆婆聽得津津有味，兩個人都入迷了。他們不由自主地擠向開心的婆婆，把整個夏天發生的事全說給婆婆聽。他們三個人在一起，想到發生這麼多美好的事，都心花怒放非常開心。最高興的是彼得的媽媽布莉姬特，海蒂終於向她解釋清楚，彼得這一輩子每個星期有十分錢可以花，而這錢是怎麼來的。最後婆婆說：「海蒂，唸一首讚歌給我聽吧！天上的主賜給我們這麼多恩惠，我只能誠心地讚美感謝祂。」

廣 告 回 函
北區郵政管理登記證
北臺字第000791號
郵資已付，免貼郵票

104　台北市民生東路二段141號2樓

英屬蓋曼群島商家庭傳媒股份有限公司城邦分公司　收

請沿虛線對摺，謝謝！

書號：BU6054	書名：海蒂（全譯本）	編碼：

請於此處用膠水黏貼

商周出版

讀者回函卡

感謝您購買我們出版的書籍！請費心填寫此回函卡，我們將不定期寄上城邦集團最新的出版訊息。

不定期好禮相贈！
立即加入：商周出版
Facebook 粉絲團

姓名：________________ 性別：☐男 ☐女

生日：西元________年________月________日

地址：________________

聯絡電話：________________ 傳真：________________

E-mail ：

學歷：☐ 1. 小學 ☐ 2. 國中 ☐ 3. 高中 ☐ 4. 大學 ☐ 5. 研究所以上

職業：☐ 1. 學生 ☐ 2. 軍公教 ☐ 3. 服務 ☐ 4. 金融 ☐ 5. 製造 ☐ 6. 資訊
☐ 7. 傳播 ☐ 8. 自由業 ☐ 9. 農漁牧 ☐ 10. 家管 ☐ 11. 退休
☐ 12. 其他________________

您從何種方式得知本書消息？

☐ 1. 書店 ☐ 2. 網路 ☐ 3. 報紙 ☐ 4. 雜誌 ☐ 5. 廣播 ☐ 6. 電視
☐ 7. 親友推薦 ☐ 8. 其他________________

您通常以何種方式購書？

☐ 1. 書店 ☐ 2. 網路 ☐ 3. 傳真訂購 ☐ 4. 郵局劃撥 ☐ 5. 其他________

您喜歡閱讀那些類別的書籍？

☐ 1. 財經商業 ☐ 2. 自然科學 ☐ 3. 歷史 ☐ 4. 法律 ☐ 5. 文學
☐ 6. 休閒旅遊 ☐ 7. 小說 ☐ 8. 人物傳記 ☐ 9. 生活、勵志 ☐ 10. 其他

對我們的建議：________________

____

____

【為提供訂購、行銷、客戶管理或其他合於營業登記項目或章程所定業務之目的，城邦出版人集團（即英屬蓋曼群島商家庭傳媒（股）公司城邦分公司、城邦文化事業（股）公司），於本集團之營運期間及地區內，將以電郵、傳真、電話、簡訊、郵寄或其他公告方式利用您提供之資料（資料類別：C001、C002、C003、C011 等）。利用對象除本集團外，亦可能包括相關服務的協力機構。如您有依個資法第三條或其他需服務之處，得致電本公司客服中心電話 02-25007718 請求協助。相關資料如為非必要項目，不提供亦不影響您的權益。】

1.C001 辨識個人者：如消費者之姓名、地址、電話、電子郵件等資訊。
2.C002 辨識財務者：如信用卡或轉帳帳戶資訊。
3.C003 政府資料中之辨識者：如身分證字號或護照號碼（外國人）。
4.C011 個人描述：如性別、國籍、出生年月日。

請於此處用膠水黏貼

「線上問卷回函」

國家圖書館出版品預行編目(CIP)資料

海蒂：阿爾卑斯山少女 / 喬安娜.史派莉(Johanna Spyri)著；
林敏雅譯. -- 初版. -- 臺北市：商周出版：家庭傳媒城邦分公司發行, 2016.12
面；　公分. -- (商周經典名著；54)
譯自：Heidi
ISBN 978-986-477-169-1(平裝)

873.57　　105023947

商周經典名著54

海蒂：阿爾卑斯山少女Heidi（全譯本）

作　　者／喬安娜・史派莉（Johanna Spyri）
譯　　者／林敏雅
責任編輯／彭子宸

版　　權／黃淑敏、吳亭儀
行銷業務／周佑潔、黃崇華、張媖茜
總 編 輯／黃靖卉
總 經 理／彭之琬
發 行 人／何飛鵬
法律顧問／台英國際商務法律事務所羅明通律師
出　　版／商周出版
台北市104民生東路二段141號9樓
電話：(02) 25007008　傳真：(02)25007759
E-mail：bwp.service@cite.com.tw
發　　行／英屬蓋曼群島商家庭傳媒股份有限公司城邦分公司
台北市中山區民生東路二段141號2樓
書虫客服服務專線：02-25007718；25007719
服務時間：週一至週五上午09:30-12:00；下午13:30-17:00
24小時傳真專線：02-25001990；25001991
劃撥帳號：19863813；戶名：書虫股份有限公司
讀者服務信箱：service@readingclub.com.tw
城邦讀書花園：www.cite.com.tw
香港發行所／城邦（香港）出版集團
香港灣仔駱克道 193 號東超商業中心 1F　E-mail：hkcite@biznetvigator.com
電話：(852) 25086231　傳真：(852) 25789337
馬新發行所／城邦（馬新）出版集團【Cite (M) Sdn Bhd】
41, Jalan Radin Anum, Bandar Baru Sri Petaling,
57000 Kuala Lumpur, Malaysia.
電話：(603) 90578822　傳真：(603) 90576622
Email: cite@cite.com.my

封面設計／廖韡
排　　版／洪菁穗
印　　刷／韋懋實業有限公司
經 銷 商／聯合發行股份有限公司
地址：新北市231新店區寶橋路235巷6弄6號2樓
電話：(02)2917-8022 傳真：(02)2911-0053

■2016年12月29日初版　　ISBN 978-986-477-169-1
■2021年12月21日初版2刷
Printed in Taiwan

定價300元

城邦讀書花園
www.cite.com.tw